田中家、転生する。
猪口
Choco
kaworu
[illust]
3

夜会当日。
王城に入ったエマに刺繍の授業で
同じ机を共にする友人達が手を振っている。
マリオン・ベル
ケイトリン・シモンズ
キャサリン・シモンズ
王家の夜会

「まあ、皆さまドレスとてもお似合いですわ」
フランチェスカ・デラクール
エマ・スチュワート

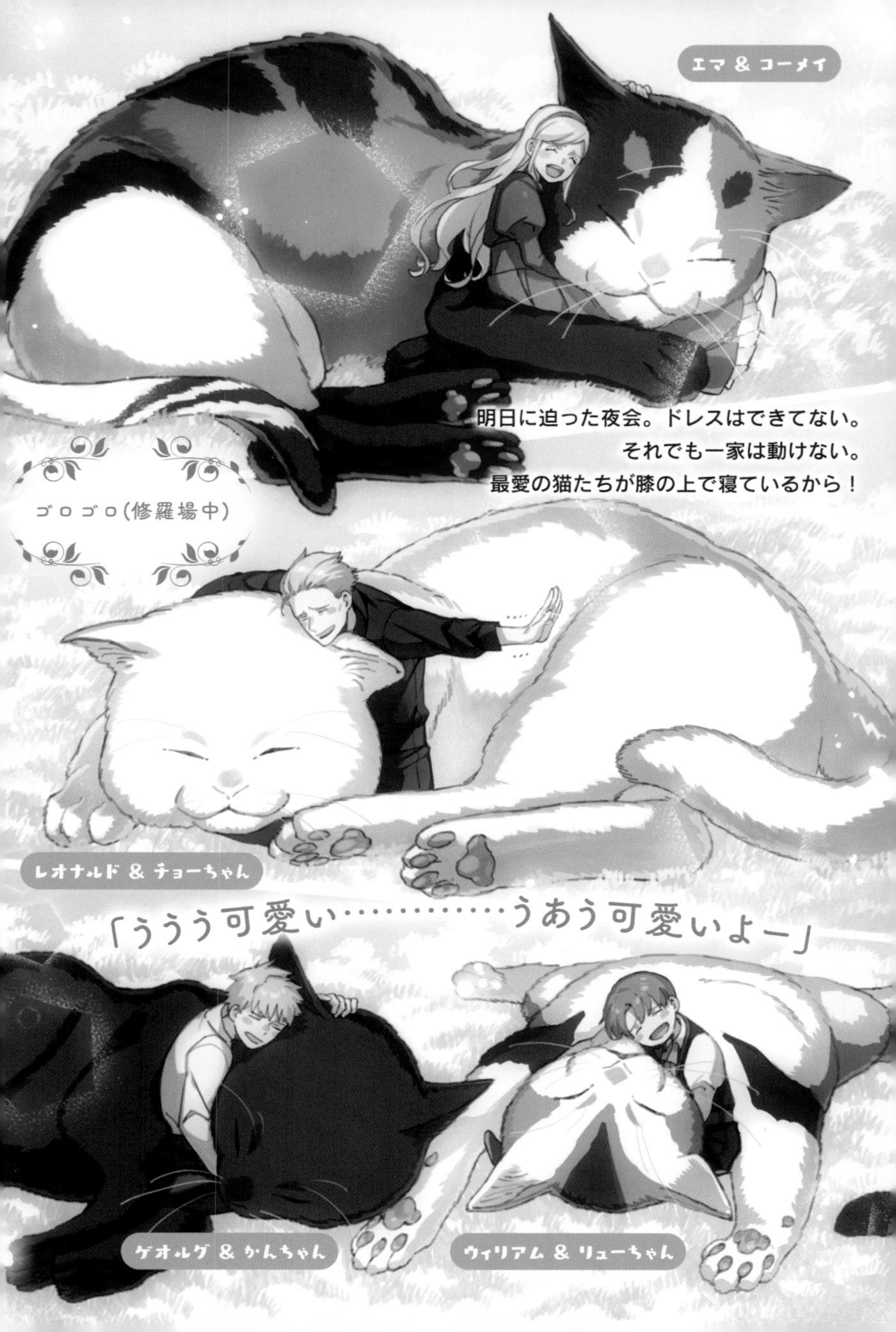
エマ & コーメイ
明日に迫った夜会。ドレスはできてない。
それでも一家は動けない。
最愛の猫たちが膝の上で寝ているから！
ゴロゴロ(修羅場中)
レオナルド & チョーちゃん
「ううう可愛い…………うあう可愛いよー」
ゲオルグ & かんちゃん
ウィリアム & リューちゃん

田中家、転生する。

3

Choco

猪口

[illust]

kaworu

口絵・本文イラスト：ｋａｗｏｒｕ
デザイン：杉本臣希

CONTENTS

登場人物紹介

田中家／スチュワート家

一志／レオナルド

田中家の大黒柱。現在は辺境の領主で、魔物狩りの腕は一流。裁縫の腕は国宝級。前世も今世も娘大好きな親バカパパ。

頼子／メルサ

才色兼備な一家の元締め。元公爵家令嬢で、貴重な田中家のブレーキ役……の筈。今世の目標は孫を見ること。

航／ゲオルグ

田中家長男で、現在は魔物狩りの修行中。次期領主として、学園卒業という難関に挑戦中。目下の課題は講師の話を理解すること。

港／エマ

田中家長女で、虫大好きな研究者。巨大蚕の育成でスチュワート家の財政を支えたが、同じくらい厄介ごとを引き起こす大体の元凶。

平太／ウィリアム

田中家末弟で、3兄弟の頭脳役兼姉のパシリ。キラキラ美少年に転生するも、前世に引き続きロリコンを患う何かと残念な弟。お目当ての少女たちは兄に取られがち。

マーサ

スチュワート家のメイド。
主にエマの世話係。

イモコ

スチュワート家の庭師。
マーサの祖父で、今はスチュワート領の屋敷にいる。

コーメイ（田中諸葛孔明）

エマ（港）と仲良しな三毛猫。港を守るために転生＆巨大化し最強のモフモフに。好物は真夏に食べるきゅうり。

リューちゃん（田中劉備）

ウィリアム（ぺぇ太）と仲良しな三毛猫。前世より先見の力があり、田中家転生の未来を予見した。好物はネコ缶。

かんちゃん（田中関羽）

ゲオルグ（航）と仲良しな黒猫。やんちゃな武闘派。必殺技は無音の猫パンチ。好物はネコ缶だったが、転生後は魔物も好んで食べる。

チョーちゃん（田中張飛）

レオナルド（一志）と仲良しな白猫。お気に入りの場所はレオナルドのお腹の上。のんびり優しい。長毛種。和顔。好物はちゅ○る。

フランチェスカ・デラクール

第一王子を支持する派閥に属する侯爵令嬢で、毎年の洗礼を仕切るナンバー2だったが、今はエマ達と仲良しのお友達。

マリオン・ベル

代々騎士団を率いる名門ベル公爵家の令嬢で、学園に通う令嬢たちの憧れの君。

シャルル・コンスタンティン・ロイヤル

現国王様。
戦いでは自ら前線に出る武闘派ワイルド系ガチムチイケオジ（エマ談）。

エドワード・トルス・ロイヤル

第二王子。エマの天使スマイルの被害者。
王族としての務めと学業の両立で多忙。

ロバート・ランス

四大公爵家ランス家の令息で、王族の血筋を引いている。
血筋が自慢な我儘貴族。

ハロルド

スラムで子供たちと暮らしている。
インテリ系サブカルイケオジ（エマ談）。

キャサリン・シモンズ ケイトリン・シモンズ

海に囲まれ、王国一の港を持つ貿易の街シモンズ領の双子令嬢。
何をするのも一緒。

アーサー・ベル

マリオンの兄で、エドワード第二王子の護衛として学園に通う。

ローズ・アリシア・ロイヤル

側妃。パーティーで田中家と知り合い、以来お泊りするほど仲良し。
輝くように美しい絶世の美女。

ヤドヴィガ・ハル・ロイヤル

第一王女で、エマとは友達。優しいゲオルグが大好き。ウィリアムは別に……。遊び（特におままごと）には厳しい。

ヨシュア・ロートシルト

スチュワート家が作った絹を売る商人の息子。エマが好きすぎて時々暴走するが、本人もとても優秀な商人。エマと学園に通うために爵位を買った。

タスク・ヒノモト

皇国の第一皇子。

言語の壁で交易の難しい皇国を背負って立つ秀才……なのだが、幸か不幸か田中家に巡り合ってしまう。

第三十八話　王子様にお姫様だっこからの……。

「エマ様、サリヴァン公爵《こうしやく》家から迎《むか》えの馬車が到着《とうちやく》いたしました」

メイドのマーサが迎えの馬車の到着を告げると、白地に若草と小花のボタニカル柄《がら》のドレスに身を包んだ少女が振《ふ》り向く。

王都の流行《はや》りとはかけ離《はな》れた露出《ろしゆつ》を控《ひか》えたドレスがとてもよく似合っていた。

色素の薄《うす》い金髪《きんぱつ》に、薄緑色《うすみどりいろ》の瞳《ひとみ》、透《す》き通るような白い肌《はだ》の少女は不安そうにコクリと頷《うなず》いた。

その何とも儚《はかな》げな様子にマーサは気付かれないようにため息を溢《こぼ》す。

黙《だま》って座《すわ》っていればちゃんとした令嬢《れいじよう》に見えるのに……。

「……マーサ？　行かなきゃダメ？」

少女は今夜、王家の主催《しゆさい》する晩餐《ばんさん》会に招待されている。

散々行きたくないと嘆《なげ》いていたが、辺境領主の娘《むすめ》とはいえ伯爵《はくしやく》令嬢、社交は避《さ》けて通れない。

「エマ様、どうしても行きたくないと仰《おつしや》るなら、ご自分で直接サリヴァン公爵様にお願いして下さいね？　ほら、あまりお待たせしてはなりませんよ」

上目遣《うわめづか》いであざとくズル休みを画策する少女に絆《ほだ》されることはない。

なにせ、生まれてからずっとお世話をしてきているこのお嬢様の人となりを嫌《いや》という程《ほど》理解しているから。

「あ、お腹《なか》が痛い気がする！」

「食べ過ぎでは？」

「あ、頭が痛い気がする！」

「気のせいです」

「か、風邪《かぜ》かしら？」

「仮病《けびょう》ですね」

「ううう……マーサのいじわる」

がっくりと肩《かた》を落としたエマ様は諦《あきら》めたように、サリヴァン公爵の待つ馬車へとトボトボと歩いてゆく。

本日、エマ様と同行するヒルダ・サリヴァン公爵はエマ様の母方の祖母にあたり、王都で【マナーの鬼《おに》】と異名を持つ大変厳しいお方だ。

エマ様が行きたくないと粘《ねば》るのも分からなくはない。

その上、いつもエマ様を監視《かんし》……フォローしている兄のゲオルグ様と弟のウィリアム様は今日の晩餐会には招待されていない。


しかし、エマ様には同情の余地はない。

先日、エマ様はあろうことか、ご兄弟と共にスラム街で無断外泊《がいはく》という、貴族令嬢として有り得ないことを仕出かした。

うちのお嬢様はいつだって騒動《そうどう》の元凶《げんきょう》、トラブルメーカー、歩く災害ではあるが、今回ばかりは母親のメルサ様の怒《いか》りも怒髪《どはつ》天を衝《つ》き、罰《ばつ》として【マナーの鬼】ヒルダ様によるマンツーマン指導を受けることになった。

今日の晩餐会も指導の一環《いっかん》で、逃《に》げられるものではない。

ご自分で蒔《ま》かれた種、当然の報《むく》いなのだ。

「エマ、気を付けて行ってくるんだよ」

「にゃー！」

晩餐会の会場である王城まで馬車で数分の距離《きょり》だが、家族全員（猫《ねこ》も）が勢揃《せいぞろ》いし、玄関《げんかん》でエマを見送る。

レオナルドはドレスアップしたエマの姿に可愛《かわい》い可愛いと嬉《うれ》しそうに頷いている。

「エマ、王都での目標。分かっているわよね？」

母親のメルサは最後の念を押《お》す。

「分かっています、お母様。【とにかく目立つな】でしょう？」

一日中何度も何度も聞かされた言葉にエマがうんざりと答える。

「姉様、大人しく、大人しくですよ！」

「エマ、おばあ様の言うことをよく聞いて、変なことは極力するな！」

一緒《いっしょ》に行けないのも、それはそれで不安だとウィリアムもゲオルグも母に重ねて念を押す。

マーサの前では行きたくないとゴネていたエマもここまでしつこく大げさに心配されれば言い返したくもなる。

「大丈夫《だいじょうぶ》です。ちゃんとできます！」

私だっていつもいつも騒動を起こす訳ではない。

小さな子供じゃあるまいし、何度も何度も同じようなことを言って失礼しちゃうわ！

そう言って晩餐会へ向かう馬車に乗ったまでは……よかった。


「エ、エマ様？　もしや皇国語を、お話し、できるですか？」

小一時間後、家族の心配は現実となる。

フラグを立てただけだったな……と回想するエマは騒動の真っただ中にあった。

あれだけ啖呵《たんか》を切ったのに参加した晩餐会は何もかもが思い通りにいかないことの連続だった。

会場では何故《なぜ》かおばあ様と離れた席に案内された。

そこは四大公爵家であるご子息ご令嬢、第二王子殿下《でんか》に主賓《しゅひん》である皇国の皇子が連なる一番注目されるメイン席だった。

……お母様？　この席で目立たないようにするにはもう、透明《とうめい》になるしか方法が思い付かないのですが。

唯一《ゆいいつ》の楽しみだった食事はこの世界では見たことがなかった、逆に言えば夢にまで見た和食（ほうれん草の胡麻和《ごまあ》え、茄子《なす》の田楽、だし巻き玉子）。

極《きわ》めつきに皇子の話す皇国語は明らかに日本語。

こんなにツッコミどころ満載《まんさい》の全部のせ、大盛りつゆだく、おかわり自由な展開に冷静な判断ができるだろうか。

ウィリアム、これ無理だよね？　私悪くないよね？

それでも何とか何とかできるだけ目立たないように、おばあ様に怒《おこ》られないように必死で頑張《がんば》っていた矢先、皇国からはるばるやって来たタスク・ヒノモト皇子が言葉が通じずに困っている姿を見てしまった。

兄様、困っている人がいたら手を差し伸《の》べるよね？

思わず老婆心《ろうばしん》さながら助け舟《ぶね》を出したのが運の尽《つ》きだった。

フラグは、回収されるのだ。


「あっ……私……あの、ちゃんと言葉、通じましたでしょうか？」

「すごい、です。発音も、文法も、敬語まで何もかも皇国語でした。王国の方は、我が皇国の、言葉は困難と言われましたが、こんな、こんな話せる人、初めてです！」

よほど嬉しかったのか、タスク皇子はエマの両手を握《にぎ》るだけでは収まらず、ハグでもしてきそうな勢いだ。

ええ。もう目立っておりますとも、誰《だれ》よりも。

「ちょっエマちゃん‼　こっこっ皇国語話せるの⁉」

エマの手を掴《つか》んで離さなかったタスク皇子から助けてくれた陛下の表情は、驚《おどろ》きに満ちていた。

タスク皇子から解放されたのも束《つか》の間、エマの両方の二の腕《うで》を国王陛下がガシッと掴んでいる。

助けてくれたのではなく、これでは交代しただけでは？

なんで、陛下まで騒《さわ》ぎに参加するの？　おばあ様、ホントにホントに恐《こわ》いんだからね⁉

ああ……でも、陛下がこんなに近くに……。

そんな場合じゃないんだけど、驚いている顔もやっぱりイケオジなんだわー……。

ワイルド系ガチムチイケオジの陛下にならば抱《だ》きつかれてもいいかも……あれ？

むしろ今、抱きつかれるチャンスなのでは⁉

不意に湧《わ》いてきた下心。

そんな場合ではないのは重々承知ではあるのだけれども悲しいかな性癖《せいへき》には逆らえない。

エマはぎゅっと身を固くしてイケオジからの抱擁《ほうよう》というご褒美《ほうび》に備えようと、思わず待ちの姿勢に入った。

が、残念なことに陛下も後ろに引っ張られ離れてしまう。

もう少しだったのに……。

「陛下‼　エマの右腕を掴むのはお止《や》め下さい！　傷が！　傷痕《きずあと》に響《ひび》きます！」

今度は王子が二の腕を掴まれたエマから国王を引き離したようだ。

「エマ⁉　大丈夫か？」

エドワード王子は本気でエマを心配していた。

陛下に掴まれた二の腕は、ドレスで隠《かく》れてはいたが一番傷が深くて酷《ひど》い箇所《かしょ》であった。

治療《ちりょう》前の酷い状態を王子は見ているので敏感《びんかん》に反応したのだろう。

エマは一瞬《いっしゅん》でも余計なことを、と思ってしまったのを反省する。

ごめん殿下。あの、全然、治ってるから大丈夫なんです。

苦手なダンスを踊《おど》りたくないからってちょっと後遺症《こういしょう》ありますみたいなこと言っちゃったけど、
本当は、全回復してるんです。

全然、全然心配しなくても大丈夫なんです。と心の中で謝《あやま》る。

「あああ！　エマちゃん！　痛かった？　大丈夫？」

王子が心配する様子で、はっと気付いて国王も気遣《きづか》わしげにエマを見る。

王族は簡単には謝ってはならない。

でも陛下……顔、顔！　言葉にしてなくても顔が謝りすぎですよ？

この表情は脳内イケオジフォルダにありがたく保存させてもらいますけども！

それよりもタスク皇子も陛下も反応がおかしい。

王族である二人がここまで取り乱すなんて。

皇国語が話せるのは珍《めずら》しいとか言っていたが、そもそも皇国ってどこだろう。

「だっ大丈夫です、陛下。お気になさらないで下さい」

なんとかにっこりと笑って平気だとアピールしてみるが、こうなってはエマが騒ぎの中心なのは紛《まぎ》れもない事実。

恐《おそ》ろしくておばあ様の方を見ることができない。

止まらない冷や汗《あせ》に加え、おばあ様の顔が浮《う》かんだことによる恐怖《きょうふ》で震《ふる》えてくる。

心配する王子と空気を読んだアーサーがエマの両側から壊《こわ》れ物でも扱《あつか》うのかという程に優《やさ》しく手を取り、支えてくれる。

「エマ嬢、震えているじゃないか！　座った方がいい。ゆっくりで大丈夫だよ」

支えてくれた手からアーサーに震えているのが伝わってしまい、更《さら》に心配される。

会場の貴族が皆《みな》立ち上がって見守る中、一人エマだけがゆっくりと椅子《いす》に腰掛《こしか》ける。

重病人かよ。

注目される程、さらに冷や汗が出てきてしまうのはもう仕方がない。

今日も確実に怒られるなと絶望する。

ごめんなさいー！　ごめんなさいー！　元気です。私、めちゃくちゃ元気なんですー!!

なんなら、スクワットとかして見せますけど？

お願いだから心配しないでと立ち上がろうと試みるが、皆に押し止《とど》められて椅子に戻《もど》される。

スクワットは披露《ひろう》できなかった。

「大丈夫ですか？　エマ？」

背後からおばあ様の声が聞こえた。

ヒィィ!!

もちろん大丈夫です、おばあ様。お騒がせして申し訳ございません！

お説教覚悟《かくご》で恐る恐る俯《うつむ》いていた顔を上げる。

だが、おばあ様は怒っていなかった。


ど、ど、ど、どうしよう。おばあ様、めっちゃくちゃ心配してるー！

いつもと眉毛《まゆげ》の角度が逆に……。

私とても元気だからおばあ様、お願いだからそんな顔しないで！

そんな、そんな心配されると、心苦しいんです。

こんなの、もう怒ってもらう方がまだマシだ！

しーんぱーいないさーって叫《さけ》びたい!!

パニックがパニックを呼び、自分の額に玉の汗が浮かんでいるのが感覚で分かる。

休み明けに学園に行ったら、汗っかき令嬢とか後ろ指さされないかしら……。

「おばあ様、あのっ、皆様《みなさま》も、本当に私、大丈夫、ですので。あのっ、お気になさらず、お席にお戻り下さい」

会場が緊迫《きんぱく》した変な空気の中で、無理やり口の端《はし》を上げて笑顔《えがお》を作って言ってみるものの誰も席に戻らない。

おばあ様だけでなく、皆の眉《まゆ》が揃《そろ》ってハの字になって心配そうにこっちを見ている。

ううう、申し訳ないこと、山の如《ごと》し。

どこか、どこか私の入れる頃合《ころあ》いの穴はありませんか？

「陛下、エマを別室で休ませてよろしいでしょうか？」

エマの心の叫びを聞いたかのようにエドワード王子が国王に頭を下げ、退出の許可を求める。

「！　ああ、そうだな。許可しよう。早く休ませてあげなさい」

王子の申し出に国王が即答《そくとう》する。

ありがとう陛下！　ナイスアシスト殿下！

助かった！　これで少なくても、この雰囲気《ふんいき》から逃《のが》れられる。

そうと決まれば早速《さっそく》、離脱《りだつ》させて頂きます……と、思った瞬間《しゅんかん》、体がふわっと浮き上がる。

「ひゃっ⁉」

「では、失礼致《いた》します」

王子は国王に一言断り、足早に会場の出口へと向かった。

エマをお姫様だっこして……。

◆　◆　◆

王子様にお姫様だっこ……。

夢見る女子なら憧《あこが》れのシチュエーション……なのだが。

残念なことに、だっこされている女子ことエマは冷や汗だくだく、そして後ろにピッタリとついて来ているのは、世にも恐ろしい【マナーの鬼】の異名を持つおばあ様。

途中《とちゅう》、何度も自分で歩くから下ろしてほしいとお願いしたが、これが全く聞き入れてもらえない。

「エマ、まだ痛みはありますか？　吐《は》き気や悪寒《おかん》は？」

心配そうにおばあ様が体調を訊《き》いてくれるが、冷や汗が止まらないだけでいたって健康だ。

最初から痛みなんてないし、そもそも痛いとか一言も言ってないし、吐き気どころか空腹だし、悪寒？　やらかしてから地味に震えは止まってないが、これはもう条件反射みたいなもんだ。

せっかくのほぼ和食同然の皇国料理をだし巻き玉子以外、食べ損《そこ》ねたことも悲しい。

もしかしたら、米も出てきたかもしれない。

ああ白米……ホカホカごはん、食べたい。

いや、まだだ。諦めたらそこで試合終《しゅうりょう》了だ。

まだ望みはある。

「あの……ご心配なさらないで下さい。本当に、大丈夫です」

あれだけの騒ぎになってしまっては、晩餐会に戻るのは難しいだろう。

でも、せめて、せめてご飯は食べたい。

大分、顔色も良くなったね。少し休んで食べられそうなら、今日の料理を部屋に運んでもらおうか？　とか言ってくれないかな、殿下。

期待を込《こ》めて王子の首に回した手にぎゅっと力を入れて、無言のアピールをしてみたが、気遣わしげな笑顔をくれるだけだった。

ならばお姫様だっこでいつもより顔が近い位置にあるのを利用し、一か八かテレパシーよ、届け！とより強い念を王子に送ってみる。

しっかり目を合わせて至近距離で念を送ったのに、王子からフイっと目を逸《そ》らされてしまった。

テレパシー失敗。残念ながら目は口ほどにものを言わなかった。

そして何故か逸らされた王子の顔が赤く染まっている……。

心なしか心音も大きく聞こえる気がする。

お姫様だっこで密着していれば心臓の音くらい聞こえ……。

ん？　あれ？　殿下の心音どんどん速くなっていってないか？

殿下、すごいドキドキしてる。

それに、くっついているからか余計とダイレクトに伝わってくる……。

ん？　殿下と私が【くっついて】って！

殿下！　もしかして、私の……こと……？

どうして、今まで気付かなかったんだろう……。ああ、もう！　自分の鈍《にぶ》さが、憎《にく》い！

「あのっ殿下、やっぱり下ろして下さい。ごめんなさい私、気付かなくて……重たい……ですよ……ね？」

エマが平均より小柄《こがら》で細いとはいっても、人ひとりを持ち上げているのだから重くない訳がないではないか。

そりゃ、顔も赤くなるし心拍数《しんぱくすう》だって上がる。

体格のいいお父様ならまだしも、年の近い王子には荷《エマ》が重い筈《はず》。

「いや重くない。むしろ軽いくらいだエマ。もっと食べた方がいい。こんなに軽いと心配になる」

残念なことにエドワード王子は学園の昼休憩《きゅうけい》の時間は王城へ帰って仕事をするために、エマが食堂で毎日おかわりしていることを知らない。

王子を心配して言ったのに、逆に心配され返されてしまった。

エマは人から心配される才能を持って生まれてきてしまったのかもしれない。

転生ものってほら、よく分からないヘンテコな能力を持ってたりするし……。

結局、王子は下ろしてくれず、エマはそのまま腕の中に大人しく収まって運ばれるしかなかった。

重いだろうかと心配はしたものの、エマを抱いて運ぶ王子の足取りはしっかりしていて、出会ってから一年で随分逞《ずいぶんたくま》しく成長したな……と感慨《かんがい》に耽《ふけ》る。

そこへ、王城のメイドが小走りで追って来るのが見えた。

休める部屋の用意ができたようで、案内してくれるみたいだ。

さすが王城のメイドさん、仕事が……早い。あとホント申し訳ない。

「あっあのっごめんなさい。こんな忙《いそが》しい晩餐会の日に仕事を増やしてしまって。ご迷惑《めいわく》をおかけします」

エマは案内で先を歩くメイドの背中に向けて思わず謝る。

会社に勤めた前世の記憶《きおく》があるので、居たたまれないのだ。

なにせ、非定常作業の日はいつもより忙しい。

その上にトラブルがあればてんやわんやである。

それが、不可抗力《こうりよく》とはいえ、仮病で世話をかけるなんて、もうほんと心苦しい。

「そんなっ勿体《もったい》ない御《お》言葉……お気になさらないで下さい」

話しかけられたことに驚いたのか、メイドが振り向いておろおろと両手を突《つ》き出して横に振る。

かわいい。これは、可愛い。すごい和《なご》む。素敵《すてき》な癒《い》やしをありがとうメイドさん。

「こ、こちらのお部屋です。ベッドもありますので使ってください。スチュワート伯爵家には王城から使いを出しましたので、安心して下さいね」

メイドのかわいい仕草に和んで癒やされ油断したところに、衝撃《しょうげき》の情報をぶちこまれた。

嘘でしょ⁉　まさかの親連絡《れんらく》⁉

そんなことされたら家族に今日のことがバレちゃうじゃん！

「大丈夫です。ちゃんとできます！」

なんて屋敷《やしき》を出発する前に大々的に宣言するんじゃなかった。

舌の根の乾《かわ》かぬうちにとは、まさにこのことだ……。

あまりのショックと情けなさにエマは考えることを放棄《ほうき》した。

強張《こわば》っていた体がその瞬間に、ぐたーと脱力《だつりょく》してしまったのは仕方がなかったのだと弁明させてほしい。

残念なのはそれが王子に抱っこされた状態での出来事だったということ。

「あっエマ⁉　どうした？」

「殿下、早くベッドへ運んで下さい！」

しまった。

と思ったがもう遅《おそ》い。再び体に力を戻す前に、ふかふかのベッドに優しく下ろされる。

「エマ、意識はありますか⁉」

「エマ‼」

「エマ様！」

おばあ様と王子とメイドさんが代わる代わる名前を呼んでくれる。

ううう、紛らわしいことしてすいません。

自分、超《ちょう》元気です。

「大丈夫です、殿下。申し訳ございません……少し、体の力が抜《ぬ》けてしまって」

重くなかったですか？　と訊こうとした言葉を遮《さえぎ》られ、王子が叫ぶ。

「いっ医者を、医者を呼べ‼　早く‼」

パタパタとメイドさんが走って部屋を出て行く。

………。

騒ぎは向こうからやって来るが、もしかしたらエマはそれを何倍も大きくしてしまう天才かもしれない。どういう訳か何をしても何を言っても裏目にしか出ない。

ところで今日、厄日《やくび》だっけ？

第三十九話　マナーの鬼。

母は、厳しい人だった。

「ヒルダ、何度言ったら分かるのです？　礼の角度が浅すぎます」

公爵家《こうしゃくけ》の一人娘《むすめ》であった私は毎日、躾《しつけ》と称《しょう》した母のヒステリックな言葉に耐《た》え忍《しの》んでいた。

一通りの作法を身に付けた後ですら、わざわざ悪いところを探すように目を光らせ、最近は特に礼の角度についての指摘《してき》に集中し始めた。

父親は国の重職に就《つ》き、帰って来ない方が多いくらいで使用人達《たち》が助けてくれる訳もなく、本当に毎日毎日、母と二人きりの生活が続いた。

それでも私はひたすら母のヒステリーに耐え続け、時は過ぎ、学園に通う年になった。

生徒が自由に選択《せんたく》できる学園の授業も全《すべ》て母に決められた。

母に言われるままに、いいお嫁《よめ》さんになるための授業だけを受講した。

そんな私が恩師に会ったのは、学園三年目の礼儀作法《れいぎさほう》【上級】の授業であった。

いつまでたっても母の納得《なっとく》する角度の礼すらできない私だったが、奇跡《きせき》的に上級まで授業を進めることができていた。

学園で礼儀作法の最上位の【上級】を受け持つ先生ならば、母の求める礼の真髄《しんずい》を知っているのではと縋《すが》りついた。

「先生、私どうしても礼の角度を間違《まちが》ってしまうのです。母にいつも叱《しか》られて……」

アンヌ先生は、私の長い前髪《まえがみ》を耳にかけながら優《やさ》しく教えて下さった。

「マナーの一番大切なことは、相手のことを考え、不快にさせないように心を配る姿勢です、ヒルダ。しかし、人は千差万別《ばんべつ》、同じ礼をしても美しいと思う人もいれば、不充分《ふじゅうぶん》だと感じる人もいるでしょう。同じ人でもその日の気分で変わる人もいるかもしれません」

まさに母がそうだった。

朝、礼が浅いと怒《おこ》られる。

夜、朝より深く礼をすると深すぎると怒られる。

翌朝、昨日の間くらいの礼をすると、また、礼が深すぎると怒られる。

これが何年も繰《く》り返されていることに薄々《うすうす》気付いていたが、母に口答えなどできなかった。

ただ黙《だま》ってヒステリーが去るのを待ち、やり過ごす日々だった。

「あなたは何故《なぜ》言われたことができないの。なんてダメな子なの？　私の言うことだけ聞いていればいいの。いつも言っているでしょう、私みたいにしっかりと礼儀作法を身につけなければ、素敵《すてき》な男性に見初《みそ》めてもらえないわ」

自分は、正しい。

それを信じきった人間が間違っていると認識《にんしき》した者への攻撃《こうげき》は、容赦《ようしゃ》のないものだ。

たとえ本当に母が正しかったとしても、ここまで、こてんぱんにやり込《こ》められなければならないものだろうか。

アンヌ先生は、私の心を守る方法を教えて下さった。

鏡の前で色々な角度の礼をして分度器を使って繰り返し測り、これだと確信できる一番美しく見える礼の角度を導きだしてくれた。

「ヒルダ、あなたは背が高いから人より深く礼をすると起き上がる時に少し動作が大きく見えてしまいます。なので、今のこの角度がベストでしょう。これからは会釈《えしゃく》、礼、臣下の礼はそれぞれこの角度に決めてしまいなさい。それでもお母様に同じ指摘を受けるなら、もう一度私と検証しましょう。お母様の指摘が毎回バラバラなら、このまま変えずに突《つ》き通しなさい」

はじめてだった。

もしかしたら母の方が間違っているかもしれないと教えてくれた人は。

屋敷《やしき》の使用人も、たまにしか帰って来ない父親も皆《みな》、母の言葉に従って動いた。

それが一番早く、ヒステリーが終わるからと皆、諦《あきら》めていたのだ。

あれだけ一生懸命《いっしょうけんめい》叫《さけ》び続ける母の言葉は、誰《だれ》にも届いていなかったのだと知ると、母は母で可哀《かわい》想《そう》な人なのではと思うようになった。

毎日、毎日、母に同じ角度の礼をする。

母の指摘は、毎日、毎日、違《ちが》った。

それは、世界が変わった瞬間《しゅんかん》だった。

自分は母の言うように、礼すらまともにできない人間ではないと確信してからは自信がついた。

心が軽くなった。

アンヌ先生に手伝ってもらい、一番美しく見える所作の角度を全て測りに測った。

気がついたら、先生と二人きりだった放課後の空き教室に、一人、また一人仲間が増えていた。

知らないだけで私と同じように苦しんでいる令嬢《れいじょう》がたくさんいたのだ。

私の場合は、母だったが、それが父親だったり、家庭教師であったり、行儀《ぎょうぎ》見習い先の女主人だったり様々だが、皆一様に悩《なや》み、苦しんでいた。

身長、体重、顔の大きさ、首の長さ、肩幅《かたはば》……手も足も何もかも人は人と違う。

だから、その人だけの一番美しく見える角度を見つける。

これまでずっと曖昧《あいまい》だったものに、ひとつの基準が生まれた。

この角度を身に付ければ、どんなに指摘されようと、自身の心を守ることができる。

それは、自信に繋《つな》がり、さらに魅力《みりよく》になる。


私にとって、あれだけ苦しかった礼儀作法は自分を守るための武器となった。

結婚《けっこん》し、子供が生まれれば我が子にも成長するごとに角度を測り武器を持たせてやった。

特に、一番下のメルサは、頭が良く礼儀作法も早くに身に付け、気付けば角度も自分で見つけるようになった。

メルサは私が学ぶことができなかった、数学、物理、魔物学《まもの》、経済学——殊更《ことさら》難しいとされ、令嬢には無理だとされた学園の授業を自由に選び受講した。

男勝《まさ》りだと、陰口《かげぐち》を言われようとも、出る杭《くい》は打たれると忠告されようともメルサは立派な成績を収めていった。

「貴女《あなた》ほどのマナーに厳しい方がどうして娘に好き勝手させるのです？」

男性優位の貴族社会の中で、心ない質問をしてくる者もいた。

しかし、メルサは早くから礼儀作法を身に付けている。

あの子には自分を守る武器を持たせている。それなら、好きにすれば良いのだ。

「女が男より賢《かしこ》いからと言って、マナーが悪いということにはなりません」

私も大概《たいがい》強くなった。

更《さら》に時は流れ、孫の代までになると昔ほど礼儀作法云々《うんぬん》言われることが少なくなってきた。

親も厳しくしつけるよりも大事なのは愛だというのが最近の風潮だ。

そろそろ、爵位《しゃくい》も息子《むすこ》に譲《ゆず》り、引退しようかと思い始めた頃《ころ》、一番下のメルサが娘のエマを連れてやって来た。

「お母様、この子をしつけて下さい。多少……いえ、とことん厳しくお願いします」

メルサは辺境の領に嫁《とつ》いでおり、孫と初めて会ったのは王都に越《こ》してきた数週間ほど前だった。

長男のゲオルグは父親レオナルドの若い頃にそっくりで面白《おもしろ》いし、末のウィリアムは髪色《かみいろ》と賢そうな面持《おもも》ちがメルサに似ている。

エマに至っては、傷痕《きずあと》ができたとかでベールを被《かぶ》っていて顔は確認できなかった。

三兄弟の作法は、最上級ではないがそう悪くもないという印象だった。

それ故《ゆえ》にメルサがとことん厳しくしつけろと私を頼《たよ》るなんて、一体何事かと驚《おどろ》いた。

「メルサ、落ち着きなさい。どうしたというの……！」

その日、連れてこられたエマは、ベールを被っていなかった。

初めて見る愛らしい顔には、酷《ひど》い傷痕が右の頬《ほお》に刻まれている。

私をおずおずと見上げる瞳《ひとみ》の色は、他の兄弟と違い、緑色だった。

色素の薄《うす》い、透《す》き通った吸い込まれそうな緑。

サリヴァン公爵家の色だ。

目が合うとふにゃりと笑う。メルサやレオナルドとも違う、柔《やわ》らかい穏《おだ》やかなふんわりとした顔立ちに、小柄《こがら》でほっそりした華奢《きやしや》な体。

実年齢《じつねんれい》よりも幼く、頼りなげな雰囲気《ふんいき》。あの酷い傷痕は、成長しても残ったままだろう。

「分かりました。エマは一か月間、学園が終わってからうちに通いなさい。馬車を用意しましょう」

これからこの傷痕を背負って生きて行かねばならぬのなら。

この子には、武器を持たせなければ。

私が、授《さず》けてきた中でも最強の武器を。

「エマ、背筋を伸《の》ばしなさい。先程《さきほど》よりもあと二ミリ深く礼をしてみなさい」

「にっ二ミリですか⁉　おばあ様、二ミリで何が変わるというのですか？」

「エマ、二ミリを笑う者は二ミリに泣くのです。礼の角度は今後身に付けておいて損は絶対にしませんからね？」

「おばあ様、そんな礼の角度で損をすることがあるような言い方……」

「王都では、礼の角度は一番分かりやすい試金石なのです。どんなに素晴《すば》らしい令嬢も正しい礼ができていなければ二度とパーティーに招待されることはないでしょう」

「それは願ってもないお話……」

「エマ、何か言いましたか？」

「ひっ、な、なんでもありませんわ、おばあ様！　二ミリ深く、ですね？」

「エマ、それでは三ミリです。一ミリ浅くなさい」

「ひぃぃぃぃ！」

少し厳しくなるかもしれない、でも。

その分、傷つくことのないように、できる限りの装備を揃《そろ》えてあげたい。

「おばあ様、そろそろ休憩《きゅうけい》しませんか？　私、今日はティーコージーを縫《ぬ》ってきましたの。これを使うとお茶が冷めないので長く長ーく休憩できっ……お茶の時間が楽しめますから」

「……。では、エマ。礼はまた次回にして、今からお茶会のマナーを勉強しましょうか？」

「うえ⁉　えーと……はい」

孫は作法に苦手意識があるようだが、私にもメルサにもない愛嬌《あいきょう》に加え悪知恵《わるぢえ》の働く頭は、むしろ社交界に向いている。面白いではないか。

マナーの鬼の引退は少し先になりそうだ。

◆　◆　◆

エマは大丈夫《だいじょうぶ》と言い張っていたがベッドに寝《ね》かせ、そっと汗《あせ》を拭《ぬぐ》っている間に、こてんと眠《ねむ》ってしまった。

相当無理をしていたのだろう。

こんなに、こんなに大切で、どんな苦しみからも遠ざけてやりたいと思うのに、エマはいつも大変な目に遭《あ》ってしまう。

周りを気遣《きづか》い、安心させようと笑顔《えがお》を絶やさず我慢《がまん》する彼女《かのじょ》に、もっと頼ってほしいと思うのは自分の我が儘《まま》だろうか。

王子としての日々の公務が忙《いそが》しく、学園では授業を受けるだけであまり時間が取れない。

それでもこの二週間、エマが徐々《じょじょ》に調子を崩《くず》しているのが見てとれた。

休み時間にはくったりと机に伏《ふ》せて休んでいることすらあった。

声をかければ、いつもの笑顔で大丈夫と応《こた》えるエマに、それ以上の追求はせずにいたが、今日は誤魔化《ごまか》されてやれるほど大丈夫そうには見えなかった。

皇国語をエマが話した時、あまりの驚きで動くことができなかった。

王国民は、皇国語を理解できない。

発音も、文法も、文字も、まるで異世界の言葉のようで、耳が、目が、頭がそれを認識することが難しい。

辛《かろ》うじて、短い単語ならば聞き取れることもあるが、そのまま覚え続けられない。

それは、王国民に限られたことではないとも聞いている。


皇国は、他国との交流を避《さ》けてきた。

遠い昔からずっと鎖国《さこく》状態で国の正確な位置すら今も分からない。

故に皇国語は独自の体系を持ち、どの国にも言葉を理解できる人間はいなかった。

数少ない皇国とコミュニケーションがとれるバリトゥと呼ばれる島国を介《かい》して王国に支援《しえん》の要請《ようせい》が来たのが数か月前のこと。

皇国で天候不良による食糧《しょくりょう》不足が深刻化し、資源の豊富な王国に白羽の矢が立ったようだ。

謎《なぞ》多き皇国と性急に国交を結ぶことに反対する者も少なからずいた。

皇国の情報は思うように掴《つか》めず、食糧を援助《えんじょ》した分に見合う利益を王国側にもたらされる保証もなかったのだ。

最終的に国王の独断で援助を含《ふく》む国交締結《ていけつ》が決まり、慌《あわ》ただしく交流が始まることとなった。

そして、すぐに言葉の壁《かべ》にぶつかることになる。

バリトゥ語が唯一《ゆいいつ》の意思疎通《そつう》の手段だったが、皇国人のバリトゥ語は癖《くせ》が強い上に未熟で、挨拶《あいさつ》程度しかまともに交《か》わすことができなかった。

その間にも、備蓄《びちく》した食糧在庫は減り続ける。

焦《じ》れた皇国は皇族の中でも特に聡明《そうめい》なタスク皇子を王国に留学させることを決めた。

皇国の皇族は、その血筋を以《もっ》て国民から神のような存在だと言われている。

その神であるタスク皇子を国外へ出さなければならない程、皇国の食糧不足は深刻なのだろう。

今日の晩餐《ばんさん》会はタスク皇子に年頃《としごろ》の近い令息、令嬢をあてがい王国語習得の助けになればと開かれた。

王国の優秀《ゆうしゅう》な外交官でさえ、誰一人として皇国語の一語も理解できず、皇国との交渉《こうしょう》はタスク皇子の言語習得に頼るしかない状況《じょうきょう》であった。

そんな場でエマが皇国語を話したのだ。

重い責務を負わされたタスク皇子と国交を独断で決めた国王が興奮するのも無理のないことだった。

あの時に一言、冷静になれと言えていれば、こんなことにはならなかった。

だけど……そんな事情よりも、目の前のエマが辛《つら》そうにしているのが耐えられなかった。

そして、そんな姿を誰にも見せたくなかった。

………これも自分の我が儘なのだ。

コンコンと控《ひか》え目なノックがされ、先ほどのメイドが部屋に入って来る。

「あの、エマ様に着替《きが》えを……私の寝衣で申し訳ないのですがよろしければお使い下さい。ドレスのままでは苦しいかと……」

おずおずとエマを看病していたヒルダに寝衣を渡《わた》す。

これは完全な善意の行動で、誰も頼《たの》んでいない。

普通《ふつう》メイドは自発的にここまで世話を焼かないものだ。

エマは、メイドだろうと王子だろうとも基本的に態度を変えない。

礼儀《れいぎ》で呼び方や礼は違うものの、王子だからといって仰々《ぎょうぎょう》しく畏《かしこ》まらないし、メイドだからといって見下したりしないのだ。

どちらも人として敬意を持って相対し、分け隔《へだ》てなく優しく気遣う。だから、皆に好かれる。

エマを着替えさせる間、部屋を出る。

着替えが終わり、再び部屋に入ってもエマは眠ったままだった。

【マナーの鬼】と異名を持つヒルダも心配そうに手を握《にぎ》っている。

「着替えさせても意識は、戻《もど》りませんでした。この子は一体どれだけ無理をしていたのか……」

エマを診《み》た医者の診断《しんだん》は安心できるものではなかった。

「傷自体は完全にふさがっていますし、問題ないと思うのですが、魔物によって負わされた傷は体にどのような影響《えいきょう》が出るか分かりません。今は、無理をさせずに安静にするしかないでしょう」

医者ですら手が出せない傷なのだ。

エマは誰にも気付かせないようにずっと一人で後遺症《こういしょう》に耐えていたのだろうか？

傷の痛みも、痕《あと》の残る体も代わってやれるものならすぐにでも代わってやりたい。


暫《しばら》くすると、父親のスチュワート伯爵《はくしやく》がエマを迎《むか》えに来た。

「レオナルド、申し訳ありません。私が付いていながらエマがこんなことに……」

ヒルダがレオナルドに事情を説明し、謝《あやま》る。

「お義母様《かあさま》、エマなら大丈夫ですよ。うちの猫《ねこ》が騒《さわ》いでなかったですし、取り敢《あ》えず連れて帰りますね」

「…………猫？　え？　ねこ？」

エマ……とレオナルドはベッドに横たわる娘に声をかけるが反応はない。

見る限り物凄《ものすご》く気持ち良さそうに爆睡《ばくすい》している。

無理やり起こすこともできるが可哀想なので、そのままそっと持ってきていたブランケットでくるんで抱《だ》き上げる。

「それでは、殿下《でんか》もお義母様もエマがお世話かけまして申し訳ございませんでした」

失礼します……と部屋を出ようと扉《とびら》を開けたところで、レオナルドの足が止まる。

エマを休ませていた部屋の外で、十数人の男達が立ち塞《ふさ》がって進路を塞いでいたのだ。

「丁度いいところに！　スチュワート伯爵、ご令嬢であるエマ・スチュワートについて話があるのだが」

一番前にいた神経質そうな男がレオナルドの腕《うで》に収まり眠っているエマを横目に見ながら話しかけてきた。

「今？　取り込み中なんですけど……」

また後日改めてとレオナルドが答えるも、男は引き下がらない。

「これは、王国にとって重大な問題だぞ！　早急に事態を把握《はあく》すべき案件なのだ」

大きな足音を出して男達が一歩前に出て圧力をかける。

「見て分からないかな？　早く娘をうちへ連れて帰りたいんだけど」

せっかく気持ちよさそうに寝ているのにエマが起きてしまう、とレオナルドは男達を睨《にら》む。

どんなに男達が威圧《いあつ》しても、魔物を相手にする屈強《くっきょう》な辺境の領主には何の脅《おど》しにもならない。

「お前たち、何をしている！　邪魔《じゃま》をするな！」

男達が進路を塞いでいるのにエドワード王子が気付き、一喝《いっかつ》する。

「殿下。これは、国の外交の根幹を揺《ゆ》るがす一大事。色恋《いろこい》が優先される場ではありません。とにかく、我々外交官にお任せください」

ふんっと鼻で笑い飛ばし、外交官だという男は王子の命令に背《そむ》き、更に一歩前に出る。

晩餐会でエマが皇国語を話せることを知った外交官達が慌てて集まってきていたのだ。

「これはこれは、オリヴァー・デフロス外交官ではありませんか。なんと無礼な！　王国の第二王子に対する言葉としては、些《いささ》か礼儀に反するのでは？」

ヒルダが後ろから加勢する。

「ひぃっヒルダ・サリヴァン公爵！　何を言われようとも我々は職務を全《まっと》う致《いた》します！」

【マナーの鬼】と恐《おそ》れられるヒルダに一瞬《いっしゅん》怯《ひる》んだものの、外交官は国のためという大義名分を使い、引き下がらない。

「はっ面白い。エマはまだ十三歳《さい》の女の子ですよ？　体調を崩し、今は意識もない状態です。こんなになってまで国のために務める必要がどこにあるのです？　そもそも外交官たる貴殿《きでん》方が誰一人として皇国語ができないのが問題なのでは？　尻拭《しりぬぐ》いをうちの孫に押《お》し付けるおつもりですか？」

気持ち良く爆睡しているだけとは、今のところレオナルド以外知る由《よし》もない。

「なっなにを!?　我々は、王国の為《ため》に動いているのです！　これ以上は、サリヴァン公爵といえども……！」

反論に熱くなる外交官の口を止めたのは、ヒルダの大きな、大きなため息だった。

マナーを習う令嬢が震《ふる》え上がる、国王ですら一瞬どきっとして動きを止める、【マナーの鬼】のため息だ。

「オリヴァー、それに後ろは、コナーにロビンソン、ブラン、メイソン、クリステン、モリスン、オースチンに………。はぁ……親である貴殿方がこれ程までに礼儀がなっていないなら、そのご令嬢のマナーも期待できませんわね？　そろそろ……婚約者《こんやくしゃ》を探すお年頃と伺《うかが》っておりましたが……？　今度のお茶会の話題になりそうです」

「なっ、脅すのか!?」

王国社交界において【マナーの鬼】に睨まれた令嬢に嫁ぎ先はない。

「国を盾《たて》にして脅しているのは貴殿方でしょう。私はただ個人的にマナーの悪いご家庭を把握したに過ぎませんが？」

「「「ひぃっ！」」」

「「「もっ申し訳ございませんでしたぁー‼」」」

バラバラと先頭にいた男以外が逃《に》げるように退散する。

「おっお前たち！　逃げるな！　おい！」

一人になった外交官は、それでも諦めずに進路を塞いだままレオナルドを睨む。

「スチュワート伯爵、これは王国のためなのです」

「いや、国よりも娘の方が遥《はる》かに大切ですが？　この行動で罰《ばつ》せられるなら幾《いく》らでも罰してもらって結構ですよ」

外交官オリヴァーよりも頭一つ分背の高いレオナルドが上から見下ろすように圧をかける。

笑ってはいるが、ピリピリとした空気が周囲を包んでいた。

「分かって頂けたなら、ありがたい」

レオナルドは王子とヒルダにも、にっこりと一礼し、蛇《へび》に睨まれたカエルの如《ごと》く動けなくなった外交官を押しのけ堂々と王城を後にした。

第四十話　第四回田中家家族会議。

「……で、晩餐《ばんさん》会に行った筈《はず》のエマは何で爆睡《ばくすい》して帰って来たのかしら？」

翌朝、スッキリ爽快《そうかい》目覚めたエマが朝食をたっぷり食べ終わるのを待ってから、人払《ひとばら》いをしたエマの部屋で田中《たなか》家家族会議が開かれた。

「お母様、王城のベッド……すんごいふかふかで、まるで雲の上に寝《ね》ているような最高の寝心地《ねごこち》でしたの」

メルサの質問に怒《おこ》られる気配を察したエマがコーメイの後ろに隠《かく》れてから、仕方のないことだったと言い訳する。

「にゃにゃにゃ！」

コーメイがエマの体に尻尾《しっぽ》を絡《から》ませ、ふかふかベッドは寝てしまうにゃと頷《うなず》いている。

「うにゃ！」

雲の上なんて想像しただけで眠《ねむ》くなるにゃ、とチョーちゃんもゴロゴロとお腹《なか》を見せる。

「ふかふかベッドのせいだけではないでしょう、姉様。晩餐会の前日に自分のドレスが完成した後も夜遅《よるおそ》くまで学園で仲良くなった令嬢《れいじょう》のドレスのデザインを描《か》きまくってたの、僕《ぼく》知ってますよ」

ウィリアムがエマの書斎《しょさい》机から大量のデザイン画を発掘《はっくつ》しながら母にチクる。

「……エマ？」

母からの視線が痛い。

「お、お母様、あの、皆様《みなさま》ほんとうに仲良くして下さるし、お世話になっているんですの。何よりそれぞれ別の魅力《みりょく》があるのでデザインを考えるのが楽しくて、楽しくて……つい……」

ずっとずーっと【マナーの鬼《おに》】の異名を持つ祖母ヒルダによるマンツーマン指導に時間を取られ、やりたいことができずにいたエマのストレスが爆発《ばくはつ》したのだ。

ハロルドが描いてくれた自分のドレスを見て、この染料はイケると確信してからは、次々とドレスのアイデアが浮《う》かび、無我夢中でデザインを描きまくって、気付いたら朝になっていた。

「にゃんにゃにゃにゃー」

だから早く寝ようって言ったのにゃ……とコーメイがクワッとあくびをする。

「あっでもこれ、すげーマリオン様に似合いそうだな？」

ゲオルグが発掘された中の一枚のデザイン画を手に取り家族に見せる。

黒地のワンショルダードレスで肩《かた》に大きな花の飾《かざ》りがあり、そこから流れるようにビーズと刺繍《ししゅう》が施《ほどこ》されている。

「これは、今までの黒地のドレスだと映《は》えにくかった色を刺繍糸《ししゅういと》に使ってみたいなって思って描いたの。あのインクで刺繍糸を染めたら生地《きじ》に負けない色が出せる筈……」

エマの説明に、デザインを眺《なが》めていたゲオルグが呟《つぶや》く。

「この肩の花は、ブーケみたいに本物に近い造花をインクで刺繍糸と同じ色に染めたら一体感出そう……」

「お兄様ナイスアイデア！　それ頂きます！」

飾りのパーツはゲオルグの得意分野だ。

「それなら刺繍の花も本物っぽく刺《さ》して……ビーズは大きいものよりは小さいのをたくさんちりば

める方が綺麗《きれい》かもね」

デザインの変更《へんこう》に合わせてレオナルドも提案する。

「そうなんですお父様、でもビーズを小さくすると黒地のドレスでは目立たなくなりそうで……」

どうすればいいかな？　とエマが首を傾《かし》げる。

「では、いっその事、ビーズもあのインクで色をつけてはどうですか？　ビーズの色がコントロールできればグラデーションに配置することでより一体感と華《はな》やかさが出ていい感じになりそうな気がする」

と、ビーズの扱《あつか》いに長《た》けているウィリアム。

「おお！　ナイスウィリアム！　ビーズを着色するんだったらハロルドさんに光沢《こうたく》のある色も作れないか相談してみるのもいいかもね」

素敵《すてき》なドレスができそうだとエマが嬉《うれ》しそうに笑う。

「では、エマと私はドレスの黒い生地選びと仕立てを、ゲオルグは花の飾り、レオナルドは刺繍、ウィリアムはビーズ担当ね」

デザインが決まったところで、いつも通り母メルサが担当を割り当て、仕切ってゆく。

「「「「了解《りょうかい》！」」」」

「では次に、この双子《ふたご》コーディネートのデザインを詰《つ》めていきましょ……う……？」

「「「「はっ‼」」」」

家族全員が本題を忘れドレスの話に夢中になってしまい、盛大《せいだい》な脱線《だっせん》事故を起こしていたことに気付いた。

皆《みな》、面倒《めんどう》そうな晩餐会の騒動《そうどう》よりも楽しいドレス作りの方へと無意識に現実逃避《とうひ》していた。

「「「「…………」」」」

「…………あーところで、エマ？　いつから皇国？　語を話せるようになったんだい？」

一瞬《いっしゅん》、このままドレスのデザインの話を続けようか悩《なや》んだが、昨夜の騒動を放って置ける筈もなく、レオナルドが軌道《きどう》修正する。

ううっとため息をついて、観念したようにエマが答える。

「実は皇国語……なんだけど、私が聞く限りでは日本語だったのよね。しかも晩餐会で出された皇国料理は和食みたいだったし。だし巻き玉子しか食べてないけど……美味《おい》しかったなー」

エマは昨夜食べた久しぶりのだし巻き玉子の味を反芻《はんすう》する。

「え!?　じゃあ、も、もしかして、こっ米も？　米もあるの？」

「醤油《しょうゆ》は？」

「みっ味噌汁《みそしる》のみたい！」

ゲオルグ、メルサ、ウィリアムが和食と聞いて身を乗り出す。

「途中《とちゅう》退場したからよく分からないけど……味噌はあったかも……」

茄子《なす》の田楽……一口、せめて一口食べたかった……と悲しみが押《お》し寄せる。

「「味噌汁イケる！　イエーイ！」」

懐《なつ》かしの味噌にテンションの上がったゲオルグとウィリアムがハイタッチして喜ぶ。

「味噌があれば、味噌汁だけでなく鯖《さば》の味噌煮《に》も味噌煮込《こ》みうどんも肉味噌炒《いた》めも作れるわね」

メルサが前世で得意だった料理をリストアップし始めた。

「あー食べたい！　鯖味噌食べ……た……い？　…………⁉」

「「「「はっ‼」」」」

転生してから諦《あきら》めていた前世の料理が食べられるかもしれない、本題より遥《はる》かに魅力的な話題にまたまた一家揃《そろ》って飛び付いてしまっていた。

家族全員の本能が、やっぱり面倒だろう本題から逃《に》げようとしている。

「……あー、その皇国？　語？　話したからってなんで騒《さわ》ぎが起きるのですか？」

鯖味噌に心惹《ひ》かれながらウィリアムが名残惜《なごりお》しそうに軌道修正する。

皇国との国交は始まったばかりで家族の誰《だれ》もがその国の存在を知らない。

「皇国の皇子曰《いわ》く、王国人は皇国語ができない？　のだとか」

エマの手を握《にぎ》り、興奮した様子で話すタスク皇子を思い出す。

人目のある晩餐会であそこまで喜びを隠せないなんてよほど王国人は皇国語ができないのだろう。

そういえば【いただきます】のヒヤリングも皆めちゃくちゃ雑だったっけ。

「そうそう、エマを迎《むか》えに行った時も外交官が話を聞きたいって強引《ごういん》でね。危《あや》うく帰れなくなるところだったんだよ。特にオリヴァー？　とかいうしつこい奴《やつ》が諦めが悪くて、お義母様《かあさま》が間に入ってくれて助かったよ」

レオナルドがにっこり笑い、そのしつこい外交官に後半ちょっとキレちゃった、と不穏《ふおん》なことを言いだした。

「おっお父様⁉　外交官にケンカ売ったんですか？」

私が気持ちよく寝ている間に何やってくれちゃってんのとエマが驚《おどろ》く。

【とにかく目立つな】という王都での目標はいつだって努力目標であって達成は難しい。

これは確実に母に怒られると覚悟《かくご》する。

母の額には最恐に怒った時にだけ現れる青筋が二本、並んで浮き出ていたのだから。

「おっお母様！　ごっごめんな…………さ……」

「………外交官？　の？　オリヴァー？　まさか、オリヴァー・デフロス？」

とにかく早めに謝ってしまおうと口を開いたエマの声を遮《さえぎ》るようにメルサが唸《うな》る。

「ああ、そうそうお義母様がそう呼んでいたよ？　知り合いかい？　ん？　オリヴァーって……そういえばどこかで聞いたような名前……？」

レオナルドはやけに突《つ》っかかってくる面倒な男の名をヒルダが呼んだのを覚えていた。

年頃《としごろ》は自分と同じくらいで、神経質そうな男。

「あのくそやろう！　外交官になってたのね！」

ダンっと机を叩《たた》き、メルサがメルサと思えないような悪態を吐《つ》く。

「お、おかあさま？」

「めるさ？」

最恐の青筋を立てて怒るメルサは、はっきり言って超恐《ちようこわ》かった。

「あいつは、私が学園に通っていた頃《ころ》に何かと女は勉強なんか必要ないとか女の癖《くせ》に男を立てないだとか、教師に色目を使って良い成績を取っているだとか……あー思い出しただけで腹が立つ‼」

「ああ！　いたね。そんな奴‼　メルサの魅力が全く分からない可哀想《かわいそう》な奴が！」

どうやら二人の学園時代の知り合いらしい。

レオナルドは顔を合わせても忘れていたようだったが。

「うちの可愛《かわい》いエマが体調を崩《くず》して、意識もない状態だというのに、自分の話を優先させようとするなんて、相変わらず礼儀《れいぎ》がなってない‼」

一つ思い出すと次々と思い出が浮かんで来るのか、メルサの怒《いか》りは収まらない。

「あ、お、お母様、私はあの？　元気ですが？」

もうエマの言葉は、メルサに届かない。

「これは、スチュワート伯爵《はくしやく》家として……いえ、お母様にも協力してもらってサリヴァン公爵《こうしやく》家からも直々《じきじき》に抗議《こうぎ》しなくては‼」

「お、お母様？　……私？　元気だよ？」

どうしよう。

いつも、いつも騒ぎを起こすな、大人しく、目立つなと言い聞かせてくる筈の母メルサが既《すで》に油を注ぎまくった火にダイナマイトを投げ入れようとしている……。

なんとも言えない空気の中、人払いをしたエマの部屋へ忙《せわ》しなく足音が近づいて、コンコンとノックされる。

「この部屋には暫《しばら》く人を寄せないでと言った筈なんだけど？」

レオナルドが扉《とびら》を開け、使用人を迎える。

「申し訳ございません！　あの、こっこここここっこ国王陛下がお見えです！」

使用人は息を切らして、青い顔で衝撃《しょうげき》的な全く聞きたくなかった報告をする。

「今……なんて？」

国王は、おいそれと伯爵家に遊びに来られる身分ではない。

聞き間違《まちが》いに違いない、そんな馬鹿《ばか》なことある訳がない、あったら困る。

「国王陛下が、や、屋敷《やしき》の門前に、中に入れてほしいと！」

使用人がもう一度、しどろもどろになりながらレオナルドに伝える。

あった……何がどうなってこうなった⁉

メルサがダイナマイトを投げ入れる直前に、後ろで火山が噴火《ふんか》していたレベルの衝撃だった。

エマの晩餐会の騒ぎは、どこまで大きくなるのか……。

この国王陛下の急な訪問により、大して実のある話をしないまま、田中家家族会議は途中でお開きとなってしまうのだった。


何よりも取り敢《あ》えず、猫《ねこ》は隠そう。

うちの猫は少し大きいけど物凄《ものすご》く可愛いから国王が欲しがったりしたら困る。

「コーメイさん達《たち》、しばらく奥《おく》の部屋で隠れてもらえるかい？」

「ぬゃー⁉」

「ぬゃ⁉」

「うぬゃー‼」

「ぬゃぬゃー‼」

レオナルドのお願いに、一斉《いっせい》に猫達が抗議する。

最近は三兄弟が学園に行くので遊ぶ時間が減っていた上に、エマのマナーの勉強も加わって、家族全員が集まるのは貴重な時間にゃのに！　と、コーメイさんとリューちゃんが鳴く。

話し合いの時はちゃんと大人しく待ってたじゃないか、もっと猫と遊びにゃさいよー！　と、訴《うった》えるようにかんちゃんとチョーちゃんも鳴く。

「ごめん、でも、見つかると大変だから……」

怒る猫にあとでいっぱい遊ぼうね、とレオナルドが宥《なだ》める。

既に面倒なことに巻き込《こ》まれる予感がしていた。

騒動の種は少ないに越《こ》したことはないと猫にお願いするのだった。

◆　◆　◆

これ以上のトラブルは勘弁《かんべん》だと【すべての騒動の元凶《げんきょう》】であるエマはそのまま仮病《けびょう》を使い、体調が思わしくないので絶対安静、面会謝絶に。

ゲオルグとウィリアムはエマの監視《かんし》……看病をしていることにし、レオナルドとメルサが応接間にて国王陛下を迎える態勢を整える。

ところでこのスチュワート家の応接間、普段《ふだん》は屋敷を買った時に付いてきた家具や美術品の中でも高そうな物を集めた物置部屋として使っている。

元が庶民《しょみん》の田中家にとって、絢爛豪華《けんらんごうか》なそれらは必要ないというか近くにあると落ち着かない。

売っぱらってしまいたかったが、あまりにも高価だったために買い手がつかなかったのだ。

調子に乗ってヨシュアの父にうっかり買わされた豪邸《ごうてい》の応接間は、それらを置いておくのに充分《じゅうぶん》な広さもあるが、普段は掃除《そうじ》以外に誰も近づかない。

王都の屋敷は応接間以外はなるべくシンプルな内装に変えたが、パレスの屋敷よりは派手なので未《いま》だに慣れない日々を過ごしている。

結果的に要《い》らないもの（高級品）や心臓に悪いもの（高級品）を応接間に隔離《かくり》したせいで、異常に豪華絢爛な空間が出来上がっていた。

国王陛下と皇国のタスク皇子が物置の置物扱いされていた超高級ソファーに腰《こし》を下ろし、後ろにオリヴァー含む外交官が十人程、脂汗《あぶらあせ》を浮かべ立ったまま控《ひか》えている。

応接間に置かれた全《すべ》てのソファーには汚《よご》れないようにと、レオナルドお手製の刺繍が細かく入ったカバーを掛《か》けてある。当然の如《ごと》くそのカバーの生地はエマシルクだ。

数々の調度品よりも、エマシルクのカバーの方が遥かに高い価値があることを一家は気付いていない。

国王ですら一瞬、座《すわ》るのを躊躇《ためら》ったし、外交官は座る勇気すらなかった。

テーブルクロスはエマシルクの緻密《ちみつ》な模様の総レース（レオナルド作、製作所要時間二十五分）で、出された紅茶にも手をつけることが憚《はばか》られる。

数々の外交を経験してきた外交官だが、これ程緊張《きんちょう》を強《し》いられる応接間は初めてだと後に語ったという。

訪問者への牽制《けんせい》に意図せず成功していたスチュワート家側も何気に追い込まれていた。

臣下の礼を解かれたあと、国王の隣《となり》に座る少年がタスク皇子だと紹介《しょうかい》され、皇国語云々《うんぬん》を誤魔化《ごまか》すことへの難易度が爆上《ばくあ》がりしたのである。

交流の浅い、よく分からない外国なのだから適当に誤魔化せると軽く考えていたのに、まさかの現地人登場である。

既にレオナルドには上手《うま》くできる自信はない。

頼《たの》みの綱《つな》であったメルサはオリヴァーを見た瞬間《しゅんかん》から不機嫌《ふきげん》になった。

本当に昔から仲が悪いのだ。

「先触《さきぶ》れもなく、急な訪問で驚いたであろう？　私一人で来られればよかったが、そうもいかなくてな」

重々しい空気の中、国王陛下が口を開く。

昨夜、自分の仕出かしたことでエマが倒《たお》れたと聞いて申し訳ないやら、心配やらで居ても立ってもいられずに、公務の大半を二人の王子に押し付けて城を出ようとしたところを皇子と外交官に見つかってしまったのだ。

「陛下、一言来いと命じて下されば直《す》ぐにでも王城へ馳《は》せ参じましたのに……」

心臓に悪いとレオナルドが嘆《なげ》く。

何故《なぜ》？　国王が動くのだ？　クーデターの時も然《しか》り、困ったものだ。

「いや、王城で秘密の話をすることは難しいからね。エマちゃんの体調はどうかな？」

国王の心配そうな表情を心苦しく思いながらも、元から超元気だとは言い辛《づら》い。

「はい。朝にはなんとか意識が戻《もど》りまして、一安心したところです。フルッ！……フ、ル、ーッ？をですね？　すっ少しだけ口にして、今は自室で安静にさせています」

嘘《うそ》が下手なレオナルドは必死である。

危うくフルコース並みの量の朝ごはんを平らげたと言ってしまう寸前で、隣のメルサがレオナルドの足を踏《ふ》んで気付かせる。

「エマちゃんの傷については報告を受けていたのに、思いっきり掴《つか》んでしまったからね。本当に申し訳ないことを……」

「陛下、王族は簡単に謝ってはなりません。そんなことよりも本題に移って下さい」

国王が頭を下げる前に、後ろで立っている外交官オリヴァーが口を出す。

「オリヴァー？　何のことを言っている？　今日はエマちゃんに謝りに来たんだ。王族であろうとも過《あやま》ちを犯《おか》せば謝罪は必要だ。王城ではお前のように言う者が多いからスチュワート家に足を運んだというのに……」

やっぱり連れて来なければ良かったと国王が面倒くさそうな顔を見せる。

「陛下、エマは内気な大人しい性格ですし、高位貴族の多い晩餐会で緊張したのでしょう。少しびっくりしただけなので、お気になさいませんように。お騒がせして申し訳ございませんでした」

国王陛下に謝罪されては困るとレオナルドは頭を下げる。

「ああ、昨日はエドワードとタスク皇子と四大公爵家のテーブルにいたから気後《きおく》れさせてしまったのかもしれないね。サリヴァン公爵の連れとして席を用意したから」

「……陛下、そんな話より本題を……」

「まあ、そうだったのですか？　私共もあまり詳《くわ》しい話は聞けておりませんので、そのような格式高い席でエマは粗相致《そそうい》しませんでしたでしょうか？」

オリヴァーの言葉を打ち消すようにメルサが国王に尋《たず》ねる。

多分偶然《ぐうぜん》ではなく、わざとだ。

「エマちゃんは、素晴《すば》らしい完璧《かんぺき》な所作だったよ。品のあるドレスに美しい礼は晩餐会で評判だったからね」

昨夜のエマの姿を思い出したのか、国王が相好《そうごう》を崩す。

その表情だけでメルサは娘《むすめ》のおじさんホイホイが、この世界でも健在なのだと確信する。

我が娘ながら恐《おそ》ろしい。

「っ陛下！　何故、エマ・スチュワートが皇国語を話せるのか⁉　本題はこちらです！　王国の未来に関《かか》わる重大なことなのですよ！　そんなどうでも良い話は後でして下さい！」

焦《じ》れたオリヴァーが声を荒《あら》らげる。

せっかく和《なご》やかな雰囲気《ふんいき》になっていたのに、相変わらず空気の読めない男である。

メルサは誰もが恐れるマナーの鬼そっくりのため息を吐いて、オリヴァーを睨《にら》む。

「逆に、お聞かせ願えますかしら？　オリヴァー・デフロス外交官？　貴殿《きでん》方は外交官の癖に皇国語を話せないのですか？　言葉は外交の要《かなめ》。職務怠慢《たいまん》ではなくて？」

辺境では使うことのない貴族特有の高圧的な態度でメルサが責める。

偉《えら》そうだが実際、誰も話せないからスチュワート家まで来ているのだろうし、言葉が通じなくても、国交を結びたいと思える何かが皇国にはあるのだろう。

オリヴァーの切迫《せっぱく》した態度から読み取ろうとメルサは少々挑発《ちょうはつ》してみる。

「皇国語が理解できないのは我々の落ち度ではない‼　王国だけでなく世界中どこの国のどんな人

間でも言葉を聞き取れないのだ！　別次元の発音、文法……文章に至っては古代文字よりも解読できない。職務怠慢では断じてない！」

面白《おもしろ》いようにオリヴァーが皇国語について説明してくれる。

日本語ならたしかにことは違う世界で使われていた言葉だし、それが何故そこまで難しいのかは分からないが、異世界ではそんなこともあるのかもしれない。

「こ、皇国は、国内で生活ができた、ので外交いらなかった。皇国人、も外国語を勉強してない、旅行で行くバリトゥ語、少し、できるだけ。皇国大変困ってる。エマ様に助けて頼む！」

それまで黙《だま》っていたタスク皇子が、自国の窮状《きゅうじょう》に王国に支援《しえん》を求めていること、自分一人では外交も話し合いも限界があり、エマに手伝いを頼みたいと慣れない王国語で一生懸命《いっしょうけんめい》に伝える。

「国に務めるのは国民の義務。ましてや貴族階級の者に断る権利なぞありません。皇国の皇子ともあろうお方が頭を下げる必要はありません。たかだか伯爵家の娘一人くらい好きなようにお使い下さい」

オリヴァーが皇子に媚《こ》び、勝手にスチュワート家の意見も聞かずに返事をする。

スチュワート家は協力するとも言ってないし、皇子の前にまず、外交官のお前が頭を下げろよ、とメルサが心の中で悪態を吐く。

王国のためという大義名分にかこつけて断じてお前が偉い訳ではないのだと。

そのオリヴァーの頼んでいる側とも思えない態度でメルサの怒りが最高潮に達する。

「我がスチュワート家は、辺境の地にて王国全体の魔物出現地域の半分以上を守っております。更《さら》に、養蚕業に従事し莫大《ばくだい》な税も納めております。その上、この国は、まだ幼く病弱な内気な性格の娘を外交の道具に差し出せと仰《おつしや》っているのですか？　……別に、良いのですよ？　王国以外の国に引っ越ししても。まあ、その時は……ロートシルト商会も一緒《いつしよ》に出ることになるでしょうけど」

メルサの言葉に国王と外交官全員の血の気がサーっと引く。

今の王国にスチュワート家を除いて広大な魔物出現地域を任せられる貴族も狩人《かりゆうど》も存在しない。

スチュワート家の納める税金は国家予算の主軸《しゆじく》となっており、これが突然《とつぜん》なくなるとあってはガチに国が滅《ほろ》びる。

そして、ロートシルト商会。

王国全ての流通、貿易を牛耳《ぎゆうじ》って、酸《す》いも甘《あま》いも経験した従業員が円滑《えんかつ》に利益を上げ、王国の商業の要となっている。

何よりも、パレスの質の良い絹が手に入らなくなったとあっては、嫁《よめ》や娘に叱《しか》られてしまう。

「「「っすー　っすいませんでした――――!!!」」」

一斉に外交官が土下座し、国王も頭を下げる。

なんで？　なんでここまで王国の保安と経済を握っておきながら未《いま》だに伯爵位なんだと土下座の姿勢のまま外交官達が疑問に思う。

「あああああっ国王陛下までっ！　頭を上げて下さい」

レオナルドが国王と外交官による本気の謝罪にワタワタする。

メルサを怒らせると恐いのだ。

オリヴァーも学園時代から散々怒られてきた割に学習しないのだから困ったものだ。

「いや、やはり、スチュワート家の王国への貢献《こうけん》を考えればもっと高い爵位を……」

頭を上げた国王が前回断られた褒賞《ほうしょう》の話を蒸《む》し返し始める。

「いえ、陛下。それについてはお受けできません‼　本当に今のままで充分ですので！」

体格の良いレオナルドが更にワタワタおろおろと焦る。

褒賞はスチュワート家にとって何のメリットもない。

「やはり、ここは……うちのエドワードとエマちゃんの婚約《こんやく》を……」

「エマは嫁にはやらん!!!!」

それまでおろおろしていたレオナルドが国王の言葉に被《かぶ》せ気味に立ち上がって叫《さけ》ぶ。

殺気を含んだ目で国王を見下ろし、人ってこんな低い声でるのかという声で、大事なことなので二回言う。

「エマは、嫁にはやりませんよ？　たとえ王命であろうとも絶対に」

数々の魔物を葬《ほうむ》ってきたレオナルドの殺気は、戦闘《せんとう》とは無縁《むえん》の外交官達に耐《た》えられるものではなかった。

外交官達は土下座姿のまま、ガクガクと震《ふる》え出す。

自然と両目から涙《なみだ》が溢《こぼ》れ止めることもできない。

ポタポタと応接間の敷物《しきもの》に落ちた涙は、染《し》み込むことなく水滴《すいてき》の粒《つぶ》となって真っ白な敷物の上を飾り始めている。

あまりの恐怖《きょうふ》の中、それでも外交官達は気付いてしまう。

この、広い応接間一面に敷《し》かれている敷物……真っ白でふかふかモフモフ、この手触《てざわ》り、水を弾《はじ》く毛並み、まさかこれって……王都で大人気で希少価値の高い一角兎《うさぎ》の毛皮では⁉

去年嫁や娘にコートをねだられた時に、値段を見てふざけるなと叫んだ、あの一角兎の……敷物？

え？　敷物？

この部屋（広い）一面……一角……兎……だ……と……!?

もう、早く、何が何でも応接間から出たい。

それが無理なら一センチで良いからどうにかして浮いていたい。

一角兎の毛皮を今まで踏んでいたなんて知りたくなかった。

外交官達の気持ちは一つになっていたが、恐怖で全く体は動いてくれないのであった。

◆　◆　◆

「どうだった？」

応接間の様子を見に行ったウィリアムがエマの部屋に首をひねりながら帰って来た。

この屋敷を建てた人間の経歴なんて聞いたこともないが、応接間にはこっそりと中の様子を窺《うかが》うことのできる覗《のぞ》き部屋なんかも併設《へいせつ》されている。

「なんか……お父様とお母様に陛下と一緒に来た人……外交官らしいんだけど、全員土下座してた」

「「いや、どういう状況《じようきよう》よ、ソレ!?」」

何がどうなったらそんな状況になるのか、弟の報告に思わず突っ込む。

「王国としては、どうしても皇国との外交を成功させたいみたいだね。皇国側は食糧《しよくりよう》不足の支援要請《ようせい》だし、どちらも外交には前向きだけど言葉の壁《かべ》は厚いみたい」

朝起きて寝衣から普段着《ふだんぎ》に着替《きが》えていたエマだが、万が一に備え再び寝衣に着替えている。

自室のベッドに座ってウィリアムの偵察《ていさつ》の報告を吟味《ぎんみ》する。

「今まで皇国なんて誰も知らない国だったのに……何があるのかしら？」

他の国同様に魔物の出現範囲《はんい》が極力狭《せま》くなるように、海に面した半島にある筈だが地図には載《の》っていない。

「うちの図書室の本だけじゃ情報が足りない……」

ゲオルグに屋敷の図書室から外国に関する本や地図を持ってきてもらい、片《かた》っ端《ぱし》から読み漁《あさ》るも時間がかかるばかりで手掛かりはない。

こんな時スマホがあれば……と思わずにいられない。

「この世界に不満はそんなに感じてなかったけど……今、無性《むしょう》にスマホが欲しい」

「分かる！　グー◯ル先生に検索《けんさく》お願いしたい」

「調べられたら絶対にウィ◯ペディアとかに載って…………？　そう言えば、異世界転生なんだからあれは？　ステータスのパネルとか出ないの？」

「「‼」」

転生ものあるある、ステータス。言われてみれば試《ため》したことがない。

ウィリアムの言葉にエマとゲオルグが顔を見合わせてから、何故今の今まで存在を忘れていたのかと驚く。

「え？　ステータス開けたら、魔法《まほう》も前世のプレイ中にゲットしたアイテムも使えたりする？」

これまで【ファイヤーボール】などと叫んでみたりして魔法は使えるのか試したこともあったが、

ステータスのことは失念していた。

もしかしたらむやみに叫ぶのではなく、魔法の行使に必要なのはステータスのパネルで選択《せんたく》するタイプのやり方だった可能性が浮上《ふじょう》する。

もしかしたら、今更《いまさら》ながら転生チート、始まっちゃうかもしれない。

「いやいや、僕ら乙女《おとめ》ゲーとかしてないじゃないですか⁉」

身に覚えがなさすぎるとウィリアムが冷静に突っ込む。

転生に気づいた時に、乙女ゲーム関連は確認《かくにん》済みなのだ。

「諦めるのは早いよ！　私、武田信玄《たけだしんげん》オトすスマホゲームはやったことあるからね」

西洋的な乙女ゲームは未プレイだが、和テイストの皇国の存在が確認できた今、あのスマホゲーム【戦国乙女ヒストリー　～武将の恋《こい》は波瀾万丈《はらんばんじょう》～】の世界に転生したものの、何かのミスで違う国に転生したという一捻《ひとひね》り入れたパターンだったのかもしれない。

武田信玄以外の攻略《こうりゃく》武将が何故か二十歳《はたち》くらいの若者ばっかりで全くやり込んでないことが今となっては悔《く》やまれる。

でももし、そうなら最強アイテム【風林火山の旗指物】で武田軍を召喚《しょうかん》できちゃうかもしれない。

ん？　それ、いつ使うの？　あっても使い道ないような……。

いや、【機能充実《じゅうじつ》！　長時間滞在《たいざい》用厠《かわや》　甲州《こうしゅう》山】があれば何時《いつ》、如何《いか》なる時でも快適なトイレが……使えて……どうする？

あのスマホゲーム……大丈夫《だいじょうぶ》かな？

「まあ、物は試しだし？　一回やっとく？」

三兄弟の中で一番ゲーマーのゲオルグがそわそわしながら提案する。

中身は、全員三十過ぎた良い大人なのでちょっと恥《は》ずかしい気もするが、異世界漫画《まんが》も小説もステータスの話が出れば大概《たいがい》使える仕様だった。

先人の知恵《ちえ》を試さない手はない。

三人で目配せして、意を決してあの決まり文句を叫ぶ。

「「「ステータス、オープン‼」」」

目の前に、半透明《はんとうめい》のうっすいパネルは……出なかった。

「「「……」」」

うん、分かってた。

そんな都合の良いことなんて、ないって。

三人ともほんのり顔を赤くして視線を逸《そ》らす。

恥ずかしい。三十過ぎて何やってるんだろう……？

「……何をやっているのですか？」

心の声がそのまま、耳に入って来た。

残念なことにステータスは開かなかったが、エマの部屋の扉が開き、エマ付きメイドのマーサが冷えきった目でこちらを見ていた。

「まっマーサ！　いきなり部屋に入って来ないで！」

恥ずかしさのあまり、エマから思わず思春期の女子のような台詞《せりふ》が飛び出す。

今は、思春期の女子だからあながち間違ってはいない。

三人だけでも恥ずかしいのにマーサにまで見られていたなんて羞恥心《しゅうちしん》に殺されそうだ。

「ノックはしましたよ？　国王陛下がいらしているのですから、遊ぶにしてもお静かにお願いしますね？」

気合い入れて叫んだために部屋の外にまで聞こえていたらしい。

恥《は》ず……。

と、運の悪いことにこの醜態《しゅうたい》を見られたのはマーサだけではなかった。

「エマ様！　昨夜、晩餐会で倒れたと聞いて心配していましたが、お元気そうで何よりです！」

お見舞《みま》いに大きな花束を抱《かか》えたヨシュアが、マーサの後ろからひょっこり現れる。

さっきの叫びは聞かなかったことにしてくれている。

空気を読めてこその商人……ありがたい。

「以前、エマ様が店に季節限定のスイーツがあったら嬉しいって仰っていましたので持ってきました！　季節先取りで早くに実ったフルーツが手に入ったので今日は夏用のメニューの試作です」

花束の陰《かげ》に隠れて見えなかったが、スイーツの入った箱も一緒に持っていたヨシュアはマーサに預ける。

「この箱の中に茶葉と淹《い》れ方のメモが入っているので、スイーツと一緒にお願いします」

居たたまれない三兄弟の様子を気遣《きづか》ってか、ヨシュアがマーサにお茶の用意を頼む。

早々に、マーサの冷たい目から解放され、三兄弟はほっと胸を撫《な》で下ろす。

持つべきものは気遣いのできる幼馴染《おさななじ》みである。

パレスにある実家の部屋の三倍は広くなったエマの部屋は、おやつを食べるためのテーブルと椅《い》子《す》もある。

おやつに備え、今は本でいっぱいのテーブルの上を片付ける。

「すごい量の本ですね？　何か調べものですか？」

一緒に本を片付けながらヨシュアが尋ねる。

そこでゲオルグとウィリアムは、はっと気付く。

この世界、スマホもグー○ルもないが、ヨシュアがいることを。

商人ゆえに、国中を回り、色々な情報を持っているヨシュア。

「どうしました？　見つめないで下さいよ？　あっエマ様はむしろずっと見つめてて下さい！」

片付けを終え、ヨシュアが二人に迷惑《めいわく》そうな視線を送った後でちゃっかりエマの隣に座る。

ヨシュアのことなのできっと豊富な人脈を使って、昨夜の晩餐会で起きたことは把握《はあく》済みだろう。

それでも朝一番でうちに来なかったのは、更に詳しく情報を集めるため。

エマのためならなんだってするのがヨシュアだ。

持つべきものは変態の幼馴染み。

下手をすると、便利さではグー○ルを上回る。

ヨシュアを見て自然にゲオルグとウィリアムの口が動いた。

「『OK、ヨシュア。皇国について教えて？』」


ピローンッ！

皇国とは王国から見て東に位置する国。

天皇家を建国の礎《いしずえ》とし、神格化。

三百年以上鎖国《さこく》状態にあったが、昨年の天候不良による食糧不足が深刻化しているとの噂《うわさ》。

王国に支援を求め、現在天皇家の第一皇子タスク・ヒノモトが入国している。

使用言語は皇国語だが、皇国人以外は誰も理解できず外交の妨《さまた》げとなっている。

すらすらとグー○ルではなく、ヨシュアが答えてくれる。

最初のピローンは幻聴《げんちょう》だ。

「僕も教えてほしいです。それなのにどうしてエマ様は皇国語がお分かりになるのですか？　皇国との貿易はロートシルト商会をもってしても不可能でしたのに！」

もっと早く教えてくださいよとヨシュアが嘆く。

ゲオルグとウィリアムの予想通り、昨日の晩餐会の詳細《しょうさい》から皇国の概要《がいよう》まで既に調べてあった。

ロートシルト商会ですら不可能というなら、王国の外交官は手も出せないだろう。

「どうして皆が話せないのか、こっちが知りたいんだけど……？」

皆もっと勉強しなよ……と、前世全く英語ができなかった航《わたる》ことゲオルグが自分を棚《たな》に上げて言い放つ。

「皇国語に関してはもう、勉強不足とかではないのですよ。ロートシルト商会が総力を挙げて調べた結果、皇国人には他の国の人間と違う言語器官があるのではないかと思われるのです。生まれたばかりの外国の子供を皇国で育てても皇国語を理解できず、逆にバリトゥで育った皇国人は勉強すれば皇国語ができるようになったという事例がありました」

地味にエグい人体実験しているな……。皇国で育てられた方が可哀想すぎる。

「では、そのバリトゥ語と皇国語が話せる人がいれば何とかなるのでは？」

王国にもバリトゥ語の話せる者はいる筈だ。

「残念ながら、その実験が行われたのは八十年近く前のことらしくその人物がどこにいるのかも分からない状態です。しかし、そのお陰で皇国は鎖国中でもバリトゥとだけは交流があり、挨拶《あいさつ》程度の簡単なバリトゥ語を話せる皇国人もいるようですね」

八十年近く前って……まあ、ここが異世界とはいっても、近年は人権だの何だの騒がれるご時世、今は人体実験なんて憚られるのだろう。

「でも、皇国人は外国語できるんでしょう？」

ヨシュアの話によれば皇国人が外国語を話すのには支障がないらしい。

現にタスク皇子も覚束《おぼつか》ないところもあるが、何とか王国語で会話ができている。

「はい。そうなのですが、国民性と言いましょうか、元々鎖国している国というのもあり、外国語を学ぶ文化が未だに根付いていないようで……必要性もなかったでしょうし。食糧不足が深刻化してようやく腰を上げたところみたいですね。天才と噂のタスク皇子だからこそあそこまで話せていますが、他の者ではあと数年はかかるでしょう」

教師自体に皇国語の分かる者がいないので身振《みぶ》り手振りで単語を覚えるしかない。

王国に来たタスク皇子が皇国で一番の王国語上級者らしかった。

話し込んでいるうちにマーサがヨシュアの手土産のスイーツと紅茶を持ってきてくれる。

夏に実る果実を使ったタルトとアイスティーだ。

「おお！　マーサありがとう！」

礼を言って、早速《さっそく》タルトに舌鼓《したつづみ》を打つ。

紅茶も氷がたくさん入ってこれから暑くなる夏にはぴったりだ。

「驚かないですね？」

おやつを嬉しそうに頬張《ほおば》る三兄弟にヨシュアとマーサが不思議そうに見ている。

フルーツタルトとアイスティー……どこに驚く要素があるのか……。

「……あっ！　そういえば、紅茶を氷で冷たくして飲むの（この世界では）初めてかも」

前世で当たり前のようにあった冷蔵庫はここにはない。

パレスでは冬の内に泉に張った氷を切り出して大事に保管しつつ使っていた。

おやつの飲み物を冷やすために使うなんて、贅沢《ぜいたく》なことはしたことがない。

「ふふふ。実は、運良く良質な魔石を手に入れることができまして」

ヨシュアがマーサから小さな箱を受け取る。

スイーツの入っていた箱に一緒に入れられていたらしい。

蓋《ふた》を開けると同時にぴゅっーと部屋に冷気が立ち込める。

「この石は、魔法使いの魔法を貯《た》めることができる魔石なんです。王国の鉱脈は一か所しかない上に取り尽《つ》くされてしまったので、最近ではとても貴重なものです。この石には氷魔法を貯めてあるので、これを使ってマーサに氷を作ってもらいました」

わずかに青みを帯びた魔石はどんどん部屋の温度を下げてゆく。

あの短時間で氷ができるのも頷けるほど寒いが、箱の蓋を閉じると嘘みたいに冷気が収まる。

「え？　何それ凄《すご》い！　魔法みたい！」

「正真正銘《しょうしんしょうめい》の魔法ですよ」

エマが無邪気《むじゃき》に喜ぶのを見て、ヨシュアが満足そうに頷く。

貧乏《びんぼう》が染み付いた三兄弟は、魔石の存在を知らなかった。

ステータスパネルよりもよっぽどファンタジーっぽいではないか。

「魔石は、優先的に結界維持《いじ》に使われるので、こういったものは珍《めずら》しいんですよ。今では魔石の採《さい》掘《くつ》は国の管理下となってしまい手に入りません。王都の老舗《しにせ》商店では、所有しているところもあるらしいですが。ロバート様のスライムのゼリーも冷え冷えで美味しかったってエマ様、言ってましたよね？」

ヨシュアがやっと手に入れましたと得意げに説明する。

たしかにゼリーを作るには冷やして固めなくてはならない。

あの時は何も考えずに食べちゃったけど、あれ、魔法で冷やしたゼリーだったのね。

美味しかったなー、スライムゼリー……。

「あの美味しそうなエマ様の顔が見たくて必死に探したのですよ、これ。少し、お金はかかりましたけどね」

ぽやぽやと、ゼリーに思いを馳せるエマにヨシュアの呟きは聞こえなかった。

「この石、そんなに貴重なものでしたか。似たような石、うちのじい様が持ってて、ほんのり温かい薄《うす》いオレンジ色の石だったんですけど、冬場よく『カイロ』だといって『腹巻き』に入れてました」

マーサが魔石の入っていた小箱を改めて見ながら呟く。

「ん？　マーサ？　今、なんて？」

ヨシュアがマーサを訝《いぶか》しげな表情で見る。

「あ、ごめんなさいっ！　ヨシュア様の魔石とじい様の『カイロ』が同じな訳ないですよね」

ヨシュアのお金が少しかかりましたとは、莫大な額に違いない。

自分の祖父の持ち物と同じなんて失礼なことを言ったとマーサが慌《あわ》てて謝る。

「いえそうではなく、か、かいの？　って単語とはら？　はらき？　でしたっけ？　聞き取りづらくて」

もう一度言ってもらえない？　とヨシュアが耳をそばだてている。

「え？　あの……『カイロ』と『腹巻き』ですよ？」

「かみろ？　はいきき？」

「ヨシュア？　今日耳の調子悪すぎじゃない？　『カイロ』と『腹巻き』だよ？」

ウィリアムがマーサの言葉を引き継《つ》ぐ。

「……かろい、と……はりきり？　ですか？」

「……………？」

「…………ヨシュア、一回お医者様に診《み》てもらおう」

ヨシュアはどうしてもカイロと腹巻きが聞き取れないようだ。

疲《つか》れているのかもしれない。

ゲオルグもエマもウィリアムも心配そうにヨシュアを見る。

他の会話はできてるのに、なんでカイロと腹巻きだけ……？

「……！　あれ？　『カイロ』と『腹巻き』ってにほ……皇国語だっけ？」

よくよく考えると、この世界では二つとも使ったことがない。

ならばなんでマーサがカイロと腹巻きを知ってるんだ？

……ん？

「そう言えば、マーサって、私達が松茸《まつたけ》を食べて倒れたときに言った言葉、何を言ってたかは分からなかったみたいだけど聞き取れてはいたよね？」


エマが前世を思い出したあの日の記憶《きおく》を辿《たど》る。

あの時たしかに……。

『あぁ……せめて一口、ビール飲みたかった！』

と呟いた私に向かって、

「そうです皆様一様にそう仰っておりました！　なんの呪文《じゅもん》ですの？」

と、答えていた。

マーサはエマと他の家族が同じ言葉を発したと認識できていたではないか。

ヨシュアを見る限りでは数日前に聞いた言葉なんて認識できそうにない。

「……？　なんですか……？」

三兄弟とヨシュアの注目を浴び、マーサが首を傾げる。

普通《ふつう》に皇国語ができるようになりそうな王国人が目の前にいた。

何これ？　国王陛下や、外交官、おばあ様、あとヨシュアに盛大なドッキリを仕掛《しか》けられているのだろうか？

「少し、話を整理しましょう。マーサのじい様……ですが、カイニョと呼ばれる魔石を持っていたんですよね？」

ヨシュアがこめかみを、マッサージしながら考え始める。

「はっはい。ヨシュア様の魔石とは違って水を凍《こお》らせることはできないのですが、冬でもほんのり温かい石でした……」

まさしくカイロだけども、珍しい魔石にそんなお腹《なか》温めるだけの魔法貯めるってどうなんだ？

「……実は僕、皇国にはこの魔石のストックが大量にあるのではないかと思っているんです。王国ではもう何年も魔石が発掘されていません。鉱脈は枯《か》れた可能性が高いのです。このままでは王国に魔法使いが現れても、魔物の侵入《しんにゅう》を防ぐ結界を持続させるために使う魔石の確保が難しい。王国は、食糧支援の見返りに魔石を手に入れたいのではないでしょうか」

魔石に結界魔法を貯められなければ国は滅びるしかない。

ヨシュアの言葉で国王陛下が思わずエマを掴むほど必死になる理由が、やっと繋《つな》がった。

皇国との外交で王国が欲しいのは魔石なのだ。

「そっそんな貴重な魔石……なんでうちのじい様なんかが持っているんですか？」

事態を把握するにつれ、マーサが混乱し始める。

「マーサが皇国語を聞き取れるってことは、マーサにも皇国人の血が流れているのかも……？　魔石を所有しているマーサのじい様が皇国人の可能性が高い。何か他にその、じい様が教えてくれたことってないの？　皇国にまつわることとか？」

ヨシュアがマーサを椅子に座らせ、落ち着かせてから質問する。

暫く、手の甲《こう》を唇《くちびる》に当てて考えていたマーサがはっと顔を上げる。

「昔、失《な》くし物をした時にじい様が教えてくれた呪《まじな》いがあります！　失くしたくない物には描けっておまじないの、記号を教えてもらいました！」

おまじない……なんかあったっけ？

皇国の知識なんてないので判別できるのか分からない。

頭の中で井◯陽水が歌い出したがこれは日本人だから仕方ないし、踊《おど》ってる場合でもない。

ドレスや刺繍のデザインのために紙とペンはいつだってエマの部屋に常備している。

マーサの前に置いて尋ねる。

「マーサ、そのおまじないの記号覚えてる？　書ける？」

「小さい頃は、持ち物全てに描いていましたので」

そう言うと、マーサはゆっくりとペンを握り丁寧《ていねい》に記号を描いてゆく。

そこには、小野真麻《おのまあさ》と書かれていた。

マーサって真麻って書くんだ……！　王国では平民のマーサには、名字はない。

「あの……この記号ですが……何か分かるのですか？」

三兄弟が食い入るように記号を見るのでマーサが心配そうに尋ねる。

「マーサ、これ呪いの記号じゃなくて、皇国語の文字だよ」

!?
小野真麻
小野
真麻

「そうそう、にほ……皇国語で『おのまあさ』って読むの」

マーサを安心させるように、ゲオルグとウィリアムが漢字を指差して教える。

「ちょっ、ちょっと待って下さいよ‼　ゲオルグ様にウィリアム様まで皇国語が話せるのですか？　しかも複雑過ぎて解読不可能と言われている皇国文字まで⁇」

ヨシュアが驚きの声を上げる。

「「あっ……」」

せっかく今までエマだけで止めていたのに何やってんだろう……この兄弟。

しかも、文字まで読めるって自分から言っちゃったし。

まあ、カイロと腹巻きの時点で聞き取っちゃったから誤魔化せないか。

「……『おのまあさ』とは一体どういう意味なのでしょう？」

気まずい雰囲気が漂《ただよ》うなか、おずおずとマーサが尋ねる。

マーサも何が何だか分からない内に騒ぎの中心になってしまい戸惑《とまど》っていた。

「これは、マーサの名前を皇国文字で書いてあるんだよ。『おの』は家名だから……ん？」

あれ…そう言えば……マーサのじい様って……？

「マーサって一家でスチュワート家に住み込みで働いてるんだよね？」

「はい、夫もパレスの屋敷の使用人でしたし、父も母も早くに亡《な》くなりましたが、ずっとスチュワート家でお世話になっておりました」

マーサの旦那《だんな》さんは御者《ぎよしや》をしており、今はパレスと王都を行ったり来たりでロートシルト商会とパレスの絹を運ぶ仕事をしている。

そして、パレスの使用人なんて皆家族だと認識していたので、失念していたがマーサのじい様は、庭師のイモコだ。

よく珍しい虫を見つけてはエマに持ってきてくれる優《やさ》しいおじいちゃん。

高齢《こうれい》のために王都行きは断念したが、イモコはパレスの屋敷の庭を今も手入れしてくれている。

「……マーサのじい様って……庭師のイモコおじいちゃんだよね？」

マーサに確認をするとコクリと頷く。

ゲオルグもウィリアムも同じように失念していたらしくはっと顔を上げる。

「なら、イモコおじいちゃんが皇国人？　……え？　名字……小野ってイモコって『小野妹子』⁉」

前世の歴史上の人物の名前が浮上する。

武田信玄よりも更に更に昔の年代になってしまうのであのスマホゲームとの関係は微妙《びみょう》だ。

「イモコがなんなんです？」

兄弟が盛り上がる意味が分からず、ヨシュアが困っている。

「『小野妹子《うと》』っていったら『遣唐使《けんとうし》』じゃん！」

歴史に疎い航ことゲオルグでも知っている。

でも航兄……惜《お》しい。小野妹子は遣唐使じゃなくて遣隋使《けんずいし》だよ。

相変わらずボケてんな……。

「名前からしても、イモコおじいちゃんが皇国人の可能性あり、だね」

小野って名字がなければイモコが日本名だとは分かりようもない。

王国語だとちょっと発音が違ってくるし、昔の人の名前だし、マルコ・ポーロだってマルコだし。

「でも、イモコおじいちゃんが皇国人なら私達が皇国語が分かることの理由が後付けできるね」

なんて都合のいい展開……よし！　皇国語はイモコおじいちゃんに教えてもらったことにしよう。

良かった、一件落着！　と、アイスティーを飲んでふぅと落ち着く。

が、ヨシュアは納得《なっとく》してはくれない。

「あの？　後付けって実際は、なんでエマ様達は話せるのですか？　それに、イモコおじいちゃん？に習ったと言ったとしても、王国人の脳は皇国語が理解できないと立証されているので無理があるのでは？」

前世の記憶が家族全員あって、皇国語は前世の日本語と同じだから話せるんだよ。

なんて言って信じてもらえるだろうか？　いやいや、今でも割と変人扱いされているのにこれ以上変な目で見られる訳にはいかない。

「皇国語……なんか頑張《がんば》ったら話せちゃったのよね」

もう、これで通そう。

嘘やら言い訳やらアリバイ工作やら全部、複雑にするとボロが出るのだ。特にうちの家族は。

もう、シンプルに頑張った。かなり強引だが、これでいこう。

到底《とうてい》納得してもらえないだろうが、背に腹は代えられない。

ついにアレを、使う時がきた。

ヨシュアが疑問を口にする前にエマは先手を打つ。

隣に座っているヨシュアに向き合う。
①不安そうに小首を傾げる。

②上目遣《うわめづか》いで懇願《こんがん》するように一度、ゆっくりと瞬《まばた》きする。
③人差し指を唇にそっと当てる。
④最大限に甘えた声でお願いの言葉を発する。
「ヨシュアなら、信じてくれるよね？」

ローズ様直伝《じきでん》、困った時こそ可愛くお願いポーズだ。

エマ的には、あざと過ぎないかと思うものの十代なら百パーセント、イケるとローズ様からお墨《すみ》付きを貰ったので信じるしかない。

因《ちな》みにお手本で見せてくれた時のローズ様はめちゃくちゃエロかった。

「……っつ……っっっっ天使!!!」

ガタンっと顔が真っ赤に茹《ゆ》で上がったヨシュアが心臓を押さえたまま椅子から落ちる。

「……かっ……かわいい……かわいい……何っ？　今のっ、天使？　っえ？　天使⁇　天界にもあんなかわいいの、絶対いない！　む、胸が裂《さ》けるっ！　ドキドキが爆発音《ばくはつおん》！　し、幸せだ……今日も天使が可愛いぃぃぃぃぃぃぁぁぁぁああああ」

床《ゆか》に四つん這《ば》いになって心臓を押さえ咽《むせ》び泣いている。

す、すごいな。

ローズ様直伝、困った時こそ可愛くお願いポーズ！

ヨシュアの意識が完全に皇国語から逸れた。

私なんかでも効果を発揮するなんて……さすが美のカリスマ、全美全能の女神様《めがみ》。

エマは改めてローズへの忠誠を心の中で誓《ちか》った。

…………。

椅子から落ちたヨシュアに生ぬるい視線を送るゲオルグとウィリアム、そしてマーサ。

三人揃ってため息を吐く。

「誰です？　エマ様に質《たち》の悪い小細工教えたのは？」

マーサが一切《いっさい》の表情をオフにして訊《き》く。

ヨシュアがキュン死しかけている。

計算され尽くした首の傾斜《けいしゃ》角度、完璧な上目遣い、不安げに見つめる濡《ぬ》れた緑色の瞳《ひとみ》、人差し指が唇に視線誘導《ゆうどう》してからの、甘い声でお願い。

ヒルダ様にマナーで美しい所作の指導をしてもらっているのは知っているが、アレは、断じて違う。

もっと別の方向のプロの技《わざ》をマーサは感じ取っていた。

「……俺《おれ》には全く天使に見えないんだけどな……どっちかと言うとあれは小悪魔だろ？」

「いえ、もう、あれは悪魔ですよ。魔王ですよ。第六天魔王ですよ……！」

ゲオルグとウィリアムの生ぬるい視線に憐《あわ》れみが混じる。

ヨシュアはもう、救えない。

完全に堕《お》ちている。サタンのいる地獄《じごく》の底にまっ逆さまだ。

ヒルダの作法、ローズの処世術。

両極端《きょくたん》の二人から直接指導を受けたがためにエマの無双《むそう》に更なる武器が装備されつつあることにエマ本人だけが気付かないままであった。

カリカリ、カリカリ。

そして、エマの部屋の扉の外側から、誰も予想もしていなかった新たなる騒動の音が聞こえてくるのであった。

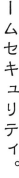

第四十一話　ホームセキュリティ。

「失礼致《いた》します」

不測の事態が起き、ゲオルグが応接間に両親へ報告するために入室する。

ウィリアムがのぞき部屋から覗《のぞ》いていた時から動いてないのか、目の前に外交官の土下座姿が横一列に並んでいた。

「ゲオルグ君！　丁度良いところに！」

国王が両親よりも先に嬉々《きき》として声をかける。

すぐさま報告をしたいが、国王陛下を無視なんてできる訳がない。

「スチュワート伯爵《はくしやく》がどうしても褒賞《ほうしよう》を受けようとしないのだ。君からも説得してくれないか？」

……どうして褒賞の話になっているんだ？　そもそも皇国のことはどうなったのだろう。

「いえ、陛下。褒賞など、戴《いただ》く訳にはいきません」

褒賞なんて、スチュワート家にとって全く旨《うま》みがないことは、家族会議で確認《かくにん》済みだ。

貰《もら》うと、ただただ面倒《めんどう》なことが増えるだけだと。

「そこを何とか貰ってはくれないだろうか？」

……褒賞に関しては本当にしつこいな、この国王。

この話は前の夜会で終わったと思っていたのに。

「ほら、君達だって命懸《いのちが》けでスライムを倒《たお》したのだから報《むく》われるべきだよ」

「陛下、以前、申し上げた通り、私共は当たり前のことをしただけです。褒賞を戴く訳にはいきません」

……ずっとこの件を延々《えんえん》やっていたのか、両親の顔が疲《つか》れている。

国王の矛先《ほこさき》が自分に変わって、少しホッとしているようにも見えなくはない。酷《ひど》いな。

可哀想《かわいそう》な外交官の皆《みな》さんはどうやら一度土下座してから頭を上げるタイミングを失ってしまっている。足とか痺《しび》れてきているのでは？

「そ、そうだ！　エマちゃん！　エマちゃんに痛い思いをさせてしまったから、おわび！　おわびをしなくてはいけないね。相当痛そうだったから……うん、爵位二階級上げよう！」

なんか、意地になっていないか、国王。

隣《となり》のタスク皇子が話について行けずに困っているぞ？

「……エマはもう、回復し……いえ、それなら後日、エマの方からその、おわびの返事をさせますのでよろしいでしょうか？」

エマには悪いが、あとで上手《うま》いこと断ってもらおう。

今は、それどころじゃないんだ……ゲオルグは勝手に褒賞問題をエマに押《お》し付けた。

やっと褒賞の話が進められると満足そうな国王を横目に両親を見る。

「あの、お父様。少し、問題が……起きまして」

「どうしたの？」

もう、これ以上は問題なんて聞きたくないと声に出さなくても父の表情が雄弁《ゆうべん》に語っている。

「実は、あー……我が家の…ねっ……セキュリティ？　が少々アレでして……」

「セキュリティ？」

両親二人共が揃《そろ》って首を傾《かし》げる。

うちの屋敷《やしき》のセキュリティは、門番のエバンじいちゃんがいるだけだ。

用心棒なんて雇《やと》っていないし、前世の監視《かんし》カメラとか通報システムとかはこの世界にはない。

「はい。うちのホームセキュリティの……にゃ、ニャコム（猫《ねこ》）とヴァ、ヴァルソック（蜘蛛《くも》）が……」

「にゃっ！　ニャコムとヴァルソック……」

ゲオルグがちらっとタスク皇子の様子を窺《うかが》う。

無害そうな顔をしてやってくれたものである。

◆　◆　◆

少し時間を遡《さかのぼ》る。

ヨシュアがエマの会心の一撃《いちげき》から何とか生還《せいかん》した頃《ころ》、部屋の扉《とびら》の外側からカリカリと音が聞こえてきた。

これは、コーメイさんなりのノックのようなもので、前脚《まえあし》で扉を掻《か》いているのである。

「にゃっ！」

三兄弟も、ヨシュアもマーサも猫が廊下《ろうか》にいるのはまずい、と急いで扉へ向かう。

国王陛下が屋敷に着く前に隠《かく》れてもらった筈《はず》なのに……勝手に出て来たのだろうか？

「ヒィッ！」

マーサが扉を開けた瞬間《しゅんかん》に小さく叫《さけ》んだ。

「どうしたの、マーサ？　……うわっ」

「あっ！　あー……マジかよ」

「ええ⁉　嘘《うそ》でしょ？」

「……大変じゃないですか！　エマ様！　僕《ぼく》の後ろに隠れて！」

ウィリアム、ゲオルグ、エマ、ヨシュアの順で部屋を出て、各々《おのおの》が驚《おどろ》きの声を上げた。

そこには、得意気に一列に獲物《えもの》を綺麗《きれい》に並べたコーメイさんが座《すわ》っていた。

「にゃん！　にゃ、にゃーん♪」

エマに見せようとわざわざ持ってきて並べてくれたようだ。

前世でも、時々田中《たなか》家のために、セミやゴキブリ、カマキリ、バッタと玄関《げんかん》に並べていたのが懐《なつ》かしい。

コーメイさんからすれば、一家揃って狩《か》りが下手だから、これを分けてあげるねとプレゼントのつもりなのだろう。

セミなんかは羽しかない時もあって……本体はどこへ……？　と深く考えてはいけない案件も多々あった。

しかし、今回の獲物は、真っ黒なゴキブリ……ではなく真っ黒な服を身に纏《まと》った人間が十人（ええ、もちろん数えましたとも）意識のない状態で並べられていたのだった（生きてるよね？）。

「こっ！　コーメイさーん！」

外交問題勃発《ぼっぱつ》だわ……ただ驚《おどろ》いているヨシュア、マーサと違《ちが》って、三兄弟はこの倒れている人間に心当たりがあり、膝《ひざ》から崩《くず》れ落ちる。

綺麗に並べられているコーメイさんからのプレゼントさん達《たち》。

全員が全員、同じ格好《かっこう》で上から下まで真っ黒な服、顔も目以外は布に覆《おお》われた王国人には馴染《なじ》みのない姿であった。

だが、前世の日本人である三兄弟にしてみればイメージ通りのそのまんま、想像通りの姿が目の前に転がっているのだ。

「何でどーなったら、うちで『忍者《にんじゃ》』が並んで寝《ね》てる状況《じょうきょう》になるの？」

床《ゆか》に膝をついたまま、絶望の表情でウィリアムが嘆《なげ》く。

「にゃ！」

コーメイさんが得意気にふんすっと鼻を鳴らしてエマを見る。

かわいいよ？　かわいいけども……！

「どう考えても、皆さん皇国関係者の方達だよね？」

日本っぽい＝皇国の法則。

「まさか⁉　あの、皇国？」

「皇国人？　え？　外国の方々？」

ゲオルグの言葉に、ヨシュアとマーサが遅《おく》れて事の重大さに気付く。

友好国として国交を結ばんとしている皇国人が、スチュワート家で転がっている。

嫌《いや》な予感しかない。

ゴキブリの方が良かったなんて思うプレゼントは初めてだとゲオルグとウィリアムが困惑《こんわく》する。

「にゃにゃん、にゃん♪」

エマに頭を撫《な》でてもらい、ご満悦《まんえつ》のコーメイさんが報告する。

「え?……まだ、屋根裏に五匹《ひき》いるの?」

「にゃーにゃん♪　にゃん♪」

「あ、あー……そう。屋根裏の方はヴァイオレットが蜘蛛の巣で捕《つか》まえたんだね?」

「にゃん♪」

ん?　ヴァイオレットは今日、エマの小屋(虫小屋)から出してないような……?

うちの子達ちょっと自由過ぎない?

コーメイさんの報告に相槌《あいづち》を打つエマにマーサが頭を抱《かか》える。

「エマ様、猫と会話するのは、本当に屋敷の中だけにして下さいね……。はぁ、屋敷の男手を集めて来ます。エマ様の部屋の前から移動させなくては。万が一、国王陛下に見られでもしたら大事《おおごと》になってしまいます。空いた部屋に全員詰《つ》めときましょう」

使っていない部屋(注:使っていない部屋の方が多い)へ忍者達を運ぶ途中《とちゅう》で、追加の忍者を咥《くわ》えたかんちゃんとチョーちゃんに出くわす。

「……忍者って一体何人忍《しの》び込《こ》んでいるの?」

晩餐会《ばんさん》でも、今日の訪問でもタスク皇子に付いている皇国人はいないようだった。

まさか単身で王国へ来てはいないだろうとは思っていたが……見えなかっただけで忍者がうじゃうじゃ一緒《いっしょ》に付いて回っていたのだろう。

「……この忍者さん達、うちに来なければ誰《だれ》にも見つかることなく王国でばっちり忍んで仕事完遂《かんすい》できたでしょうに」

気配には敏感《びんかん》なレオナルドやゲオルグでも気付くことなく屋敷内に侵入《しんにゅう》しているのだから相当な手《て》練《だ》れであることは間違いない。

「多分、陛下も外交官も王城の誰一人として知らないんだろうな……これ」

できれば僕達も知らないままでいたかったとウィリアムが寝かされた忍者を見ながら呟《つぶや》く。

マーサの機転で忍者を運ぶ男手は、パレスからついてきた信頼《しんらい》できる、エマが起こす騒動《そうどう》に慣れた使用人達だったのでスチュワート家から外部に漏《も》れることはないだろう。

しかし、おそらく皇国では、忍者は機密事項《じこう》。だって隠密《おんみつ》だし。

それを知られたとあっては、スチュワート家が今後無事でいられるのか不安しかない。

ウィリアムの心配をよそにエマは嬉《うれ》しそうに生の忍者の様子に目を輝《かがや》かせていた。

エマの好奇心《こうきしん》からは忍者であっても逃《のが》れられない。

「一人、二人ならどうとでもできるけど、今、屋敷で見つけただけでも十七人？　ごはんとかどうしてるんだろう？　皇国は食糧難《しょくりょうなん》って聞いたけど……」

揃いも揃って忍者たちは、ヨシュアでも運べるくらい軽く、痩《や》せ細っていた。

忍者だから身軽でないといけないとは思うが、異国で十七人分の食事を誰にも気付かれずに確保するのは簡単ではないだろう。

ましてやこの世界、国家間の移動は全《すべ》て船である。

水も食糧も貴重な環境《かんきょう》では、忍者といえども苦労したのではないか？

「姉様……今、この状況で気になるのソコですか？」

ウィリアムの視線が冷たい。

でも、お腹《なか》が空《す》くのはとっても辛《つら》いのだから、心配するのは当然だ。

「マーサ、何か栄養があって消化に良さそうなものを厨房《ちゅうぼう》に頼《たの》んでもらえる？」

勝手に侵入して来たとはいえ、空腹のまま帰すのは可哀想だ。

「エマ様は優《やさ》しいですね」

会心の一撃を受けてヨシュアの色眼鏡もバージョンアップしている。

マーサが厨房へ行くのと入れ替《か》わりで、リューちゃんが忍者を二人まとめて咥えて入ってきた。

「にゃん！　にゃ、にゃーん♪」

得意気な顔はコーメイさんそっくりである。

ウィリアムにすり寄って頭を撫でろと要求するように頭突《ずつ》きする。

「うっ、また、増えた……あとどんだけいるの？」

強めの頭突きに耐《た》えながらウィリアムがリューちゃんを撫でる。

うちの猫はかわいいだけじゃない。

「にゃっにゃにゃ！　うにゃ！」

リューちゃんは満足そうな表情で大人しく撫でられウィリアムに答える。

「あと一匹だって。応接間の外交官の一人に変装してるんだって」

リューちゃんの言葉をエマが通訳する。

「あと一人……全部で二十人、か。しかも、応接間の外交官に変装……ってリューちゃんのあの二言でそんな意味になるの⁉」

皇国語が話せるよりも、猫語が通じるのがまず、おかしくないか？

ゲオルグは妹の翻訳《ほんやく》を疑う。

最近ではほぼ全会話を把握《はあく》しているようにも見えるが、一貫《いっかん》して猫はにゃーにゃーとしか鳴いていない。

「猫語はフィーリングだから」

「「「うにゃっ♪」」」

屋根裏の忍者が、ヴァイオレットの糸でぐるぐる巻きの状態で部屋に運ばれる中、猫語講座が開かれるも誰にも理解できなかった。

◆　◆　◆

今、何が起きている？

屋根裏に潜《ひそ》んだ忍者は自分の見ている光景が信じられなかった。

生来、気配を消すことに精進《しょうじん》し、修行《しゅぎょう》してきた。

人間の感覚器官では、まず、気配を消した忍者を捉《とら》えることはできない。

忍者とはそういうものだ。

王国に入国後、一番警備の厳しいだろう王城でさえ、誰も我々には気付かなかった。

忍者の仕事は諜報《ちょうほう》活動だが、言葉が分からないこの国ではタスク皇子の護衛が主である。

慣れない外国で、祖国のようには活動できないが、気配を消し、王国人に見つかることなく何とか皇子の護衛をしてきた。

少し、欲が出たのかもしれない。

皇子を歓迎《かんげい》する晩餐会で、皇国語を理解する少女が現れた。

細く、弱々しい少女は体調を崩し直《す》ぐに退出したが、皇子にも我々忍者にとっても彼女《かのじょ》の存在は衝撃《しょうげき》であった。

王国人も驚いていた様子を見ると、あの少女は王国でも知られていなかったのだろう。

翌日、王がその少女の屋敷へ訪問すると聞き、同行することになったとタスク皇子から隙《すき》を見て連絡《れんらく》があった。

その屋敷に王国語と皇国語の辞書のようなものがあるかもしれない。

もしくはもっと画期的な、言葉を操《あやつ》る魔法《まほう》を閉じ込めた魔石を持っていることも考えられる。

我々は俄《にわか》に沸《わ》き立った。

忍者が王国語を理解すれば本来の仕事である諜報活動が行える。

王国には忍者のように気配を消せる人間はいないようだ。

我々が王国語を覚えれば、かなり優位に立つことができるだろう。

その少女の屋敷で、門前で待たされている間に部下一人が王国人に成り代わる。

国王が同席している以上、不要な会話はないと踏《ふ》んで賭《か》けに出た。

喜ばしいことに我々が思っていた以上に王国は安全だったので、皇子の護衛はこの部下一人に任せ、残りの十九人で屋敷の探索《たんさく》を行う。

王城に比べ、拍子抜《ひょうしぬ》けするくらいの警備体制。

あほみたいに広い屋敷に門番が一人だけ。

屋敷の周りはぐるりと高い壁《かべ》に覆われているが、忍者なら門扉《もんぴ》を通らなくても余裕《よゆう》で越《こ》えられる。

庭が広すぎるために、屋敷まで辿《たど》り着くのに時間はかかったが、庭師の目の前を通過しようとも気配を消していれば気付かれることもない。

易々《やすやす》と屋敷に侵入したところで、辞書もしくは魔石の捜索《そうさく》を始めようとした時……。

音もなく、部下の一人がぶっ飛んだ。

壁に当たるギリギリで何かが部下を掴まえて、静かに床に寝かせる。

ぶっ飛ばされた部下に意識はなかった。

どうなっている？　王国で我々を知覚できるものなどいない筈。

次々に先に進んだ部下が音もなくぶっ飛び床に寝かされ並べられていった。

速すぎて敵の姿が見えない。十四人もの忍者があっという間にいなくなった。

残った四人に指示を出し、屋根裏になんとか命からがら避難《ひなん》する。

この間、たった数秒の出来事だった。

皇国でも【精鋭《せいえい》の忍者】が数秒だ。

『かっ頭《かしら》、一体何が起きたのですか？』

状況が掴めない部下達が、ガタガタと震《ふる》えながら私を見る。

ここまで一方的にやられることなど誰にも経験がない。

何度も死線を潜《くぐ》り抜《ぬ》け、たどり着いた上忍の地位。

感情など、疾《と》うの昔に失くなったと思っていたのに、今は誰もが恐怖《きょうふ》に戦《おのの》いていた。

こんな言葉も分からない遠い地で、任務を全《まっと》うすることなく、呆気《あっけ》なく死を迎《むか》えることになると本能が先に理解してしまった。

勝手に体が震え、最悪の事態に思考が追い付かない。

せめて、皇子だけでも無事に皇国へお返ししなくては……。

尊い身分にもかかわらず、王国へ乗り込んだタスク皇子の顔を思い浮《う》かべる。

皇子は、皇国の宝。

短期間でバリトゥ語を学び、そこから王国語をなんとか理解しつつある唯一《ゆいいつ》のお方。

外国語を学ぶことに慣れていない皇国人はバリトゥ語の時点で大半が挫折《ざせつ》するというのに、持って生まれた類《たぐ》い稀《まれ》なる頭脳と努力で皇子はそれを成し遂《と》げた。

食糧難に喘《あえ》ぐ皇国にとって絶対に失くしてはならないお方なのだ。

ピタッと体の震えが止まる。

部下達も、もう、震えてはいない。

いや、震えることすらできないのだ。

知らぬ間に、紫色《むらさきいろ》の糸のようなものが絡《から》み付き、体の自由が奪《うば》われていた。

声を上げようにも口を糸に覆われ物音一つたてられない。

気配に敏感な忍者が揃って誰も気付かないなどあり得なかった。

唯一確保できた視界に、ぬうっと蜘蛛が現れた。

人の頭ほどある巨大《きよだい》な紫色の蜘蛛が。

今、何が起きている？

到底《とうてい》、理解などできない、恐《おそ》ろしいことが起きていた。

暫《しばら》くして、屈強《くつきょう》な男共が私と部下四人を回収しに、屋根裏に上がってきた。

あの化け蜘蛛は、人間に使役《しえき》されているのだろうか？

王国人は、忍者ですら敵《かな》わない化け物を飼っているのか？

我々は、王城で上手くやっていたと思っていたが、泳がされていただけだったのか？

我々が気配を消し、潜んでいた直ぐ後ろには、大勢の部下を音もなくぶっ飛ばした見えない化け物や気付かれずに拘束《こうそく》する蜘蛛の化け物がいたのかもしれない。

紫色の糸のせいで抵抗《ていこう》もできず、運ばれる間、後悔《こうかい》と不安に押し潰《つぶ》されまいと必死で歯を食い縛《しば》ろうとするが、それすらも糸に阻《はば》まれる。

歯に仕込んだ毒で自害することすらできないのか。

絶望の中で行き着いた部屋の中には、あの晩餐会で皇国語を話した少女が、この事態に似つかわしくない無邪気《むじゃき》な笑顔《えがお》で我々を待ち構えていた。

そして、その少女の後ろにはぶっ飛ばされた部下十四人が、並べられていた。

私の育て上げた、精鋭部隊だった者達の骸《むくろ》が……整然と。

生まれて初めて怒《いか》りや悲しみ恐怖といった様々な感情が、全身を駆《か》け巡《めぐ》るのに、声を出すどころか、震える自由すらも与《あた》えられなかった。

◆　◆　◆

『っっぷぺぇっ!!!』

エマが忍者と話そうと口元までしっかり巻き付いたヴァイオレットの糸を取った瞬間、忍者の頬《ほお》にコーメイさんの猫パンチが炸裂《さくれつ》した。

「「「！！！！！」」」

「ちょっコーメイさん！　いきなり可哀想じゃないですか⁉　あーあ、歯抜けちゃってる」

忍者が殴《なぐ》られた拍子《ひょうし》に飛んだ歯をウィリアムが拾う。

「ん？　これ歯じゃない？　なんだ、これ？」

「あれかな？　任務が失敗した時に、情報漏洩《ろうえい》防止用に毒とか仕込んで、自害パターンとか？」

ウィリアムの持っている歯みたいなものを覗き込んでゲオルグが推測する。

「任務に失敗で……自害？　自害って死ぬんですか⁉　そこまでしないでしょう⁉」

なんてバイオレンスな発想するんですかとヨシュアがゲオルグから一歩引き、距離《きょり》を取る。

「いや、だって、忍者だし……」

「あー忍者なら仕方ない」

「まぁ、忍者だもんね」

三兄弟から忍者はスパイみたいなものと雑な説明を受けていたヨシュアだが、王国のスパイは仕事を失敗しただけで自ら命を絶つようなことはしない。あり得ない。

軍などでは希に任務失敗の責を負わされ、処刑《しょけい》されることもあるようだが、かなり特殊《とくしゅ》な事例だ。外国に慣れているヨシュアですら想像したことのない皇国独自の思想を、三兄弟は当たり前のように理解していた。

「で、さっきからコーメイさんは何をしてるの？」

「にゃ？」

歯を飛ばされた忍者の口にモフモフの前脚の先を突《つ》っ込んでいる。

「あっもしかして、舌噛《か》まないようにしてくれてるの？」

「にゃん♪」

コーメイさんなりの優しさなのだけど、口にモフモフされた忍者なんて絵的にシュールだ。

なんだろう？　口モフ、ちょっと羨《うらや》ましい……。

『忍者さん、お名前は？』

コーメイさんが会話できるようにと前脚を口から離《はな》すが、忍者は答えない。

『残念ながら、舌を噛み切ったとしても応急処置の心得がありますので、死なせてあげることはできませんよ？』

エマがにっこりと得意の笑顔で安心してもらおうと話しかけたが、忍者の顔がより恐怖に染まるだけだった。

猫達……どれだけ痛め付けたの？

『私は、エマ・スチュワートと申します』

気を取り直してヒルダ直伝《じきでん》の礼と共に自己紹介《しょうかい》する。

まあ、屋敷に忍び込んでいるのだから名前くらい知っているのかもしれないが、円滑《えんかつ》なコミュニケーションを図《はか》るにはきちんとした挨拶《あいさつ》から、とおばあ様もよく言っていたし。

『あと、兄のゲオルグ・スチュワートと弟のウィリアム・スチュワート。幼なじみのヨシュア・ロートシルト。猫のコーメイさんとリューちゃん、かんちゃん、チョーちゃん。蜘蛛のヴァイオレットです』

更《さら》に、部屋にいる面々を紹介していくが忍者の硬《かた》い表情は動くことはない。

ただ、忍者の頭には、王国の猫と蜘蛛はめちゃくちゃデカい上に化け物級に強いと間違った情報が刻まれた。

『忍者さん……いっぱいいるので、あなたのことは、便宜《べんぎ》上、ハットリさんと呼ばせて頂きますね』

にこやかに話しかけても反応のない忍者にエマが痺れを切らして適当に名前を付ける。

ほら、忍者と言えば服部《はっとり》さんか猿飛《さるとび》さんだから。

返事もないことだし話を進めようとしたところで、そのハットリさんが驚愕《きょうがく》の表情を浮かべていることに気付く。

そして、やっと口を開いた。

『こちらの情報は全てお見通し……という訳か……』

忍者は観念したように、ため息を吐《つ》く。

精鋭の忍者の気配すら察知するデカい猫と蜘蛛の異常な戦闘力《せんとうりょく》。

任務失敗時の仕込み毒を外され、舌を噛むことも先読みで防がれた。

十九人の同じ格好をした忍者の中から、頭である自分をピンポイントで選び、便宜上と言いながら名前まで言い当てる……完敗だ。

『何が……知りたい？』

皇国を裏切るまねはできないが、ここまで力の差がついているならば、下手に抵抗することも得策ではない。

部下の忍者達同様に殺すことも容易《たやす》い筈なのに生け捕《ど》りにされたのだ、何か掴みたい情報があるに違いない。

タスク皇子を無事に皇国へ帰す。これが今の状況における我らの最優先任務。

その為《ため》ならば取り引きもやむを得ない。

目の前の少女が、腰《こし》を落とし目線を合わせてからさっきから全く違和《いわ》感のない完璧《かんぺき》な皇国語で忍者の問いに答える。

『ハットリさん……お腹空いてませんか？』

『は？』

予想外の質問に思わず声が零《こぼ》れる。

『勝手な憶測《おくそく》なんですけど……王国には、ハットリさん達の存在は内緒《ないしょ》ですよね？　交代でご飯食べるにしても言葉が分からないなら、買い物もできないでしょうし。盗《ぬす》んだり、残飯漁《あさ》るって言っても二十人分となるとバレちゃう危険性もあるし……』

『！』

サラッと二十人って言った……！　皇子に付けた忍者の数まで把握されている。

ハットリは目の前の少女に全てを見透《みす》かされている恐怖を感じた。

少女の言う通り、食事はこの王国で活動する中で頭を悩《なや》ませることの一つであった。

食糧難の祖国から持ってこれた食糧《しょくりょう》は少ない。

昨夜の晩餐会のために提供したこともあり、既《すで》に底を尽《つ》きつつある。

タスク皇子が王国語を会得《えとく》するまで先は長いというのに。

この少女……食糧を盾《たて》に脅迫《きょうはく》するつもりだろうか？

我々は皇国の忍者だ。しかも精鋭中の精鋭、バカにされては困る。

『……腹が空いたくらいで動けなくなることはない。忍者たるもの……！』

ノックの後、部屋の扉が開く。

「失礼致します。あの、エマ様お食事の用意ができました」

カートに載《の》せた大きな鍋《なべ》と大量のパンと共にマーサが部屋に入ってくる。

ふわり、とコーンクリームスープの優しい香《かお》りが漂《ただよ》う。

「コーンクリームスープ！！！」

エマの大好物だった。

「エマ様……？　これは彼《かれ》らの食事ですよ？」

くんくんと香りに釣《つ》られるように寄ってくるエマにマーサが注意する。

朝にあれだけ食べておいて、まだ食べるつもりですかと睨《にら》んでいる。

マーサから逃れるように、エマは再びハットリさんに向き合い、にっこりと笑った。

『腹が減っては戦《いくさ》はできぬとも、言うでしょう？』

この少女は、皇国の格言まで網羅《もうら》しているのかと忍者が目を見開く。

弱々しい、大きな傷の目立つ、当たっただけで飛んで行きそうなくらいの細い体躯《たいく》の少女に、これ程翻弄《ほどほんろう》されることになろうとは全く予想できなかった。

「コーメイさん、寝ている忍者さん達も起こしてあげて？　ご飯はみんなで食べないとね」

「にゃん♪」

エマに従ってコーメイさんが意識のない忍者の額に肉球をむにゅうと押し付けて回る。

『……うっ』

『……な、に？』

『……むにゅう？』

次々に目を覚ましてゆく部下を目《ま》の当たりにしたハットリが、信じられないと呟く。

『生きて……いるのか？』

食事をするために、ハットリに絡まった糸を取っていたウィリアムがうっかりその呟きに答える。

『生きているに決まってます！　さすがに不法侵入だけで殺したりしませんよ』

『ウィリアム、皇国語で喋《しゃべ》っていいのか？』

ハットリの隣の忍者の糸を取っていたゲオルグがわざわざ何故《なぜ》か皇国語で指摘《してき》する。

『いや……二人とも喋っちゃってるんだけど？』

『『あっ！』』

ハットリさん他、忍者達が驚いている。

せっかく今まで、バレているエマだけが皇国語で話していたのにぶち壊《こわ》しだった。

この残念兄弟め。

『………』

何とも気まずい雰囲気《ふんいき》が漂う。

『とりあえず、食べましょう！』

やってしまったことは、仕方がない。

にっこりとエマがスープをよそって、忍者の前に置いてゆく。

使ってない部屋だったので机や椅子《いす》がなく、少し行儀《ぎょうぎ》が悪いが忍者の前の床に置く。

せめてもと、刺繍《ししゅう》の授業で作ったランチョンマットを敷《し》いた。

調子にのって百五十枚ほど作ってしまい、お菓子《かし》をくれる令息に配ってもまだたくさん余っていたので、マーサが気を利《き》かせて持ってきてくれていたのだ。

「エマ様？」

十九人分のスープを配った後もエマの手は止まらない。

自分も食べる気満々である。

「兄様もウィリアムも食べる？」

「確かに小腹減ったような……」

「……見てると食べたくなりますよね」

朝から色々あったのでゲオルグもウィリアムも忍者の隣に大人しく座ってスープを待つ。

隣に座られた忍者はビクッと体を震わせるが、お構いなしだ。

「ヨシュアも食べる？」

「はっはい！」

王国語で尋《たず》ねれば、やや被《かぶ》せ気味にヨシュアが答え、勢いよく忍者の隣に座る。

「エマ様が僕に……スープを……よそってくれる……！　まるで夫婦《ふうふ》！　新婚《しんこん》！　神様……感謝、感激、雨、あ……ら……！」

なにやらぶつぶつ呟くヨシュアの前にエマのスープより先にマーサが忍者にも配っていたパンを

置く。

それはそれは可哀想な人を見る目であった。

隣に座られた忍者も、ぶつぶつ呟くヨシュアを訝《いぶか》しげに見ている。

言葉は通じなくても伝わるものはあるのである。

『では、皆さん。食べましょう！』

にっこりと手を合わせるエマを不安そうに、目覚めたばかりの忍者が見つめている。

『かっ頭これは、一体どういう状況ですか？』

『何が起きているんですか？』

ずっと意識があり、直接エマと話をしたハットリですら訳が分からないのだ。

部下達の不安も仕方がない。

ちゃんとした食事など、皇国を出てから初めてではなかろうか。

もし、これが毒だったとしたら？　自白剤《じはくざい》など入っていたら？

『毒なんて入ってないですよ？』

見透かしたようにエマが言って、誰よりも先にスープを口に運ぶ。

『ん～！　美味《おい》し～い！』

一口では飽《あ》きたらずに、何度も口に運んでは満面の笑《え》みを浮かべ、ほっぺが落ちないように手で押さえる。

『我々も頂こう……』

エマの毒気を抜かれるような笑顔を前に、意を決してハットリは皿を持ち上げる。

『かっ頭ぁ！』

殺そうと思えば、あの巨大な猫や蜘蛛を使って既に殺されている。

欲《ほ》しい情報といっても、冷静に考えれば鎖国《さこく》の国、しかも皇国内ですら秘匿《ひとく》されている忍者という存在だけでなく、自分の名前まで向こうは知っているのだ。

初めから敵う相手ではない。

この黄色い液体が、毒だとしても我らには食べる以外の選択肢《せんたくし》はないのだ。

ハットリは目の前の少女に倣《なら》い、匙《さじ》を使って黄色い液体を口に運ぶ。

『っっつ！！！』

『かっ頭ぁ！』

ビクッっと体を痙攣《けいれん》させるハットリの姿を見て、部下の忍者達に緊張《きんちよう》が走る。

やはり、毒だったのかと。

部下の心配をよそにゴクンと液体を飲み下したハットリは、ふーっと息を吐く。

『……ふまっ！　なんだこれ？　うんま！』

空腹を超《こ》えた空腹を抱えて尚《なお》、文句も言わずひたすら任務に没頭《ぼつとう》し続けていた忍者ハットリの口内に、優しい甘《あま》さが広がる。

温かいそれを飲み込めば、恐怖によって強張《こわば》っていた体をじんわりと解《ほぐ》してくれる。

濃厚《のうこう》な汁《しる》が空の胃の腑《ふ》に落ち、存在を主張する。

ふふふっと、小さく笑う声が聞こえ、正面を見ると少女の笑顔があった。

そこでハットリは動きを止める。

何故、自分は今まで気付かなかったのだろうか？　この少女の美しさに。

皇国人は皆、青色の髪《かみ》と瞳《ひとみ》を持って生まれてくる。

ハットリにとって様々な色を持つ王国人はいつまでも見慣れず戸惑《とまど》う毎日だった。

しかし、目の前の少女のなんと美しいことか……。

『ね？　凄《すご》く美味しいでしょう？』

目を細め、ハットリに問い、首を傾げる少女を見た瞬間、トクンと鼓動《こどう》が跳《は》ねる。

こんな気持ち、女房《にょうぼう》にすら抱《いだ》いたことはなかった。

思春期の少年のように顔を赤らめ、言葉がでない代わりに静かにハットリはコクンと頷《うなず》く。

『え？　頭？』

『大丈夫《だいじょうぶ》ですか？　やっぱり毒が!?』

心配する部下になんとか大丈夫だと伝え、食事を促《うなが》す。

毒ではないし、毒だったとしても食べる価値はあると思えるほど旨い汁だ。

旨い汁なのだが……それよりも……。

心臓の音が、体中から鳴っているのではないかと思うくらいに大きく響《ひび》いている。

これ以上あの少女を、見てはいけない。

理性が警鐘《けいしょう》を鳴らす。

それなのに、忍者になって……いや、生まれて初めて本能が……勝つ。

パクっとまた、少女が一口、スープを口にしたタイミングで目が合い、それに気付いた少女がハットリを見て、美味しいねーっとほっぺを押さえる。

カシャンとハットリは持っていた匙を落とした。

か、かーわーいぃぃぃいー‼

可愛《かわい》さが限界突破《とっぱ》しているではないか！

てっ！　天……女……だ。そうだ！　天女以外に考えられん！

美しさと愛らしさを持ち合わせた天女だ。

心の中で金色の花畑が咲《さ》き乱れていた。

ハットリ・ハンゾウ、御年《おんとし》五十二歳《さい》。

しっかりと、エマのおっさんホイホイの有効範囲《はんい》内にいた可哀想な男。

猫と蜘蛛による恐怖からくる吊《つ》り橋効果も相まって、サタンの地獄《じごく》の底に堕《お》ちた、数ある犠牲者《ぎせいしゃ》に漏れることなく仲間入りしたのだった。


四つん這《ば》いで、胸を押さえるハットリを少し離れたところでゲオルグとウィリアムがコーンクリームスープを、口からザーと流しながら見ていた。

「あれ？　デジャヴかな？　俺《おれ》さっきもあんな光景見た気がする……」

「姉様、なんかあの忍者に優しいと思ったら……。よく見るとストイックな仕事人イケオジだよね、ハットリさん……」

「こえーよ、妹が。魔王より、こえーよ」

そんな兄弟の恐怖をよそにエマは空になった自分のスープ皿を持って鍋に向かう。

『おかわりいる人ー？』

『『『はーい！』』』

ハットリよりも年若い忍者達は、忍者達で、濃厚《のうこう》コーンクリームスープの味に感銘《かんめい》を受け、気付けばすっかり胃袋《いぶくろ》を掴まれていた。

エマをもってすれば、皇国のエリート忍者すら、容易く攻略《こうりゃく》できてしまうのである。

「あれ……姉様、無意識でやってますよね？」

「なんか……色々あほらしくなるよな？　俺、父様に報告行ってくるわ……」

残ったスープを一気に流し込み、ゲオルグが立ち上がる。

結局、何も訊《き》かぬ間に捕まえた忍者全員を味方に付けていた。

◆　◆　◆

報告をとゲオルグがそっとレオナルドにメモを渡《わた》す。

「……なるほど」

さっと目を通し頷くと、レオナルドが未《いま》だに土下座のままの外交官達に目を向ける。

・忍者侵入（全二十人）　十九人は捕獲《ほかく》（エマが籠絡《ろうらく》済み）

・残りの忍者一人は外交官の中に変装して潜伏《せんぷく》中

・イモコおじいちゃん、皇国人の可能性有り（マーサが皇国語聞き取り可能なことから発覚）

・皇国、魔石の融通《ゆうずう》をちらつかせて支援要請《しえんようせい》の可能性

ゲオルグのメモの最後を見て、外交官がここまで必死にエマを求めたことにやっと合点《がてん》がいく。

噂《うわさ》では王国の鉱脈にはもう満足に取れるほどの魔石は残っていない。

魔法使いが現れたとしても王国を覆うほどの結界魔法を貯《た》める魔石を用意できなければ、国は百年も経たずに滅《ほろ》びてしまう。

レオナルドが子供の頃は、まだ今よりも魔石は身近なものだった。

結界魔法以外の魔法が貯められた魔石は、上流貴族の虚栄《きよえい》に使われ、前世の便利家電の役を担《にな》っていた。

スチュワート家は当時、裕福《ゆうふく》ではなかったので高価な魔石なんて見たことはなかったが、学園や社交界で自慢《じまん》する声を聞く度《たび》にレオナルドは憤《いきどお》りを隠せなかった。

魔物の侵入を防ぐのに命懸けで働く狩人《かりゆうど》が自領には沢山《たくさん》いた。

くだらない自慢に使われるくらいなら一匹でもより魔物の侵入を防ぐ結界魔法の強化、修復に魔石を使ってほしかった。それで守れる命もあっただろうに。

貴族達はこぞって魔石を求め、当時の魔法使いに様々な魔法を入れてもらうのに莫大《ばくだい》な資産を削《けず》っていった。

魔石に貯めた魔法は、使えば減るというのに、自慢のためだけに幾度《いくど》となく披露《ひろう》され王国の魔石は無駄《むだ》に減り、採掘《さいくつ》を繰《く》り返した鉱脈からは年々魔石が出なくなっていった。

結界魔法を貯めるための魔石すら知らぬ間に管理を任された貴族が小遣《こづか》い稼《かせ》ぎに流していたことが発覚し、今や魔石は王国がどれだけ大金を払《はら》おうとも手に入れたい貴重品となっていた。

一年前の局地的結界ハザードが、辺境に置かれた結界魔法の魔石の残量が残り少ないことを物語っている。

魔物への危機感が薄《うす》い王城の人間でも動かざるを得ない状況にまで陥《おちい》っている。

皇国が魔石の宝庫なら王国はなんとしても手に入れたいと考えるだろう。

この国の結界は、綻《ほころ》びが見え始めているのだから。

魔法使いが現れなければどちらにしても結界魔法の行使はできないが、魔石がなければ魔法の効果を継続《けいぞく》させることができなくなる。

その重要性はレオナルドも理解していたつもりであったが、改めて考えると結構ヤバい。

「スチュワート伯爵、その紙は？」

メモを読んで、難しい顔になったレオナルドを国王が訝しげに見ている。

まさか、国王を前に国の内情を憂《うれ》いているとも言えず笑って誤魔化《ごまか》す。

「いえ、エマの主治医からの報告です。順調に回復しているので心配はないと書いてありますので、陛下もご心配なく」

「……………そう……か……」

上手く誤魔化したつもりのレオナルドだが、メモを読んでいる時の表情は深刻そのもので、エマの病状は思わしくないのだと国王だけでなく、隣のタスク皇子ですら勘違《かんちが》いしたことに残念ながら気付いていない。

「あまり、長居をしてはいけないね。そろそろ失礼することにしよう」

エマシルクのカバーを傷付けないように、ゆっくりと国王が腰を浮かせる。

タスク皇子もそれに従い席を立とうとした時、土下座のままレオナルドの表情が見えなかった外交官のオリヴァーが口を開く。

「恐れながら！　皇国語の話がまだでございます。エマ嬢《じょう》が回復されたのなら是非《ぜひ》ともお話を！」

しつこい……が、問題が魔石に関《かか》わることならば、王国の内情を知る者としては、必死になることに理解できてしまう。

パニックを抑《おさ》えるために自国の鉱脈が枯《か》れたことは、公《おおやけ》にはされていない。

ロートシルト商会からの情報がなければレオナルドも知ることはなかっただろう。

ヨシュアの父親と飲む度に知りたくもない話を延々聞かされるのは毎度のことで、いつの間にか情報通になってしまうのだ。

「オリヴァー。エマちゃんは昨日倒れたばかりなのだ。国を思う気持ちも分かるが、今日は帰ろう」

国王とて、逸《はや》る気持ちはオリヴァー以上だが、あのレオナルドの表情を見れば同じ娘《むすめ》を持つ父親として強く出ることはできない。

「しっ、しかし陛下！　このままでは……せめてどのようにして皇国語を習得したのかだけでも！」

それでもオリヴァーは食い下がる。

昔からそういう男だった、とメルサはうんざりと天を仰《あお》ぐ。

情や空気なんてものはオリヴァーには通じないのだ。

彼はただ、目の前の問題に愚直《ぐちょく》に取り組むことしかできない。

学園の成績はいつだって私が一番だったが、二番は常に彼だった。

性格に難はあれど、国のために勉強し、懸命《けんめい》に努力を重ね働く姿は今も昔も変わらない。

ああ、そうね、懸命に……努力……ね？

これは使えるかもしれない……と、メルサの目が光った。

「一生懸命、勉強したのですよ。あの子も……」

諦《あきら》めたようなメルサの言葉にオリヴァーがバッと顔を上げる。

「え？」

「あの子は、昔から病弱で外に出るといっても家の庭までしか許されていませんでした。長い間、庭までがあの子の世界の全てだったのです。庭で見つけた生き物（虫）や植物（虫の餌《えさ》）を覚えることしか、寂《さび》しさや辛《つら》さを紛《まぎ》らわす術《すべ》がなかった……」

壮大《そうだい》な、メルサの作り話が始まった。

「パレスの屋敷には、イモコという高齢《こうれい》の庭師がいます。庭で駆け回ることもできないエマに色々なことを教えていました。その一つが皇国語だっただけのこと……」

「バカな！　何故、その庭師が皇国語を話せるのだ？　それに、我々とて学ぼうと努力はしたのだ！　そんな少女が何故理解できるのだ⁉」

納得《なっとく》できる訳がないとオリヴァーが首を振《ふ》る。

「努力？　それは十年間、毎日毎日、何時間もした上の努力ですか？　辺境のパレスでは絶えず魔物が現れるためにレオナルドも私もエマに割《さ》く時間は限られていました。兄弟も貴族教育に魔物教育と忙《いそが》しく、エマは寂しかったのです。庭師のイモコに少しでも長く構ってもらおうと必死で、ただただ懸命に皇国語を覚えたのでしょう……」

ぐすっ！

メルサの作り話に、うっかり国王が涙《なみだ》を拭《ぬぐ》っている。

ワイルド系ガチムチイケオジが、またもや人目も憚《はばか》らず大粒《おおつぶ》の涙を流していた。

因《ちな》みにエマのスケッチブックには国王の涙する姿の模写が何枚も描《えが》かれていて、メルサは見飽《みあ》きている。

ぐすっ！

隣に座るレオナルドも、何故か泣き始めた。

……いや、お前……エマに嫌がられるくらい、毎日毎日くっついていただろう？　狩りの現場までエマを同行させて、強ーい！　お父様！　すごーい！　って言われてデレデレしてただろ？　何で泣いてんのよ？

あっ！　ゲオルグ、そんなどん引いた目で陛下と父親を見るのはやめなさい！

必死に目で訴《うった》えるが、レオナルドの涙は止まらないし、ゲオルグのどん引きも収まらない。

「イモコが教えたその言葉が、皇国語だったと知ったのは今日、エマが目覚めた時でした。異国の言葉だというのは分かりましたが、我々は恥《は》ずかしながら皇国、という国自体知らなかったのです……」

こんなに急に、協力を求められても困りますと暗に仄《ほの》めかす。

「…………オノノ・イモコ……」

それまで黙《だま》っていたタスク皇子がポツリと呟いた。

慣れない王国語からイモコの名前を拾って驚いている。

「イモコ！　……皇国唯一のバイリンガル。五十年、前の船……事故でいなくなった」

嫁《よめ》に来た時には既にイモコは庭師として、スチュワート家に仕えていた。

レオナルド曰《いわ》く、生まれる前からいて、使用人の中でも一番の古株という話だったが、その時から王国語は普通《ふつう》に話していた。

皇国語など、話しているのも勿論《もちろん》聞いたことなどない。

早めに手紙を送り、口裏を合わせておかねば……。

いや、うちの庭師って一体、何者……？

「エマ嬢、とても大変、分かります。でも、皇国を、助けて、下さい」

皇国では神様のように崇《あが》められている皇子が必死に頭を下げる。

「申し訳ありませんが、（トラブルメーカーの）エマには荷が重い話です。タスク皇子は、ある程度王国語が分かるようですが、それでは不足なのでしょうか？」

エマに王国の運命など任せられる訳がない。

本人の知らぬところで全ての交渉《こうしょう》に一悶着《ひともんちゃく》、二悶着《もんちゃく》、三悶着起きることは間違いないのだから。

「今、王国語分かる、私一人。外交、交渉、王国語教える、全部はできない。皇国に、そんな時間……ない」

頭を下げたまま、ぎゅっと手を握《にぎ》るタスク皇子を見て、皇国の食糧難は本当に深刻なギリギリの状態なのかもしれないとメルサは察する。

皇国も、王国も、じり貧《ひん》。

この国交はお互《たが》いが必ず成功させなければならないのだ。

「分かりました」

ならば、こちらが折れるしかない。

バッとタスク皇子が顔を上げる。

「では、私とレオナルドがお手伝い致しましょう」

「……はい？」

どういう意味だと怪訝《けげん》そうな皇子にメルサが不敵な笑みを浮かべる。

「私達が、いつまでもエマに寂しい思いをさせ続けているとでも？」

「……ん？」

メルサの意味深な発言に、国王も首を傾げる。

「スチュワート家は全員、皇国語を話せます」


!?

!?

!?


「「「「はいぃぃぃぃぃぃぃぃぃ!!??」」」」

応接間に国王、皇子、外交官達の声が響き渡った。

◆　◆　◆

「そっ!!　そんな訳がないだろう!?」

土下座の体勢から勢いよくオリヴァーが立ち上がり、メルサに叫ぶ。

「家族全員だと？　何をバカなことを!?　皇国語は努力とかそういう次元で扱《あつか》える言語ではない!!」

外交官になってからもオリヴァーは学ぶことを続け、様々な言語をマスターしてきた。

バリトゥ語もその一つで、タスク皇子が分からない王国語はオリヴァーを通しバリトゥ語で会話を補填《ほてん》していた。

オリヴァーも当初は皇国語を習得すべく、畏《おそ》れ多くもタスク皇子の協力のもと勉強を始めたが、手も足も出なかったのだ。

それが、何故スチュワート家にはできるのだ。

百歩譲《ゆず》ってメルサだけなら分かる。

学園で唯一自分の上にいた彼女ならば、あるいは可能なのかもしれない。だが、

「スチュワート伯爵！　あなたが、話せる訳がないでしょう⁉　あんな、あんな、ギッリギリの成績で、ギッリギリでやっとお情けで卒業できたあなたが！　皇国語どころか、二か国語をマスターするなんて不可能だ！」

……酷い言われようである。

長男ゲオルグの視線を気配で感じてはいるが、レオナルドは目を合わせることを意図的に避《さ》けた。

息子《むすこ》の前でなんてことを言ってくれるんだ、オリヴァー。

少しは配慮《はいりよ》とか気遣《きづか》いを覚えてほしい。

「オリヴァー……言葉はね、成績じゃあないんだよ？」

ふぅ……とレオナルドはオリヴァーに憐憫《れんびん》の眼差《まなざ》しを送る。

君には一生、分からないかもね……とでも言いたげな仕草にオリヴァーの声がもう一つ分大きくなる。

「では！　なんだと言うんだ！」

頭を使う分野でお前にできて私にできないことなんてある筈がないとオリヴァーは憤る。

「【愛】だよ」

大真面目《おおまじめ》な顔でレオナルドが嘘を吐く。

「……………………………………………………………………………………はぁあ？」

「だから【愛】だよ【愛】。エマへの【愛】があれば、どんなことも不可能ではないんだよ？」

そもそもオリヴァーだって、うちの娘を見た筈だ。あの超絶《ちょうぜつ》愛らしい天使を。

天使がいれば、なんでもできる！　一、二、三、ダー！　ってなもんである。

レオナルドがふふん、と実際は何も成し遂げていないのに勝ち誇《ほこ》ったように笑う。

うっかりゲオルグの方を見ると、実の父親に向かって物凄《ものすご》く残念なモノを見る視線だった。

息子達もそれぞれ重度のシスコンの癖《くせ》に酷い。

まぁ、仕方がない。

それが思春期というやつだよとレオナルド独自の視点で勝手に納得する。

「ぐすっ。分かる!!　分かるよ、スチュワート伯爵！　私もヤドヴィのためなら何だってできるからね！」

くしゃくしゃになったハンカチで更に乱暴に顔を拭いながら、国王陛下が賛同する。

あっ…………国王、まだ泣いてたんだ……。

ゲオルグの残念視線が国王へと移る。

「こほん、百聞は一見にしかずですから……タスク皇子、少し皇国語でお話し致しましょうか？」

おっさん達のわちゃわちゃを黙って聞いていたタスク皇子にメルサが声をかける。

本人も色々と訊きたいこともあるだろうに、国王を立てて静かに座って発言の機会を待っている。

「皇国語……お話……！　はっはい。では、何、話せば？」

「そうですね……」

挨拶程度では、どこまで言葉が分かるか判断し辛い。

丁度いい機会なので、国王や外交官に聞かれてはマズイ話をしてみようかしらと思い付く。

早速《さっそく》、謝《あやま》ることがあるではないか、メルサは隣のレオナルドにこっそり肘打《ひじう》ちして、視線でゲオルグの持って来たメモを示す。

家の猫も蜘蛛だって家族だ。

家長であるレオナルドに責任をもって謝ってもらおう……話はそれからだ。

『あー……申し訳ないけど、屋敷に侵入してきた忍者十九人は、預からせてもらっているよ』

レオナルドの言葉を受けて、ガタンっとタスク皇子が立ち上がる。

『おっと、外交官に交じってる忍者は動かない方がいい。国王や、オリヴァーに不審《ふしん》に思われるからね』

レオナルドは自身の発言とそれを聞いて立ち上がった皇子に、未だ土下座中の忍者が反応する前に釘《くぎ》を刺《さ》しておく。

タスク皇子の顔は青ざめ、頬に汗《あせ》が一筋、流れる。

「タスク皇子？　何かありましたか？」

涙を拭《ふ》いていた国王が急に立ち上がった皇子に眉《まゆ》を顰《ひそ》める。

「い、いいえ、陛下。問題ない。皇国語、とても通じて……驚いただけ」

タスク皇子はコクンと、つばを飲み込み覚悟《かくご》を決めてゆっくりとソファーに座り直す。

『……何が、目的でしょうか？』

わざわざ皇国語で伝えてきたのだ、このスチュワート伯爵は王国側には、皇国の人間兵器とも言える忍者の存在を隠してくれるつもりがあるのだろう。

交換《こうかん》条件によっては………。

そもそも王城で全く気付かれなかった忍者が、訪問中のこの短時間で一人を除いて捕まるなど信じられなかった。

残った一人でさえ、把握済み……。

《忍者》が何かすら分かっているスチュワート伯爵の物言いに恐怖すら覚える。

今、皇国が他国に差し出せるものなど、魔石しかない。

バリトゥは島国であり、魔物の危険に晒《さら》されてないために円滑な国交が結べたが、王国はつい一年程前に大きな魔物災害が起きたばかりと聞く。

魔石はいくらあっても困るものではないし、食糧難に陥った我が国に支援してもらえるならと、国王とごく一部の外交官にだけ魔石を譲っても良いと打ち明けていた。

それもこれも王国はしばらく魔法使いが出現しておらず、国力は衰《おとろ》えつつあるのだと侮《あなど》り、油断していたからだ。

世界は広かった……皇国は、皇国の魔石は王国へ渡る前にこのスチュワート家に蹂躙《じゅうりん》される運命にあるのだろう。私は失敗したのだ。

忍者すら、歯が立たない場所があるなんて想像もしていなかった。

タスク皇子は自責の念に駆られ、無意識に座っているソファーの布（超《ちょう》高級絹エマシルク製）を握りしめる。

「ひぃっ！」

それを見た後ろのオリヴァーが小さく悲鳴を上げるも、絶望の中にいる皇子には聞こえない。

国王もオリヴァーも悲鳴で、皇子の握られた手に気付き、息を呑《の》む。

何とかお小遣いで許してもらおうとスチュワート伯爵にアイコンタクトを送る。

だが、レオナルドはエマシルクを握られようが気にも留めず、タスク皇子の質問に答える。

『目的ですか？　ああ、それなら多分先に家の者が忍者に訊いているでしょう。期待通りにいけば良いのですが……』

不敵な笑みを浮かべるレオナルドを見て、更にタスク皇子の布を握る手に力が入る。

忍者達が、魔石の詳細《しょうさい》なんて吐く訳がない。

どんなに拷問《ごうもん》をされようが、目の前で仲間を殺されたとしても、いや、そうなる前に自ら命を絶っている。

彼らは、忍者だから。皇国最強の忍者達は……もう、生きてはいないだろう。

レオナルド・スチュワート……なんて恐ろしい男なんだ。

◆　◆　◆

ギリギリと更に更に力が込められるエマシルクに国王とオリヴァーが、青くなっている時を同じくして、食事を終えた忍者達にエマが声をかける。

『はーい。では、皆さーん。ちゅうもーく！　これからとっても大事な話をします。きちんと答えて下さいね♡』

　このエマの一言で、空腹が満たされた忍者達に緊張が走る。

　皇国を裏切ることなどできない。

　たとえ、こんなに旨い食べ物を馳走《ちそう》になったとしても、爪《つめ》を剥《は》がされようとも、片目をくり貫《ぬ》かれようとも、目の前で仲間が生きたまま焼かれようとも、口を割ることはない。

　それが忍者だ。

『エマ殿《どの》……我々が、皇国の機密を洩《も》らすことなぞ…………』

　ハットリが断る前に、エマが口を開く。

『お味噌《みそ》、作れる人――？』

『『『『……………ん？』』』』

『だから、おー味ー噌ーが、作れる人ー？』

『『『『……………へ？』』』』

　スチュワート家が皇国に求めるもの。

　味噌　醤油《しょうゆ》　漬物《つけもの》　豆腐《とうふ》　納豆《なっとう》　餡子《あんこ》　etc.etc.etc.etc.……………。

　そう前世を思い出してから一年半が過ぎ、一家は日本食に飢《う》えていた。

『あっあと白米!!! 小麦粉いっぱいあげるから、ちょっとで良いから、お米と交換してくれない？』

『姉様!! だったら明太子《めんたいこ》！ 明太子ありますかね？』

お米と聞いて、ごくりとウィリアムが喉《のど》を鳴らす。

『『『『…………………ん？ は？ え？ は？』』』』

エマの質問を理解するまでに三十分近く費やした忍者の中からぽつり、ぽつりと味噌、醤油の作れる者が手を挙げる。

材料はヨシュアに頼めば揃えてもらえるだろう。

スチュワート家が求めるのは、日本で食べた懐かしき食材。

そして、味噌や醤油を作れる人材。

味噌汁《しる》ができるなら豆腐が欲しい！ とか欲張ったために質問が多くなったが、忍者は王国の男と違い料理もこなせるナイスガイが多く、エマには嬉しい答えが沢山返ってきた。

そして、今日一番の天使のスマイルが更新《こうしん》されたのであった。

第四十二話　大事なことなので。

「エマ様！！！」

刺繍《ししゅう》の授業を受けるために教室に入ると、同じ席の令嬢達《れいじょうたち》が心配そうに迎《むか》えてくれる。

「まぁ、皆様《みなさま》おはようございます。マリオン様、今日はお早いのですね？」

いつもゆっくりのマリオンも既《すで》に到着《とうちゃく》済みである。

「お体の具合は大丈夫《だいじょうぶ》なのですか!? 晩餐《ばんさん》会でお倒《たお》れになったと伺《うかが》いましたが……。あまりご無理をなさってはいけませんよ？ 今日はお休みになると思っておりましたのに！」

フランチェスカが机までそっと手を引いて席に座《すわ》らせてくれる。

……こういう面倒見《めんどうみ》の良いところがフランチェスカの魅力《みりょく》の一つである。

見た目は強気な令嬢だが、何気に刺繍メンバーで一番女の子らしいし……。

やっぱり彼女《かのじょ》のドレスは、絶対にピンクのレースを使おう。

可愛《かわい》いのに、甘《あま》すぎない、大人のドレス。塩梅《あんばい》が難しいが考えるのは楽しい……。

「ご心配ありがとうございます。全然、全く、元気ですわ」

晩餐会で倒れてもないのだが、王子に抱《だ》き運ばれる姿は多くの貴族の目に晒《さら》されたために、参加していないフランチェスカにもエマの醜態《しゅうたい》が耳に入ったようだ。

「エマ様、腕《うで》はもう痛まない？ 兄様から話を聞いて心配していたんだよ？」

マリオンがエマの右腕を見ながら、授業辛《つら》そうなら見学した方がいいよと忠告してくれる。

ありがたいお言葉だが、元から痛くない上に今日はハンカチの刺繍なので張り切って二百枚持ってきてある。

何もせずそのまま持って帰っては、重たい思いをしてここまで運んだ意味がない。

「マリオン様、大丈夫ですわ。きっとアーサー様が少し大袈裟《おおげさ》にお伝えしたのですね。刺繍の百枚や二百枚直ぐに終わらせますから」

ドンッと机に真っ白な正方形の布を置いて、マリオンににっこり笑いかける。

エマは昨日の夜に縫《ぬ》っていたドレスを思い出し、マリオンの髪色《かみいろ》に合う飾《かざ》りもゲオルグに作ってもらおうと思い付く。

背が高くて小顔とかマリオンはどこまでもモデル体型で羨《うらや》ましい。

「刺繍の先生もそこまでの量は求めてないと思いますわよね、キャサリン？」

「刺繍の先生もそこまでの量は求めてないと思いますわ、ケイトリン」

双子《ふたご》がエマの出した布の量を見て、相変わらず凄《すご》い量だと目を丸くする。

今日の双子は、銀髪《ぎんぱつ》をツインテールにして、淡《あわ》い水色のリボンでくくっている。

銀髪と、水色の組み合わせは中々綺麗《きれい》だ。

双子の家が治めるのは、大きな港を持つシモンズ領。マリン柄《がら》が良い、絶対似合う。

昨日は国王やタスク皇子に忍者《にんじゃ》と、お客様がいたので、バタバタしてしまい裁縫《さいほう》が殆《ほとん》どできなかった。

この休みは、家族でお友達のドレスを作って過ごそうと思っていたのに、マリオン様のドレスしか手を付けていない。

……そういえば、両親との話し合いが終わったイケオジ国王を、お帰りになる際に盗《ぬす》み見た時、タスク皇子の姿がしょんぼりしていたのが気になったが、きっとお腹《なか》が空《す》いていたのかもしれないな……。

◆　◆　◆

「何故《なぜ》、生きている……？」

スチュワート家から王城に戻《もど》り、専用に用意された貴賓室《きひんしつ》の椅子《いす》に腰掛《こしか》け、使用人を下がらせたタスク皇子の前には忍者が二十人、姿を現していた。

誰《だれ》も欠けていない。全員集合だ。

忍者が……生きている？

スチュワート伯爵《はくしゃく》が預かっていると言った十九人の忍者が目の前で生きている。

しかも、見たところ無傷で解放されている。

服の破れもない。何の抵抗《ていこう》もさせてもらえず、この精鋭《せいえい》達がただ捕《つか》まったというのか？

それはあり得ない。

忍者が皇国の機密を全《すべ》て吐《は》いたのか？

いや、忍者は機密を漏《も》らすどころか仄《ほの》めかすことすら許可されていない。

そんな状況《じょうきょう》になる幾《いく》つもの段階の前に自ら命を絶つようにできている。

それが、忍者だから。

ならば、何故？　彼《かれ》らは生きている？

私はスチュワート家で都合の良い夢でも見ていたのか？

あの後の話し合いは皇国にとって願ってもない結果が得られた。

スチュワート伯爵夫妻が通訳として外交に協力すると約束してくれた。

更《さら》に伯爵の厚意《こうい》で明日にでも、支援《しえん》物資を乗せた船が皇国へ出発する。

一言、伯爵が長男に伝言しただけで、信じられないことに十分後には全てが決定していた。

『ゲオルグ、ヨシュアに皇国への食糧《しょくりょう》支援の調達を頼《たの》める？』

そう、たったこの一言だ。まず、ヨシュアって誰だ？

そして十分後、ゲオルグが持ってきた紙には、小麦に大豆、干し肉にドライフルーツなどなど、国が主導で用意したとしても数日はかかるであろう量の食糧を、ポンと請《う》け負うとの返事が書かれていた。

丁寧《ていねい》に皇国語で読み上げてくれたスチュワート伯爵が、他に必要なものがあれば用意しますよと、にっこりと笑う。

それは、皇国が魔石《ませき》と引き換《か》えにしてでも欲《ほ》しいと望んだ食糧の半分以上の量だった。

それを僅《わず》か十分で用意してしまうこの伯爵は、一体何者なんだ？

『ヨシュア曰《いわ》く、あと三日あればこの倍の量を用意できるって。でも食糧を届けるのは早い方が良いとエマが言うので、明日の朝に船を出すとしたら準備できてこのくらいらしいよ』

紙を読み上げた伯爵に長男のゲオルグが説明している。

『明日の……朝⁉』

十分で食糧を都合して、翌日の朝には船を出す？

こんなこと本当に可能なのか⁉　あと、ヨシュアって誰だ？

『今日の夕方だとちょっと小麦が間に合わないようです……それでも最新設備の船を用意してくれるそうで四、五日後には皇国に着くと言っていましたよ』

『四、五日後⁉』

『え？　それでは遅《おそ》いですか？』

ゲオルグが不安げにタスク皇子に確認《かくにん》する。

皇国と王国の距離《きょり》は遠い。

皇子自身が乗ってきた皇室専用の高速船ですら、一週間はかかった。

それを、大量の食糧を載《の》せた状態で四、五日で着く？

『いえ、不満ではなく私が来たときは、一週間ほどかかったのでそんなに早く着くとは思えないのですが……』

『ご心配なく。ヨシュアの船は設備も最新、船乗りは熟練者ばかりを揃《そろ》えておりますので』

信じられないと疑うもスチュワート伯爵までも大丈夫だと請け負う。

だから、ヨシュアって誰だ？

スチュワート伯爵も、謎《なぞ》のヨシュアもここまで手厚くしてくれる意味が分からない。

やはり魔石の情報が？

いや、忍者からは漏れない。優秀《ゆうしゅう》な忍者だ。皇国の中でも精鋭中の精鋭なのだ。

つまり、これは、忍者十九人を死なせたお詫《わ》びだというのか？

忍者達はその命をもって、国を救ったと……？

だが皇国は食糧と王国に滞在《たいざい》する私の身の安全を盾《たて》に、いずれは魔石を奪《うば》われることになるのだろう。

スチュワート伯爵……なんて、なんて、恐《おそ》ろしい男なのだ。

私の失敗を国民は、我が愛する国民は……許してくれるのだろうか。

スチュワート伯爵家を後にするタスク皇子の足は暗く重い未来へ一歩ずつ近づいていくように、茨《いばら》の道を進むかのようにゆっくりとしか動かなかった。

そう……思っていたのに、目の前には失った筈《はず》の忍者達がいる。

心なしか、十九人の忍者達は朝、顔を見たときよりもツヤツヤ生き生きしているように見えなくもない。

「何故？　生きている？」

大事なことなので、タスク皇子は二度、訊《き》いた。

書き下ろし特別編

美味しいは正義。

一方、エマが意気揚々《ようよう》とハンカチ二百枚を刺繍《ししゅう》している頃《ころ》、【狩人の実技《かりゆうど》】の授業では大きな岩を前にウィリアムが頭を抱《かか》えていた。

「……前回の授業で走り込《こ》みは最後だって聞いて、ちょっと楽しみにしていたんだけどな、僕《ぼく》……」

生徒一人ひとりに一つずつ割り当てられた岩と渡《わた》された木の棒。

「まさか、これで岩を砕《くだ》けってことですかね？」

ヨシュアが不安そうに【狩人の実技】の教師を見れば、話が早いじゃないかと笑顔《えがお》で親指を立てる。グーッ、じゃないですよ！　先生、グーッじゃ！

「無理でしょ？」

「岩だぞ？」

巨大《きよだい》な岩を前に同じ授業を受ける令息達《たち》も無理だと嘆《なげ》いている。

「魔物《まもの》って結構硬《かた》い奴《やつ》多いからな。何にも知らずに攻撃《こうげき》したら剣《けん》だと折れたり、反動で飛んでいったりすることもあるし、武器を失うのは致命《ちめい》的だから、諸々鍛《もろもろきた》えられるいい訓練だと思うぞ？」

コツコツと岩を棒でつつきながらゲオルグが何食わぬ顔で呟《つぶや》く。

ゲオルグは他の授業はポンコツにも程《ほど》があるが、この【狩人の実技】だけは圧倒《あっとう》的に誰《だれ》よりも優秀《ゆうしゅう》なのだった。

「いやいや、ゴリラの兄様はもしかしたら岩をも砕くことができるかもしれませんが、人類には荷が重いですよ⁉」

ウィリアムの訴《うった》えに、令息達も同意と言わんばかりに何度も頷《うなず》いている。

「誰がゴリラだよ。まぁ、この岩だったら力がなくても簡単に割る方法もあるけどな」

絶対にできないと言うウィリアムに見てろよ、とゲオルグは岩に飛び乗り、木の棒を岩に突《つ》き刺《さ》すように打ち付ける。

「あ！」

「おおおお！」

「凄《すご》い！」

たった一撃《いちげき》で巨大な岩が真っ二つに割れた。

いとも簡単に軽々と割ったことで他の令息達にも注目され、歓声《かんせい》が起きる。

もう、この授業でゲオルグに【目立つな】と突っ込むことをウィリアムは諦《あきら》めた。

「ちゃんと岩の目を見極《みきわ》めて打てばこんなもんだよ？　割れやすい向きってのがあるから。ま、これだと訓練にならないんだけど……」

パレスの狩人なら退路の確保のために岩を割るなんてよくあることで、こんなに驚《おどろ》かれるとは思わなかったとゲオルグが頭を掻《か》く。

「ゲオルグ・スチュワート。それを分かっているならなんでやるんだ？　この岩を毎年私がどれだけ苦労して運んでいると思う？　かなりの重労働なんだぞ」

ゲオルグの背後から教師が恨《うら》めしげな声で咎《とが》める。

この歳《とし》で岩の目の方向を見極め、たった一撃で割ってしまうとは末恐《すえおそ》ろしい令息だが、苦労して運んだ身としては何ともやりきれない。

「あっ！　先生……。あの、ご、ごめんなさい？」

特に自慢《じまん》する風でもなく、謝《あやま》るゲオルグに教師はため息を吐《つ》く。

【狩人の実技】の授業において明らかに抜《ぬ》きん出て優秀な生徒は大概《たいがい》、調子に乗りやすく、危《あや》うさのようなものがあったし、それによる失敗も多かった。

しかし、このゲオルグ・スチュワートにはそれが不思議なくらい見られない。

何というか、既《すで》にその段階は疾《と》うの昔に踏《ふ》み終わった中年の男のような、変な老獪《ろうかい》さが垣間見《かいまみ》えたりする。

まだ、たったの十六歳《さい》。一番アホな失敗をする時期だというのに。

「ゲオルグ・スチュワートは他の生徒のサポートにまわれ。もう岩は運ばんからな」

◆　◆　◆

「うわっ！」

ヨシュアの持っていた木の棒が岩に打ち付けた反動で手から離《はな》れ飛んでいく。

「もう、握力《あくりょく》が……」

痺《しび》れる手を擦りながらヨシュアは一向に砕けそうにない岩を睨《にら》む。

「大丈夫《だいじょうぶ》か？　ヨシュア。握力もだけど下半身の重心が安定してないから力が上手《うま》く使えてないみたいだ。あともっと体幹を鍛えた方がいい」

飛んでいった木の棒を拾って渡しながらゲオルグはアドバイスする。

「……商人にそんな筋肉は……必要ないかと……」

明日はきっと筋肉痛だとヨシュアが弱音を吐く。

「そんな弱気じゃダメだって。パレスである日突然《とつぜん》、魔物……例えばベヒーモスとかに出くわしたらどうするんだよ？」

「逃《に》げますよ！　あんな恐《おそ》ろしい魔物、逃げる以外の選択肢《せんたくし》なんてある筈《はず》がないでしょ！」

ベヒーモス……筋骨隆々《りゅうりゅう》で強固な肉体を持ち、頭には角が生えている。

ちょっと牛に似ていなくもない。

出現頻度《ひんど》は低いのであまり知られていないが、ヨシュアはしっかり勉強しているし、ゲオルグは前世でプレイしたゲームのモンスターと被《かぶ》っている魔物に関しては覚えやすかったので詳《くわ》しい。

「ベヒーモス？」

「知ってるか？」

「知らない」

他の令息達にしてみれば何の魔物か想像すらできない。

「何言ってるんだ、ヨシュア！　ベヒーモス見て逃げるのは勿体《もったい》ないぞ？」

「あー……美味しいですもんね。ベヒーモス」

首を傾《かし》げる令息達とは裏腹にゲオルグとウィリアムはベヒーモスについて盛り上がる。

「牛に似た肉質、特に冬に狩《か》ったものは脂《あぶら》がのっててジューシー。肉は硬いですが薄《うす》くスライスして燻製《くんせい》にすれば保存食にもできますし……」

「そうそう、あとはミンチにして我が家秘伝のスパイスを加えたハンバーグなんて最高だよな？」

「ふふふ、そのベヒーモスのハンバーグをトマト、チーズ、レタスと共にバンズに挟《はさ》むと……」

「『ベヒモスバーガー！』」

ゲオルグとウィリアムがハモる。

「サイドメニューにフライドポテト」

「オニオンリングも忘れずに」

話していると食べたくなってくると兄弟は鳴りそうになるお腹《なか》に苦笑《くしよう》する。

「……お二人にかかればあのベヒーモスも食糧扱《しよくりようあつか》いなんですね……」

急な飯テロに遭《あ》い話を聞いていた令息達が同じように空腹を覚える中、その魔物の姿を知るヨシュアだけが肩《かた》を竦《すく》めている。

想像するとかなりグロい。

「一回食べたら分かるって。ベヒーモスめちゃくちゃうまいから！」

希少なベヒーモスは倒《たお》した狩人が持ち帰って食べてしまうので、市場に出ることはない、最強に美味しい猟師《りようし》メシだった。

「ベヒモスバーガーにオニポテのセットは絶対に食べるべきです。あと、姉様はベヒーモスのミンチを腸詰《ちようづ》めにしたものをパンに挟んだ、ホットドッグにオニポテのセットも好きだって言って……」

腸詰めなんて更《さら》にグロいことを言い出すウィリアムだが、急にヨシュアの顔が曇《くも》るどころか生き生きとした表情に変わる。

「ウィリアム様！　何を無駄口《むだぐち》を叩《たた》いているんですか⁉　いつベヒーモスに遭遇《そうぐう》しても良いように訓練を続けますよ！」

「え？」

「ゲオルグ様、どうですこの構えは？　ベヒーモスを美味しく狩れる方法を教えて下さい！　いつか、エマ様に僕がベヒーモスを狩って差し上げたい！」

ウィリアムの【姉様】の一言で、ヨシュアのやる気が爆上《ばくあ》がりしていた。

「あ、ああ。でもヨシュア、握力が回復してからでも……」

「は？　握力？　何のことですか？　そんなもの気合いで何とでもなります！　まずはこの岩を砕くことからですよね？　お任せください！」

エマのためと分かれば、ヨシュアにとっては全《すべ》てご褒美《ほうび》だった。

「お二人共、あとで昼休みに少しお時間良いですか？　肉を手に入れた場合の加工等、詳しく教えて下さい。あ、他に僕の知らないエマ様の好物ってありますか？　殆《ほとん》ど把握《はあく》していると思っていましたが、いやぁ僕としたことが魔物肉とは盲点《もうてん》でした」

「ヨシュア……」

「ぶれないっていうか、なんていうか……」

気合いの入った変態……ヨシュアは【狩人の実技】でゲオルグの次に岩を砕き、皆《みな》を驚かせた。

その後、ベヒーモスが出現した辺境の領地にはどこからともなくロートシルト商会の者が現れ、狩られた肉を超《ちょう》が付く程の高額で買い取る姿が度々目撃《たびたびもくげき》されるようになる。

「金に糸目は付けない。ベヒーモスは見つけ次第《しだい》、買え」

商会での発言力が大きいヨシュアのこの一言のせいである。

ロートシルト商会が血眼《ちまなこ》になって探している肉があると噂《うわさ》になれば食べたくなるのが人間というもの。

誰も知らなかったベヒーモスの肉は、一年も経《た》たずに【幻《まぼろし》の超高級肉】へと昇格《しょうかく》した。

その幻の超高級肉を、ヨシュアはあらゆる手段を用いて独占《どくせん》した。

そして何食わぬ顔でエマに届けるのだ。

ベヒモスバーガーを。

ベヒモスホットドッグを。

たまたま手に入ったのでお裾《すそ》分《わ》けです、とオニポテを添《そ》えて。


「エマ様が喜んでくれるのなら金貨千枚使ったとしても安い買い物です」

ベヒモスバーガーを幸せそうに頬《ほお》張《ば》るエマを幸せそうに見つめるヨシュア。

ゲオルグとウィリアムは引き攣《つ》った笑顔で呟く。

「「ちょっと何言ってるか分からない」」

第四十三話　夜会の招待とドレス事情。

無事に二百枚のハンカチの刺繍《ししゅう》を仕上げた（絶好調な）エマは、魔物《まもの》学で会ったエドワード王子とアーサーにも散々体調を心配された。

特に王子には晩餐《ばんさん》会で迷惑《めいわく》をかけたので凄《すご》く申し訳ない気持ちになる。

そして魔物学の後の昼休みでは、エマを心配する令息達《たち》が入れ替《か》わり立ち替わり訪《おとず》れてはスイーツを差し入れてくれる。

更《さら》に更に申し訳ない気持ちが倍増するが、段々と目の前に積まれていくスイーツはどれも美味《おい》しそうで、それはそれ、これはこれとエマは隠《かく》しきれないご満悦《まんえつ》の笑顔《えがお》を振《ふ》り撒《ま》いている。

「まあ、それはご心配かけて申し訳ございません。お見舞《みま》いまで恐縮《きょうしゅく》ですわ。お礼と言うには拙《つたな》い物ですが、今日の刺繍の授業で作ったハンカチ、良かったら使って下さい」

エマは例の刺繍の授業で量産したハンカチを一枚カバンから取り出して、クッキーをプレゼントしてくれた令息に手渡《てわた》す。

「！　こっこんな見事な刺繍見たことありません！　ありがとうございます！　宝物にします！　家宝にします！」

一面に花の刺繍が施《ほどこ》されたハンカチを震《ふる》える手で大切そうに受け取り、令息がまた一人、真っ赤な顔でエマから離《はな》れていった。

ハンカチ、使ってって言ったのに……家宝？　伝わらない言葉にエマは首を傾《かし》げる。

「エマ嬢《じょう》、元気……そうだね」

中庭でいつもと変わらずスイーツを頬張《ほおば》るエマにアーサーが驚《おどろ》いている。

ゲオルグとウィリアムとヨシュアは諸事情により、遅《おく》れて来ることになっていたので、エマや妹のマリオン、フランチェスカ、双子《ふたご》に悪い虫がつかないようにアーサーが目を配っていた。

「はいっ。元気ですよ？　アーサー様もこのチョコレートいかがですか？　甘《あま》さ控《ひか》えめでスッキリとした味で美味しいですよ！」

コクンと口の中のクッキーを飲み込《こ》んでからエマはアーサーにチョコレートを勧《すす》める。

「……いや、遠慮《えんりょ》するよ。見ているだけで口の中が甘くなって仕方がないから」

アーサーは、食欲旺盛《おうせい》なエマを見て安心するものの、見ているだけでもうお腹《なか》いっぱいだ。

魔物学の授業前にアーサーもエマからハンカチをプレゼントされた。

普通《ふつう》学園で令嬢達が授業で行うハンカチの刺繍とは、四隅《よすみ》の一角にイニシャルと少しの飾《かざ》りの刺繍を刺《さ》してあるくらいだが、貰《もら》ったハンカチは全面に見事に細かい刺繍が施されていた。

檸檬《れもん》と蔦《つた》植物が絶妙《ぜつみょう》なバランスで配置してあり、今まで見たことのない個性的なデザインなのに不思議と違和《いわ》感や嫌《いや》みがない。

蔦植物の色鮮《あざ》やかな緑は、一色だけでなく数種類の微妙《びみょう》に違《ちが》う緑で染められた刺繍糸が使われていて、普通の絵や刺繍と違って立体的に見える。

檸檬も思わず匂《にお》いを嗅《か》いで香《かお》りを確かめたくなってしまうくらいの出来だった。

これはもう、額に入れて飾るレベルの匠《たくみ》の技《わざ》。

家宝にすると言った令息の気持ちがよく分かる。

同じタイミングで貰った殿下《でんか》、ヨシュアも喜びに打ち震えていた。

以前エマ嬢から貰った自分のカフリンクスを王子が羨《うらや》ましそうに見ていたこともあり、王子がハンカチを貰う姿にほっと胸を撫《な》で下ろしたのは内緒《ないしょ》だ。

そんなエマ嬢手製のハンカチを貰うなり、顔の汗《あせ》を拭《ふ》いていたゲオルグとウィリアムは殿下に怒《おこ》られていた。

兄弟は何故《なぜ》王子が怒ったのか分からないと困惑《こんわく》の表情を浮《う》かべている。

ハンカチで汗を拭いて何が悪いのだと。

手をかけた刺繍を雑に扱《あつか》われたエマ嬢は気を悪くする風でもなく、【狩人《かりゅうど》の実技】って大変なのねーと言いながら兄弟にもう一枚ずつハイクオリティーの刺繍ハンカチを渡《わた》してあげていた。

二時間の【刺繍の授業】で一体何枚作ったのだろう……。

優《やさ》しくて、刺繍が上手な女の子らしいエマ嬢はうちの妹とは大違いだ。

「兄様？　何か失礼なことを考えていませんか？」

ジロリとマリオンに睨《にら》まれ、笑って誤魔化《ごまか》す。

武道に長《た》けた妹の前では、頭の中すら気が抜《ぬ》けない。

「何のことかな？　マリオン。それより、今日は真《ま》っ直《す》ぐ家に帰るんだよ？　夜会用のドレスの採寸があるのだから」

今朝、王家から招待状が届いた。

急遽《きゅうきょ》夜会の開催《かいさい》が決まったとかで、ベル家のメイド長が気を揉《も》んでいた。

イケメンな妹にはドレスのストックがなく、今日中に採寸を済ませなければ仕立てが間に合わない。急に決まったとはいっても、王家主催《しゅさい》の夜会に一度袖《そで》を通したドレスを公爵《こうしゃく》令嬢が着る訳にはいかないのだ。

「まあ！　もしかして王家主催の夜会ですか？　デラクール家にも招待状が届きまして、朝から大変でしたわ」

フランチェスカがエマにお裾分《すそわ》けしてもらったクッキーをやっと一枚食べきって、今頃《いまごろ》メイド長がお針子の確保に奔走《ほんそう》している筈《はず》だと疲《つか》れた顔を見せる。

第一王子派の洗礼失敗以降は、夜会やお茶会の招待が激減していたフランチェスカも新しくドレスを作らなければならないらしい。

「まあ、私達も夜会のドレスを作るわね、ケイトリン」

「まあ、私達も夜会のドレスを作るわ、キャサリン」

双子も夜会に招待されたらしく、先週末の晩餐会にも出席した双子は、ストックがなくなり、ドレスを新調する必要があるのだという。

今日採寸まで済ませたとしても、ドレス作りには時間がかかる。

仕上がるのはギリギリ間に合うか、危《あや》ういかもしれない。

通常、王家主催のものはここまで急な日程は珍《めずら》しく、この分だと仕立屋はどこも大忙《おおいそが》しだろう。

「先日の晩餐会は規模も大きくて、新しいドレスを着たばかりの令嬢も多かっただろうね。仕立屋は大変だ」

イレギュラーで二週連続の社交イベントとなると、どの家もドレスの用意が追い付かない。

「ベル家には専属の仕立屋はいないのですか？」

仕立屋の心配をするアーサーにフランチェスカが不思議そうに尋《たず》ねる。

公爵家ともなれば、お抱《かか》えの仕立屋くらいいるものだ。デラクール家にも専属の仕立屋が一人いるが、今回のように日にちが足りない時は新たに手伝いのお針子を探す必要がある。

「うちは、ほら、あまりドレス作らないからね……」

アーサーがマリオンをちらっと目で示して肩《かた》を竦《すく》める。

ベル家は代々騎士《きし》を纏《まと》める家系で、男は公式の場でも騎士服で済ませるし、女はマリオンのようになるべくドレスから離れようとする者ばかりで、今回のような急な招待でもない限り外注で間に合っていた。

「それは大変ですわね、マリオン様に良い仕立屋が見つかることを祈《いの》ってますわ」

ドレスを着る必要のないアーサーがドレスの心配をして、ドレスを着なくてはならないマリオンは飄々《ひょうひょう》と話に頷《うなず》くだけの姿にフランチェスカが苦笑《くしょう》する。

「ありがとう！　フランチェスカ様。だが、最悪私は騎士服で行くから心配しなくても大丈夫《だいじょうぶ》だよ」

マリオンが胸を張って心配無用だと笑う。

「「「それは駄目《だめ》でしょう！」」」

カラカラと笑うマリオンにフランチェスカと双子がすかさず突《つ》っ込みを入れる。

アーサーは頼《たの》むから勘弁《かんべん》してほしいと頭を抱える。

何が悲しくて騎士服を身に纏ったイケメンオーラ出しまくりの妹をエスコートしなくてはならないのか。

たしかに、絶対に、完璧《かんぺき》に似合うだろうが王家の夜会に男装はリスキー過ぎる。

マリオンは公爵令嬢、そんじょそこらの令嬢とも注目度が違うというのに。

「うーん、その辺の令息には負けないくらい騎士服を着こなす自信はあるんだけどね……そういえば、エマ様は招待されていないのかい？」

さっきから会話に入ってこないエマにマリオンが尋ねる。

「？　スチュワート家には招待状は届いてなかったと思います。今日は、母が朝から出掛《でか》けたので把握《はあく》していないだけかもしれませんけど……」

急に皆《みな》の視線がエマに向いたので、少し驚きながらもエマが答える。

スイーツを食べるのにお口を使っていたので、聞き役に徹《てっ》していた。

食べ物が口に入っている時は喋《しゃべ》らない！

おばあ様のスパルタマナー教室の成果が出ていた。

「え？　もしかしてエマ様……全部、食べたのですか？」

恐《おそ》る恐るフランチェスカが空になったテーブルに気付き、確認《かくにん》する。

あの大量の甘いスイーツ達をエマはペロリと平らげていた。

「デザートは別腹ですわ♪　あら？」

ふふふと嬉《うれ》しそうに笑うエマが、遅れて中庭に来たゲオルグ、ウィリアム、ヨシュアを見つける。

「エマ様！　今日は、フィナンシェを持ってきましたよ。召《め》し上がりますか？」

ヨシュアがエマにフィナンシェの入った箱を渡す。

その甘いにおいだけでアーサーはううっと視線を逸《そ》らす。

そのくらいは大量のスイーツを今日は見ていた。

「ありがとう、ヨシュア！　私フィナンシェ大好きよ！」

ヨシュアの用意するスイーツはいつだって高級品。

アーサー達がこれ以上は……と止める前にエマはパクリとフィナンシェを口に入れる。

「ん――――！　紅茶と相性《あいしょう》抜群《ばつぐん》だわ‼　もう一ついただ…………‼」

二個目のフィナンシェに伸《の》ばすエマの手をゲオルグとウィリアムが止める。

「エマ、そのくらいで我慢《がまん》しよう」

「姉様、給仕《きゅうじ》が大量のお菓子《かし》の包み紙を処分していたのをさっき見ましたよ。あれ、まさか一人で全部食べてないでしょうね？」

ん？　何のことかしら？　と白々しくすっとぼけるエマ。

「…………あと一つだけだから……だめ？」

上目遣《うわめづか》いで、瞳《ひとみ》を潤《うる》ませながらエマがお願いする。

「「駄目‼」」

ゲオルグもウィリアムもバッサリと断る。

優しくて、刺繍が上手な女の子らしい妹のお願いをここまで簡単に断るなんて二人のハートは氷か何かでできているのか？　とその光景をアーサーは信じられない気持ちで見ていた。

お願いの流れ弾《だま》で、ヨシュアは胸を押《お》さえて悶《もだ》えているというのに。

「姉様？　そうやって誰《だれ》でも彼《かれ》でもおやつを貰うのはどうかと思います」

「エマ、第二のへんた……ヨシュアを量産するのは止《や》めろ」

優しくて、刺繍が上手な女の子らしい妹を持つのも大変なのかもしれない。

第四十四話　出張。

朝早くに屋敷《やしき》を出て、シモンズ領まで馬車を走らせる。

急遽決《きゅうきょ》まった皇国行きは、どうしても手に入れたいものがあったからなのだが、向かいの席で忌々《いまいま》しげに顔を歪《ゆが》ませている同行者を見てクスリと笑う。

「何が面白《おもしろ》いのだ？」

同行者、オリヴァーが咎《とが》めるように睨《にら》む。

「貴方《あなた》は昔から私の前では不機嫌《ふきげん》になるな……と思っただけですよ」

メルサは手持ち無沙汰《ぶさた》をまぎらわせる為《ため》に持って来ていたレース編みから目を離《はな》さずに懐《なつ》かしそうに微笑《ほほえ》む。

裁縫《さいほう》はもともと苦手ではなかったが、嫁《とつ》いでからは必死にやる必要があった。

三人もの子供達は入れ替《か》わりで服を破ってくるし、新しく仕立てるお金もなかった。

何故《なぜ》か女の子のエマが一番破って来るのは悩《なや》ましいことだったが。

あの子は生まれた時から、虫にしか興味を示さず虫を見つける度《たび》に薮《やぶ》の中だろうが、木の上だろうが、岩の隙間《すきま》だろうが、お構いなしに突進《とっしん》して行くのだから、裁縫の腕《うで》は自然と鍛《きた》えられた。

と、言ってもまだまだ夫の腕には到底及《とうていおよ》ばないのだけれど。

「べっ別に不機嫌な訳ではない！　ただ、王国人が踏《ふ》み入れたことが全くない皇国に女の身で行こうと言い出す神経が分からん！」

何かあったら、怪我《けが》でもしたらどうする……と暗に言いたいようだが、その表情と言い方では察してあげられる人は少ないだろう。かつての私のように。

「ご心配には及びませんわ。自分の身は自分で守れますから」

旅用の簡素なドレスの中には、エマからお守り代わりに貸してもらったヴァイオレットがいる。

今は太ももの辺りにモソモソと居心地の良い場所を見つけるように動いている。

「はっ、力も弱い女の癖《くせ》に無理に決まっているだろう！」

女の癖に……パレスに嫁いでからは言われなくなった言葉。

【男も女も子供も老人も、働ける者は好きなだけ働け】

学園で一番の成績を取った知識ですら太刀打《たちう》ちできないほどに辺境の領は想像以上に困窮《こんきゅう》していた。

「貴女《あなた》のことは、責任をもって俺《おれ》が守るから安心しろとは言えないのですか？」

最近、あの母に似てきたらしいため息を吐《つ》き、オリヴァーに問う。

彼《かれ》の隠《かく》れた本心を減らず口から推測できる自分に少し驚《おどろ》くも、相変わらず私も素直《すなお》にはなれない。

「なっつっ何をバカなことを！」

ぶわっと顔を赤くしたオリヴァーがわざとらしく馬車の窓に視線を逃《に》がし黙《だま》り込《こ》む。

自分は気分を害したからお前とは話さないという分かりやすい態度に再び、笑《え》みが溢《こぼ》れる。

昔なら、また私は怒《おこ》らせることを言ってしまったと思うところだが、今はただ、照れているだけだと分かり、微笑ましくさえ思う。

静かになった馬車の中で、皇国に急遽行くことになった経緯《けいい》を、夫には敵《かな》わないまでも細やかなレースを編みながら思い出す。

昨晩、エマのお友達《ともだち》のドレスを縫《ぬ》いながら、昔なつかし日本食について盛り上がっていた。

「味噌汁《みそしる》が飲めるのは嬉《うれ》しいよね」

ウィリアムが忍者《にんじゃ》達の中に味噌も豆腐《とうふ》も作れる者がいたと喜んでいる。

忍者達はこれから交代でスチュワート家を訪《おとず》れることになる。

材料が揃《そろ》えば味噌や醤油《しょうゆ》などを作り、代わりにスチュワート家は寝床《ねどこ》と食事の世話を請《う》け負った。

使っていない空き部屋を彼らの休憩室《きゅうけいしつ》として提供するのだ。

「ところで……出汁《だし》は？」

さっきから味噌やら豆腐やらの話は聞こえてきたが、全く出汁の話が出てこない。

「ん？　出汁？」

ゲオルグが何のこと？　と首をかしげる。

「味噌汁を作るなら出汁はいるでしょう？　昆布《こんぶ》でも鰹節《かつおぶし》でもいりこでも……」

出汁？　男どもがきょとんと顔を見合わす。

「んー……干し貝柱とかで代用できるかなーと思ったんですけどやっぱり……鰹節要《い》りますかね？」

エマが痛いところ突《つ》かれたと針仕事の腕を止めてメルサに確認《かくにん》する。

田中《たなか》家の味噌汁は鰹出汁がメインだった。出汁を取ったあとの鰹節は自動的に猫《ねこ》達のおやつだ。

「にゃー！」「にゃんにゃにゃにゃん！」

「にゃん！」「にゃーにゃん！」

エマが鰹節と言った瞬間《しゅんかん》に、うとうと大人しく寝《ね》ていた猫達が鳴き出す。

「かつおぶし！　絶対いるやつやん！　食べたい！　かつおぶし食べたい！　……だって」

エマが通訳するが、家族全員が今のはなんか通じた……とそれぞれ思った。

「チョーちゃん、鰹節食べたいの？」

「にゃー！」

「かんちゃん、鰹節食べたいの？」

「にゃん！」

「リューちゃん、鰹節食べたいの？」

「にゃん！」

「コーメイさんか……」

「にゃーにゃん！」

猫達が目をキラキラさせながらそれぞれにデレている。

いつもは触《さわ》らせてくれないお腹《なか》すら大人しく撫《な》でさせてくれるのだ……鰹節すごい。

「んーでも、鰹節って伝わるかな？　お米ですらちょっと不安だし……」

食糧《しょくりょう》支援《しえん》の交換《こうかん》条件は米。

明日、出る船はスチュワート家からの緊急《きんきゅう》の食糧支援で、王国との国交とは別である。

皇国へ行くのはロートシルト商会の優秀《ゆうしゅう》な商人で、米の特徴《とくちょう》を伝え少しでも良いので持って帰ってほしいと頼《たの》んでいた。

「忍者によればお米は備蓄《びちく》されているのがあるそうだし、王国でも育てられそうなら苗《なえ》か種が欲しいところだけど……言葉通じないもんね？」

商会の中でも優秀な人材をヨシュアが厳選してくれたが、言葉の壁《かべ》は厚い。

しかしながら一家はもう、お口が和食の気分なのだ。

「にゃー！」

デレたと思ったら突然《とつぜん》部屋から出て行ったコーメイさんが、忍者一人を咥《くわ》えて帰って来た。

『？？？？？』

忍者は何が起きたのかよく分からないようだが、コーメイさんに逆らえる者などいない。

『あれ？　モモチさんじゃないですか？』

タスク皇子に何とか状況《じようきよう》を説明できた忍者が早速《さつそく》スチュワート家に休憩《きゆうけい》に来ていたらしい。

『ウィリアム殿《どの》……これは一体？』

右手にパン、左手にポテトサラダの器《うつわ》をコーメイさんに拉致《らち》られながらも死守していた忍者、モモチがウィリアムに説明を求める。

「にゃーー！」「にゃんにゃん！」

「にゃー？」「にゃんにゃん？」

モモチに猫達が詰《つ》め寄る。

デカイ猫に、忍者モモチが震《ふる》え上がる。

『なっなんなんだ？　え？　え？　え？』

ジリジリと後退した忍者が、ドンっと壁にぶつかる。

もう、後がない。後ろは壁。前方、左右は猫。逃げ場がない。

壁ドンならぬ壁にゃんである。

『皇国には鰹節あるの？　って訊《き》いてるよ』

壁にゃんの隙間をむにむに通って、モモチまで辿《たど》り着いたエマが通訳する。

『鰹節⁉︎　…………？　え？　鰹節⁉︎　…………え⁇』

「「「にゃーにゃ！」」」

普通《ふつう》に見れば、猫が鰹節食べたいだけの可愛《かわい》いおねだりだが、大きさが大きさだけにモモチにとっては脅迫《きようはく》されているのと同じである。

『かっ鰹節ならっまだ、米よりは全然足りている筈《はず》だ！　食糧難《しよくりようなん》の原因は農作物が……そっ育たなかったからで……海産物なら……』

一瞬、モモチがしまったという顔になる。

食糧難は天候不良と聞いていたが、他にも何かあるのだろうか。

『よし！　なら、ロートシルト商会に鰹節も持って帰るように連絡《れんらく》しよう』

ウィリアムが屋敷の使用人を呼び、ヨシュアへの使いを頼む。

「え？　かちゅおむし？」

「『鰹節』だよ」

「かるおるし？」

『鰹節』

「くるおしい？」

全く通じない……。

米は皇国の主食で通ったが、鰹節は説明が難しい。

「……………これは誰《だれ》か皇国に行った方が早くない？」

皇国語で発注書を書いて渡《わた》したとしても、田中家でないと実物が合っているか分からない。

鰹節だって王国人には食べ物だとすら見えないだろうし……。

「あっ！　だったら私、皇国行きたい！」

エマがぴしっと真《ま》っ直《す》ぐ右手を挙げ、立候補する。

「あなたは学校があるでしょう？」

メルサが駄目《だめ》だと言うとしゅんと手を下ろす。

「にゃんにゃ……」

コーメイさんがドンマイっとエマの背中を前脚《まえあし》でポンポン当てて慰《なぐさ》める。

「じゃあ、私が行こう。ゲオルグもウィリアムも学校があるからね」

レオナルドが船旅に心を躍《おど》らせる。

海に面していないパレスでは船に乗る機会など滅多《めった》にない。

「あなたは明後日《あさって》、狩人《かりゅうど》の指導があるでしょう？」

メルサがレオナルドに予定を告げる。

王都でレオナルドは、週一で狩人を志望する若者に稽古《けいこ》をつけていた。

苛酷《かこく》な狩人業は離職率《りしょくりつ》も高く、辺境に百人送っても残るのは十人以下なんてザラにある。

狩人の人材確保は、辺境領主の大事な仕事なのだ。

狩人は命の危険は伴《ともな》うが、その分給金がいいので目指す者も少なくない。

これまでは、アーバンが王都の大学の合間にスカウトして送るだけだったが、時間のあるレオナルドは、何度か稽古をして見込みのありそうな者を選別して送り、輸送コスト削減《さくげん》に成功していた。

「あーゲオルグ……………指導代わってくれる？」

忘れていたとレオナルドが頭を抱《かか》え、ゲオルグに代理を頼む。

「ゲオルグは学校があるでしょう？　それに自分より年下のゲオルグにこてんぱんにされたら、狩人になる自信もなくなるかもしれませんよ？」

どんなに屈強《くっきょう》な男でも、狩人を続けるのは厳しい世界だ。

だからといって早々に鼻っ柱を折ってしまっては求人が激減してしまう。

「では、誰が皇国に行くのですか？」

ウィリアムがそうなると誰もいないのでは？　と首を傾《かし》げる。

「私が行きます！」

胸に手を当ててメルサがずいっと一歩前にでる。

「「「「え!?」」」」

「もともと私、外交官志望でしたし、必要な勉強もしてあります。それに王国の食糧支援物資は皇国では馴染《なじ》みがない筈です。調理法なども教えてあげられる人が必要でしょう？」

たしかに、それは考えていなかった。

国が違《ちが》えば食材も調理法も違う。

前世料理の得意だったメルサが行くのは、理に適《かな》っているのかもしれない。

「いや、駄目だよ。王国人が一度も行ったことのない国にメルサを一人行かせるなんて、何かあったらどうするんだい？　怪我でもしたらと思うと心配だよ！」

レオナルドが反対する。

「大丈夫《だいじょうぶ》ですよ。エマにヴァイオレットを貸してもらいますから」

ね？　とエマを見てメルサが笑う。

「君が誰よりも賢《かしこ》くて、仕事ができるのは分かっている！　分かってるけど、君が危険な目に遭《あ》う時は、絶対に私が守りたいんだ！　何よりも、大好きな君と離れるのは……寂《さび》しいよ？」

「……………あなた……♥」

暫《しば》し見つめ合う両親を、三兄弟はチベットスナギツネの表情でやり過ごす。

「………………」

あんま————————————っい！

「…………そういうのは！　二人きりの時にして下さいと、いつも言っているでしょう⁉」

ゲオルグが嘆《なげ》く。

「お父様は、本当にお母様一筋ね？」

逆に感心するわとエマが頬《ほお》に手を当てる。

「でもですね？　見せられる子供達のですね？　心境を考慮《こうりょ》して頂ければと思う訳で…………」

ウィリアムが口の中が砂でじゃりじゃりするじゃないですかとため息を吐く。

両親のイチャイチャなんて、世界で一番見たくない。

が、スチュワート家では頻繁《ひんぱん》に遭遇《そうぐう》してしまうのだ。

年を追う毎《ごと》にチベットスナギツネの物真似が上手《うま》くなっていく三兄弟の身にもなってほしい。

『あのぉ、できましたら皇国語で会話してもらってよろしいですか？』

全然分からない王国語で盛り上がる一家に遠慮して、大人しくしていた忍者モモチだったが、両親がイチャイチャし始めたところで我慢《がまん》ができずにおずおずと手を挙げた。

『あ、ごめんモモチさんのこと忘れてた』

結局、状況を把握《はあく》した忍者のモモチがメルサの警護も請け負うということでレオナルドはメルサの皇国行きを渋々了承《しぶしぶりょうしょう》したのだった。

◆　◆　◆

まあ、こんなものかしらと手早く荷造りを済ませたメルサは一息つく。

こんなに急に旅に出るなんて前世でも今世でも初めてのことで、少しだけ高揚《こうよう》している。

「メルサ、本当に大丈夫かい?」

レオナルドが心配そうに声をかけてくる。

家族と離れるのに不安がないことはないが、皇国行きはメルサにとって魅力《みりょく》的な話だった。

港《みなと》がエマになり、虫が異常に好きになったように、メルサが頼子《よりこ》の記憶《きおく》を思い出した時、趣味《しゅみ》であった料理が無性《むしょう》に恋《こい》しくなっていた。

屋敷の料理人の作る食事に不満はない。ただ、一年前のあの日から食事の度に思ってしまうのだ。

家族もきっと同じことを思ってきた筈だ。

今日のステーキの味付けは、ガーリックバター【醤油《しょうゆ》】だろうと。

寒い日が続けば【味噌煮込《にこ》みうどん】が食べたいし、暑い日は【お豆腐】に薬味と【醤油】で冷《ひや》奴《やっこ》だって食べたい。

【梅干し】を頭に浮《う》かべれば今も変わらず勝手に唾液《だえき》が出てくるのに、それそのものがない虚《むな》しさ。

何よりも主食の【お米】の不在。

日本人の魂《たましい》が和食を求めている。

愛する子供達に、愛する夫にいつまでもそんな思いをさせられるだろうか？

させられる訳がない。

こんな大事なことを、塩の入った袋《ふくろ》の色すら知らなかったうちの男共に任せられるだろうか？

任せられる訳がない！

塩の袋の色を知っていても、【全《すべ》ての騒動《そうどう》の元凶《げんきょう》】の娘《むすめ》に行かせていいものか？

行かせられる訳がない！　論外。

皇国で、的確に食材を何の騒動も起こさずに手に入れられるのは私しかいない。

一家の真に求める食卓《しょくたく》は、このメルサ・スチュワートの肩《かた》にかかっている。

「大丈夫。任せてレオナルド。絶対に【お米】を持って帰ってくるから」

レオナルドの心配はメルサの身の安全だったが、妻の目は既《すで》にホカホカご飯に向けられていた。

こういうところ、エマとそっくりだってメルサは気付いていないんだろうなとレオナルドは少し困った顔で笑う。

仕方ない、明日の朝迎《むか》えに来る忍者のモモチにもう一回しっかりと釘《くぎ》を刺《さ》しておこう。

キラキラと和食のレシピに想《おも》いを馳《は》せるメルサを愛《め》でながら、レオナルドは心に誓《ちか》った。

こうして数時間後の夜が明けた早朝、モモチは忍者人生の中で一番の恐怖《きょうふ》に遭遇するハメになるのであった。

第四十五話　前略、じい様。

マーサは手紙の内容に頭を悩《なや》ませていた。


じい様はもしかして皇国人なのですか？

もし違《ちが》っても、誰《だれ》かに訊《き》かれたときはそうだと答えて下さいね？

ちょっと王都で色々ありまして……。


「色々が色々過ぎる……。さすがにこんな書き方じゃダメよね？」

じい様に手紙なんて書いたことがない。

それに、この手紙が検問で見られでもしたら、スチュワート家が根回ししたとバレてしまう。

と、いうことは二行目は削除《さくじょ》……一行目も削除……三行目……??

羽根ペンが進まない。

それならいっその事、夫に言伝《ことづて》を頼《たの》む方が無難なのでは？

いや、あまり事情を知る人間は増やさない方が良いだろう。

騎士《きし》に拘束《こうそく》され拷問《ごうもん》される可能性もゼロではないのだから。

「マーサ、手紙書けましたか？　明日の朝までにできれば、ロートシルト商会の人が届けてくれるそうですよ？」

頭を悩ませるマーサに後ろからウィリアムが声をかける。

「ウィリアム様、それが何をどう書いて良いものか……。検問時に検閲《けんえつ》されるかもしれませんし……」

領と領の境の道に検問がある。

犯罪者や危険物を持ち込《こ》まないかなど、領によっては厳しく精査されるのだ。

「検問……」

ウィリアムは王都までの道のりに出くわした数々の検問を思い出す。

一つとしてすんなりと通れた例《ためし》がない。

猫達《ねこたち》は一旦《いったん》馬車から降りてもらい、夜中にこっそりと抜《ぬ》けてもらうことで事なきを得たが（足音なんてさせないから余裕《よゆう》だった）問題は虫達だ。

でかい蚕は一番奥《おく》に配置し直して、蝶《ちょう》、蜘蛛《くも》、ムカデで隠《かく》す。

膨大《ぼうだい》な量の虫（王都に近づくにつれどんどん増える）にドン引きする検問官に嬉々《きき》として一匹《ぴき》ずつ説明を始めるエマ。

大体ヴァイオレットを紹介《しょうかい》した辺りで検問官がギブアップするので、そのタイミングでここはひとつ穏便《おんびん》にと銀貨を数枚握《にぎ》らせる。

検問官は令嬢《れいじょう》の虫趣味《しゅみ》を黙《だま》らせるためのお金と勘違《かんちが》いして引き攣《つ》った表情で銀貨を懐《ふところ》にしまって通行証に判を押《お》す。

心付けは渡《わた》すタイミングが大事ですと旅の初めにヨシュアに習っていなければ、家族のみとなった後半の検問でスチュワート家のエマシルクの秘密が露見《ろけん》してしまうところであった。

「ま、まあ、ロートシルト商会に預けるなら、その辺は上手《うま》くやってくれると思うよ？」

律義《りちぎ》に黙ってくれている検問官のお陰《かげ》で今のところエマに虫関連の変な噂《うわさ》は立っていない。

「では、ありのまま一から説明して……あっ」

マーサは重要なことに気付く。

「どうしたの？」

「じい様……読み書きできなかったような……」

「ダメじゃん」

王国庶民《しょみん》の識字率はまだまだなのであった。

結局、【小野真麻】と漢字で書けるのなら皇国語でイケるのではないかとなり、ウィリアムが代筆することになった。


一か月後、パレスから便りが届く。

達筆な毛筆で一言。

子細、承知いたしました、と書かれていた。

マーサのじい様、イモコは本当に皇国人だったようだ。

第四十六話　多忙に無勢。

「もう、これ以上は無理です！」

ハンナは叫《さけ》んだ。既《すで》にドレス三着を担当しているのに、貴族からの注文が後を絶たない。

社交シーズンはまだ始まってもいないのに、うちみたいな小さな店でも追い詰《つ》められるほどの注文が殺到《さっとう》していた。

王家主催《しゅさい》の急な夜会が週末にあるために、王都中の仕立屋はてんやわんやの忙《いそが》しさだった。

一週間で三着のドレスなんて本当に作れるのだろうかと不安で押《お》し潰《つぶ》されそうになりながら、お針子のハンナは涙《なみだ》をこらえて黙々《もくもく》と針を動かしていたところに、店主からあと二着追加すると言われ、ついにキレてしまった。

「一週間寝《ね》ないでドレスを縫《ぬ》っても三着出来上がるか分からないのに、一人で五着なんて無理に決まっています！」

店主は悪くない、分かっている。仕立屋が貴族に逆らえる訳がない。

本来ドレスとは、数人で数週間かけて作るものなのに明らかに人手も時間もない。

キレようが、泣こうが、喚《わめ》こうが、無慈悲《むじひ》にハンナの作業台の上に新しい生地《きじ》が置かれる。

睡眠《すいみん》も、食事も、ここ数日満足に取れていない。

こんな仕事辞《や》めてやる、と心の中で何度も叫んだが、それでも針を動かす手は止めなかった。

王都に家族はいない。

下に弟妹《きょうだい》が五人もいるハンナは、出稼《でかせ》ぎに来た田舎娘《いなかむすめ》だ。

初めての王都は、人も建物もキラキラ輝《かがや》いて見えたものだったが、仕立屋の店に住み込《こ》みで働くようになってからは外に出ることなくひたすら針を動かす毎日が続いている。

ハンナは服なんて今着ているのと、もう一着と寝衣しか持ってない。

下着だって三セットだけだし、生地は綿すら買えなくて麻《あさ》だ。

貴族は、ドレスだけで何着作るつもりなんだろう。

ドレス作りは不毛だ。

流行のデザインは奇抜《きばつ》で複雑で作業が大変な割に飽《あ》きられるのが早い。

パターン通りに作っても、着る令嬢《れいじょう》が数日間のうちに太っていたり、痩《や》せていたりしてクレーム品として返ってくることも少なくはない。

最近は不買運動だかなんだか知らないがパレスの絹を使うなと注文をつける貴族までいて面倒《めんどう》だ。

仕立屋業界のど真ん中にいるハンナから言わせてもらえればあれほど縫い易《やす》い生地はない。

パレスの絹は、見た目や品質だけでなく、仕立てる段階で既に一級品なのだ。

こんな大変な思いをして作ったドレスだって一、二回袖《そで》を通すだけで着てもらえなくなる。

同じドレスを夜会で着てもいいではないか。

どれだけの時間をかけて作っているると思っているんだ！

口には出せないけれど心の中で悪態を吐《つ》く。今日もベッドでは寝られないだろう。

必死で手を動かしていると、表の店舗《てんぽ》の方が少し騒《さわ》がしいことに気付く。

「本当に、本当にこれ以上の注文は受けられません」

「そこをなんとかしろ。私が仕えているのは公爵《こうしゃく》家だぞ？」

「公爵様ほどのお家ならば、お抱《かか》えの仕立屋がいるのでは？　うちは小さな店なので人も少なく、手一杯《ていっぱい》なのです」

「お針子に一人、腕《うで》の良い娘《むすめ》がいるらしいな？　お嬢様は、週末の夜会はその娘が縫ったドレスを着たいと仰《おっしゃ》っているのだ！」

「ですから、光栄とは存じますが、うちの店はもう限界を超《こ》えておりますので……何卒《なにとぞ》ご勘弁《かんべん》願えませんでしょうか？」

「何をバカなことを！　他の令嬢の注文など後回しで良いのだ！　公爵令嬢のドレスを作らせてやると言っているのだぞ？」

「そんな、店の信用にも関《かか》わります。ご贔屓《ひいき》にしてくださっているお家に………！」

バン‼

「採寸は終わっている！　後は縫うだけでいいのだ。絶対に、夜会の前日までに屋敷《やしき》に届けろ！　流行のデザインで、パレス絹は使うな！」

「そんな、困ります！！！」

「いいか？　絶対に納期は守れ、絶対だ！」

採寸したメモを叩《たた》きつけるように店主に渡《わた》し、公爵家の従者はそのまま店を出ていった。

…………店主は悪くない。

でも……もう、これ以上は限界だった。

ぼ――っとしばらく公爵家の従者が出ていった扉《とびら》を眺《なが》めていた店主は、とぼとぼとハンナの元へ歩いてくる。

来ないで。お願い。

来ないで。

嫌《いや》な汗《あせ》が背中を伝う。

店主の足が、ハンナの前で止まる。

「ハンナ……もう一着……頼《たの》む……」

店主は、悪くない。でも、限界だった。

「……こんな仕事、辞めてやる」

心の中で何度も何度も叫んだ言葉が、思わず口から零《こぼ》れ落ちる。

「ハンナ？」

店主は、悪くない。

でも、もう止まらない。

「こんな仕事辞めてやる！！！」

だんっと作業台に手をついて立ち上がったハンナはそのまま逃《に》げるように駆《か》け出した。

店の裏口から、外へ。働いて、働いて、働いて、一体いつぶりなのか記憶《きおく》にない程《ほど》に久しぶりの外へ、ハンナは逃げるように駆け出した。

「っハンナ？　ハンナ‼　ハンナ――――！！！」

店主の叫ぶ声が聞こえたが、足は止まることはなかった。

もう、限界だった……。

店から飛び出し夢中で走ったが、何か月もドレスを縫っているだけだったハンナの足は直《す》ぐに縺《もつ》れてしまい、道の真ん中で佇《たたず》んでいた小さな少女にぶつかり倒《たお》れ込む。

「ぬあっ‼」

……ちょっと抜《ぬ》けた叫びを発した少女に連れの少年達が駆け寄ってくる。

「姉様⁉」

「エマ様‼」

「エマ⁉」

ハンナは、痛みを堪《こら》え謝《あやま》りながら少女を、そして少年達を見て固まる。

彼《かれ》らは、庶民《しょみん》ではなかった。

そもそも王都の商店街にある店を飛び出したのだから、そこにいるのは店で働く者か、商品を買いに来ている貴族かの二択《たく》。

倒れた少女は、手入れの行き届いたキラキラ光る長い金髪《きんぱつ》で、学園の制服を着ていた。

インナーに紫《むらさき》色《いろ》を配した制服を。

【色付きのインナー】は伯爵《はくしゃく》以上の貴族の印。

駆け寄ってくる少年二人は、少女と同じ色付きインナーの制服に珍《めずら》しい紫色の瞳《ひとみ》。

もう一人はそばかすが印象的な茶色の髪《かみ》と瞳の少年でインナーは色付きではなかったが制服を着ているので貴族に間違《まちが》いない。

「いてててて……」

一緒《いっしょ》に倒れた少女がハンナの方へ顔を上げれば、その頬《ほお》に刻まれた大きな傷が見えた。

「ひっっ！！！　もっ申し訳ございませんっ！！！」

貴族令嬢の顔に傷をつけてしまった。

反射的に謝罪したが、これはもう……死罪確定ではないか？

いや、わたしの命程度では許してもらえないかもしれない。でも、せめて……。

「わたしの命は差し上げますから、どうか家族は……せめて幼い弟と妹だけでもお救い下さい！」

頭を石畳《いしだたみ》に擦《こす》り付けるように謝る。私を雇《やと》ってくれた店主にも罰《ばつ》は及《およ》ぶだろうか？

店主は、悪くないのに。

「へ？？　んー……ん？　そんな、ぶつかったくらいで大袈裟《おおげさ》な……」

少年達に助け起こされながら、少女はふわふわ笑いながら柔《やわ》らかい声で応《こた》える。

「いいえ！　貴族様の顔に怪我《けが》をさせてしまいました！　どうか、どうか、わたしの命でなんとかお許し下さい！」

「怪我⁉　エマ様⁉　怪我をされたのですか⁇　すぐに医者を呼びます！」

そばかすの少年が心配そうに少女に声をかけている。

きっと身分の高い令嬢だったんだ。

あんな綺麗《きれい》な髪見たことがないし、色素の薄《うす》い緑色の瞳といえばどこかの公爵家の色ではなかったか……。

「ん？　あーっ大丈夫《だいじょうぶ》。顔の傷はもとからだから。カバンがクッションになって私は無傷よ？」

にっこり笑う少女をそれでも少年達は隅々《すみずみ》怪我はないか確認《かくにん》している気配を石畳に頭をつけたままでハンナは感じ取る。

やはり、相当な身分の令嬢なのだ。

ハンナは一瞬《いっしゅん》で、自分の人生がどん底に落ちてしまったと悟《さと》った。

「よし、無傷だな。よかった、エマが怪我したらお父様が面倒くさいからな」

すっとハンナの腕に手が添《そ》えられたと思ったら、ぐんっと一気に凄《すご》い力で立たせられる。

「よっと、君は大丈夫？」

背の高い少年の紫《むらさき》の瞳がハンナを覗《のぞ》き込む。

成人したハンナをいとも簡単に立たせられたことに驚《おどろ》きつつも、何故《なぜ》この貴族は自分なんかの心配をしているのかと混乱する。

「あっ大変！　血が！　お姉さん手を擦《す》り剥《む》いているわ！」

少女はあっと小さく呟《つぶや》くと、クッションになったと言っていたカバンからハンカチを取り出しハンナの擦《す》り傷に当てる。

……………………！！！！

ん？　このハンカチの滑《なめ》らかな手触《てざわ》りは…………パレスの…………絹!?

擦り傷の痛みよりも、少し前まで毎日触《ふ》れていた極上の絹の感触《かんしょく》に体が震《ふる》える。

まさか、そんな訳はあるまいと自分の手に当てられたハンカチを見て、更《さら》に恐《おそ》ろしくなる。

それは、信じられないくらい細やかな猫《ねこ》の刺繍《ししゅう》が施《ほどこ》されていた。

二匹《ひき》の三毛《みけ》猫のリアルな模様。黒猫の艶《つや》やかな毛並み。白猫のモフモフ感。

その猫達《たち》が弄《もてあそ》ぶ毛糸の躍動感《やくどうかん》。

パレス絹に芸術の域まで達している刺繍が施されたハンカチを、わたしの擦り傷から滲《にじ》む血が汚《よご》している。

お針子のハンナだから分かるパレス絹の値段、刺繍の価値。

とんでもない額であろうハンカチが、庶民で、田舎娘の、たった今無職になってしまったハンナなんかの擦り傷に当てられていた。

あまりの衝撃《しょうげき》にふっと目の前が真っ白になる。

そういえば、ここ何日かろくに食べても眠《ねむ》ってもいなかった。

◆　◆　◆

うわーん、ビリーが私の服破ったー！

違うよ、リリーが先に僕《ぼく》の砂の山を崩《くず》したんだよ！

リリーは悪くないわ！　ハリーがやれって言ったんだもん。

マリー、告げ口するなよ！

お前ら静かにしろ！　勉強できないじゃないか！

うわーんハンナ姉ちゃーん、マイク兄ちゃんが怒《おこ》った――――！！

王都に出稼ぎに来る前は毎日、毎日、それは賑《にぎ》やかに過ごしていた。

長女の私と、一つ下のマイク。少し離《はな》れて双子《ふたご》のビリーとハリー。もう一つ下の双子のリリーとマリー。

マイクは私と違って頭が良くて、読み書きの勉強を教会で教えてもらっていた。

ビリーとハリー、リリーとマリーはまだまだ小さくて朝から晩まで働く両親の代わりに彼らの世話は私の役目で、贅沢《ぜいたく》しなければこの時はなんとか暮らせていけた。

ある日、父が腰《こし》を悪くして、これまでのように働けなくなった。

マイクが教会での勉強をやめ、父の代わりに働き始めたが肉体労働は彼の得意とするものではなく、父と同じにはいかないようだった。

下の子供達は、成長するに従って手はかからなくなっていくが、よく食べるようになる。まだまだ働ける年ではない。

母は更に働いたけれど、もともと多く稼《かせ》ぐことのできる仕事ではなく、ずぶずぶと沼《ぬま》に入ってゆくように少しずつ家族は困窮《こんきゅう》し始めた。

教会で賢《かしこ》い子だと褒《ほ》められていたマイクは、肉体労働の仕事では怒鳴《どな》られ叱《しか》られることばかりで徐々《じょじょ》に笑わなくなったし、母は家にいる時間が殆《ほとん》どなくなった。

幼い弟妹は、母に会えずに寂《さび》しそうだし、父はいつも謝っている。

ハンナも繕《つくろ》い物で家計の足しにでもなればと夜な夜な眠い目を擦りながら働いたが、出て行くお金を補填《ほてん》できるような仕事の依頼《いらい》は、この田舎にはなかった。

少し前までささやかながら普通《ふつう》に暮らせていたのに……。

ハンナが出稼ぎに行く決意をするのは早かった。

幸い、裁縫《さいほう》が得意で王都ではお針子なら直ぐに職に就《つ》けるという話を聞いて、家族のために何とか馬車代をかき集めて出稼ぎに来たのが数年前。

初めて見た王都は、キラキラして人も多くてこんな所で働けるなんて……と心躍《おど》ったのは、ほんの少しの間だった。

………誰《だれ》も雇ってくれないのだ。

腕なら自信がある……それなのに。

お針子ならば、直ぐに職に就けるなんて嘘《うそ》だった。

後で知ったのだが、ハンナが王都に来たのは社交シーズンが終わった頃《ころ》で、閑散期《かんさんき》となるこの時期は、お針子達は相当な腕を持っていない限りは軒並《のきな》み一時、解雇《かいこ》されるとのことだった。

貿易が盛《さか》んな王国は国内で供給できる絹以外の生地の大半は、輸入に頼《たよ》っている。

綿やウールは、主に帝国《ていこく》から既製服《きせいふく》の状態で入ってくる。

社交シーズンが終わり、絹製ドレスのオーダーメイドの数が激減すれば、大量のお針子がお払《はら》い箱となる。

ハンナは一番来てはいけない時期に王都へ来てしまった。

帰ろうにも馬車代なんてない。

今日と明日のご飯が食べられるかどうかの持ち合わせしかないのだ。

これから寒くなるこの時期に、職もなくどうすればいいのだろう。

家族に仕送りなど、夢のまた夢の話だ。

「この刺繍、自分でしたの？」

そう言ってハンナの服を指差したのが今の店主だった。

キラキラと眩《まばゆ》く光る王都の商店街が、絶望的な場所と知って何時間も、何時間も立ち竦《すく》んで動けなかった。

あの時、店主が声をかけてくれなければスラムで寒い冬を越《こ》すことになっただろう。

新しい服なんて買えないから、教会から恵《めぐ》んでもらった古着だ。

何年も洗って着るを繰《く》り返し、布自体が弱く薄くなっているのを補強するために施した刺繍は、ハンナのオリジナルの模様だった。

王都どころか、どこの国でも誰も見たことがないそれを今の店主が気に入り、社交シーズンはお針子として、それ以外の時は、下働きとして雇ってもらえることになった。

社交シーズンに入れば、田舎では絶対に貰《もら》えない額の給金を出してくれた。

マイクはまた、教会で勉強できるようになった。

そんな恩のある店から何故、逃げてしまったのか。

店主は、命の恩人で、家族の恩人だ。忙しくても逃げてはいけなかった。

でも、不可能なものは不可能だ。

ハンナの刺繍の模様は、流行に乗り、社交シーズンはいつも大忙《おおいそが》しだった。

毎年、なんとか切り抜けて家族に仕送りをして、下働きをしながら次のシーズンを待つ。

それなのに、今年は社交シーズン前の準備時期に王族主催の夜会が突発《とっぱつ》的に二回も開かれた。

先週やっと地獄《じごく》を抜けたと思ったのに、更なる地獄が直ぐに来た。

睡眠も食事も満足にできず、全《すべ》ての時間をドレスに捧《ささ》げたのに、作るドレスの数は何故かどんどん増えていった。

忙しくても逃げてはいけなかった。逃げてはいけなかったのに。

あの店のお針子は私一人。私が冬に店に残るために、私がなるべく多くを仕送りしたいがために、店主は更なるお針子を雇える余裕《よゆう》がなかった。

店主は、悪くない。

そう、悪いのは、悪いのは……私……だ。


ふわぁっと甘《あま》い香《かお》りが鼻孔《びこう》をくすぐる。

見たことのない綺麗なお菓子《かし》が並んだテーブル。

今まで見た中でも飛び抜けてキラキラ光る金髪の少女。

そばかすの少年が出してくれた紅茶には、この季節には手に入らない筈《はず》の氷が入っていて、カランと涼《すず》しげな音を立てている。

別世界だった。


頭が真っ白になってふらふらの状態で成すがままに連れてこられたのは、そばかすの少年の店だと説明を受ける。

引きこもって仕事をしていたせいで初めて見るこの店は、入り口に瑞々《みずみず》しい苺《いちご》が描《えが》かれていて、中に入れば可愛《かわい》らしい小物に溢《あふ》れていた。

しかも、ものすごくいい匂《にお》いがする。

ただでさえ、ふらふらのハンナはこの夢のような光景にぼーっとして、背の高い少年に支えられて運ばれるままになっている。

そばかすの少年の居住スペースだと教えられた三階へと上がれば、ほっと肩《かた》の力が弛《ゆる》む。

実に無駄《むだ》な物がなく、シンプルな部屋だった。

豪華《ごうか》な一階と二階とは違い、広いのは広いが庶民のハンナが緊張《きんちょう》しない程度の落ち着いた……!?

前言撤回《てっかい》。

大きな窓に付けられているあのカーテン……本物を見たことはないが、お針子としての勘《かん》が働く。

あれってもしや、パレスの最高峰《さいこうほう》の絹、エマシルクなのでは……??

エマシルクを……カーテンに？　は？　こいつ……正気か？

家主だというそばかすの少年を見れば目が合ってしまい、にっこりと笑って話しかけてきた。

「何か持ってきますので、楽にしてて下さいね」

示されたソファーは今まで体験したことのない座《すわ》り心地《ごこち》の良さだった。

「お姉さん、大丈夫？　気分は悪くない？　手の怪我は？　痛くない？」

私がぶつかって倒してしまった、頬に傷のある少女が心配そうに隣《となり》に座る。

「顔色が良くないわ、お腹空いているのね？　何か食べる？」

貴族であろうこの少女は、何故か本気でハンナの心配をしているように見えた。

有り得ない。

そもそも、貴族にぶつかってまだ生きていることすら不思議なのだ。

背の高い少年は、庶民の自分をここまで支えて運んでくれた。

庶民に触《さわ》ることすら嫌悪《けんお》する貴族が多い中で、だ。

有り得ない。

「姉様。普通の人は体調が悪い時は何も食べられないものですよ？　調子の悪い時にご飯を食べて元気になるのは姉様とゴム人間くらいです」

煉瓦《れんが》色の髪の美少年が傷の少女に注意している。……ゴム？　人間？

兄弟だろうか……三人とも私を心配してくれている。

有り得ない。

有り得ないことばかりで現実を受け止めきれずに首を振《ふ》って項垂《うなだ》れる。

「何か、困っているの？　話すだけでも楽になるよ？」

ほとんど外へ出ていないハンナよりも更に白く透《す》き通った手を少女はハンナの手にそっと重ねて心配そうに訊《き》く。

じんわりと温かな少女の体温がハンナに伝わる。

気付けばハンナは家のこと、自分のこと、仕事のこと、ポツリ、ポツリと氷がゆっくりと溶《と》けていくように話し始めていた。

貴族で、年下で、深い傷痕《きずあと》の残る美しい少女に。

庶民で、年上で、お針子の仕事から逃げたハンナが。

有り得ない。

有り得ない…………けど…………。

助けて……。

ハンナは、細く小さなその手にすがるように、洗いざらい全てを話していた。

◆　◆　◆

「なんでだー……」

学園からの帰り道、エマは、ゲオルグ、ウィリアム、ヨシュアと商店街を歩いていた。

せっかくの放課後なのに、フランチェスカも、マリオンも、キャサリンもケイトリンも揃《そろ》ってみんな遊んでくれない。

先週の夜会で倒れた（ことになっている）ので、おばあ様の地獄のマンツーマン礼儀作法《れいぎさほう》訓練がお休みになったというのに。

ヨシュアの新装開店したお店で念願の女の子のお友達ときゃっきゃっきゃっしたかったのに！

港《みなと》のときは、家が田舎すぎておしゃれなカフェなんてなかったし、二時間に一本しかないバスを逃《のが》せば帰れなくなってしまうために全く遊べなかった。

友達と放課後にカフェでお茶するのが憧《あこが》れだったのにと、ままならない状況《じょうきょう》に頬を膨《ふく》らませる。

「仕方ないですよ。皆《みな》さん、ドレスやら靴《くつ》やら飾《かざ》りやら夜会の準備に忙しいのですから」

僕達で我慢《がまん》して下さいとウィリアムが宥《なだ》めるが、兄弟とヨシュアならいつものメンバーである。

全然女子会じゃないし。

「エマ様、今日は特別に生クリームいっぱいのスイーツを用意してるんです。甘くて美味《おい》しいですよ。あ、アイスティーもありますからね」

ヨシュアは肩を落として拗《す》ねるエマを慰《なぐさ》める。

そんな甘くて美味しいスイーツを友達と分け合いながら、いっぱいお喋《しゃべ》りしたかった。

今日こそは女子会やるぞって楽しみにしていたのに、なんでこのタイミングで夜会なんか開いちゃうかな、陛下は。

エマが恨《うら》めし気に王城を睨《にら》んでいると、ドンっと女の人がぶつかって来た。

女の人はこっちが心配になるくらい青い顔で懸命《けんめい》に謝っている。

不意打ちで倒れた時に変な声が出てしまったが、持っていたカバンがクッションになったので怪我はしていない。

エマは無事だったが、女の人は手を擦り剥いて出血もあったので手当てをしようと近くのヨシュアの店に運んで、そのまま成り行きで話を聞くことになった。

彼女《かのじょ》はお針子で、大量のドレスの注文に忙殺《ぼうさつ》されて逃げて来たのだという。

エマの友人達も急な夜会でドレスの準備が忙しくて遊べなくなっていたが、それを縫うお針子さんはもっと大変な思いをしているみたいだった。

「私ってば、貴族の方々にこんな話を長々としてしまって、すみません。何を言っているか全然分からないですよね？　すみません。こんなあくせく働かないと生きてはいけない庶民の気持ちなんて……分かる訳ないですよね」

青い顔で涙ながらに語るお針子のハンナにエマはうんうんと何度も頷《うなず》く。

忙しい時に限って、普段《ふだん》こない仕事が回ってくる。

あるよねー。

どう考えても、この人数で捌《さば》けないだろって仕事量。

あるよねー。

助けてもらおうと思って周りを見ても皆同じくらい忙しそうで自分がやるしかない。

あるよねー。

昼休みを潰しても、十分休憩《きゅうけい》を潰しても、追い付かないから残業。

あるよねー。

でもご飯食べないと力出ないからね、ご飯は大事だぞと大きな声で言いたい。

王家からの無茶振《ぶ》りに押し寄せる魔物《まもの》。

今日中にこのウェディングドレスを仕上げたいって思っているのに、一角兎大量出現……あれ、下処理が大変なんだよね。

前世の仕事の繁忙期《はんぼうき》の記憶と今世の貧乏《びんぼう》だった頃の記憶が鮮明《せんめい》に浮《う》かんでいた。

隣を見れば、前世、港以上にワーカーホリック甚《はなは》だしかった航《わたる》ことゲオルグも頷いている。

航兄……土日も休まずなんてざらやったもんね。

何故かぺぇ太もうんうん頷いていたのは謎《なぞ》だった。

ぺぇ太の仕事への姿勢はメレンゲ並みにふわっと軽いのだから。

「お待たせしましたー」

ヨシュアが飲み物とスイーツ、ハンナ用に傷薬を持って部屋に入ってくる。

甘いスイーツの香りがハンナと三兄弟を包み、暗い雰囲気《ふんいき》が少しだけ和《やわ》らぐ。

思えば、ヨシュアとヨシュアのおじさんがパレスの絹を売ってくれたお陰《かげ》で今は大好きな猫と虫尽《づ》くしの生活ができるのだった。うん。ロートシルト商会万歳《ばんざい》。

「えっ、エマさ…………ま…………？」

エマは感謝を込めてヨシュアの手を取りぎゅっと握《にぎ》る。

「ヨシュア、本当に、本当にいつもありがとう！」

一年前、ヤドヴィに言った言葉。

「姫様《ひめさま》、感謝って意外と言わなきゃ伝わらないんですよ？　お仕事だとしてもしてもらって嬉《うれ》しかったらありがとうって言っていいんですよ！」

これはエマが転生してからより強く思っていることだ。

幸せなことに家族全員で転生したものの、前世で夫も子供も彼氏《かれし》もいなかったが、港は友達や同僚《どうりょう》やおじさん、色んな人に支えられて生きていた。

ありがとうの気持ちは、直ぐに伝えなければ一生相手に届けられなくなることがあると身をもって体験しているのだから。

ヨシュアにもちゃんとありがとうを伝えておかないと。

いつも一緒にいるからちょっと照れるけど……ふふふっと笑って照れた顔を誤魔化《ごまか》す。

「っっふぉ！！！」

ぼぼぼっと下から火でも点《つ》いたかのように、ヨシュアの顔が赤くなる。

顔どころか、握った手から耳の先まで出ている肌《はだ》全てが真っ赤に染まった。

……うん。……分かるよ、ヨシュア。

改めて面と向かってお礼なんて、言う方だけでなくて、言われる方もちょっと恥《は》ずかしいよね。

特に友達同士って照れちゃうよね？　と、エマはヨシュアの真っ赤な顔を見て微笑《ほほえ》む。

「『ヨシュア、ありがとう！』」

エマに続いて横からゲオルグとウィリアムもヨシュアに礼を言う。

労《ねぎら》いの気持ちを伝えようと二人がヨシュアに勢いよくハグをしたせいで、それまで握られていたエマの手が離れた。

男同士の友情に女がしゃしゃり出ては悪いわね、と空気を読んだつもりでそっと身を引くエマ。

「ああ――――！！！　ちょっちょっおい！！！　手‼　手‼　おまっお前らっ‼　うお――――い‼　こら‼　離れろよ！　うぉい！！！」

ヨシュアが、普段なら絶対使わない暴言を照れ隠《かく》しに吐いている、とエマが笑う。

「やっぱり男の友情って素敵《すてき》ね！」

一部始終を見ていたハンナは、黙《だま》って首を傾《かし》げた。

これ……エマ様、絶対勘違《かんちが》いしているわ……突《つ》っ込みを入れるべきなのかしら……？

◆　◆　◆

「はっハンナ‼」

ヨシュア様の家で休ませてもらった後、連れてこられたのは数時間前まで私の居場所だった仕立屋だった。

店主が慌《あわ》てて駆け寄ってくる。

「心配したんだよ、ハンナ！　大丈夫かい？」

「店主……あの……えっと……」

店の作業場を見れば、店主だけで何とかしようと奮闘《ふんとう》したのか飛び出した時よりも目に見えて散らかっていた。

「ははっ……いつもハンナに頼りっぱなしですまなかったね。私がもっとしっかりしていれば……」

転んで擦りむいたハンナの手よりも、この一時間ちょっとで何があったのかと疑いたくなる程に店主の両手は傷だらけになっていた。

「店主、大丈夫ですか？」

一人でドレスを仕立てようとしていたのかもしれない。

人一倍不器用な店主にとって針も裁断用の鋏《はさみ》も凶器《きょうき》なのだ。

「うん。今から注文を断りに行ってくるよ。ハンナは休んでなさい。どこの店のお針子も仕事をたくさん抱えて助っ人《すけと》も頼めそうにない。私が手伝ったところで何の足しにもならなそうだ。どう考えても六着は……無理だ」

血のにじむ手をひらひら見せながら店主が眉《まゆ》を下げて笑う。

「店主！　そんなことしたら！」

一度受けた貴族の注文を断れば、店どころか店主の命すら危《あや》うい。

そもそも断れるのなら今の窮地《きゅうち》に陥《おちい》ることなんてなかった。

「いや……もう限界だったんだよ。でもハンナには絶対に迷惑《めいわく》がかからないようにするから、君だけは守ってみせるから安心しておくれ」

店主はそっとハンナの肩を抱《だ》く。

「ダメです！　それでは、店主が！」

「ハンナ……君が無事なら良いんだ……」

寄り添って見つめ合う二人………。

「「…………………」」

………。

店に入った瞬間《しゅんかん》から二人の世界………。

あれ？　何これ？

遥《はる》か遠くチベットから再びスナギツネさんが出てきそうな………。

強烈《きょうれつ》な既視感《きしかん》が三兄弟を襲《おそ》う。

ハンナはことあるごとに店主は悪くないって言っていたけど……え？

そういうことなの？　ん？

「んーと……。えー―っと、あの……少し、お話よろしいですか？」

二人の世界に、ゲオルグが特攻《とっこう》する。

「はっ!?　あれ？　君達は？」

明らかにアウトオブ眼中だった三兄弟をやっと店主が認識《にんしき》し驚いている。

「あっ店主、この方達に私ぶつかってしまって、ケガの治療《ちりょう》とお茶をご馳走《ちそう》になった上に店まで連れて来て下さったのです！」

「ケガだって⁉　大変じゃないか、私に見せてごらん……ああ、可哀想《かわいそう》に……」

ごほんっごほんっとまた二人の世界に入りかけていたのを、ゲオルグがわざとらしい咳《せき》で遮《さえぎ》る。

「しっ失礼……ハンナが世話になりました」

店主がいつの間にかハンナの腰に回していた手を慌てて離し、三兄弟に頭を下げる。

「あの、完成したドレスはいつも店主が届けるのですか？」

店主の顔を見たエマが訊《たず》ねる。

成程ね………大体、読めてきた。

「え？　ええ、そうです。ドレスの受注と運送と経営は私が、ドレスの制作はハンナがやっています。あの、見ての通り小さな店で今も手一杯です。お嬢様のドレスは……申し訳ございませんが、お受けすることは……難しいです」

エマがドレスの注文を頼みたいのだと勘違いした店主が頭を下げる。

「いえ、ドレスの注文ではなく、アルバイトの提案です」

エマがにっこりと笑う。

これはまた何か企《たくら》んでいる顔だ、とゲオルグとウィリアムはお互《たが》いに目配せした。

「は？　アル……バイト？」

貴族の通う学園の制服に身を包んだ少女の口から予想だにしない言葉が出て、店主は戸惑《とまど》う。

「はい。アルバイトです」

放課後にお友達とカフェでお茶するのも、放課後のアルバイトも前世は実家が田舎で通学に時間がかかるせいでできなかった。

一度やってみたかったのよね、と困惑《こんわく》する店主をよそにエマは嬉しそうに作業場を見回し、ふんふんと注文書に目を通す。

「まず、ドレスの進捗《しんちょく》を教えて下さい。できれば今日中にデザインだけでも全部済ませましょう。デザインが決まったら、パターンと仮縫いは私が。飾り物系はお兄様が、ウィリアムはちょっとスラムまで走ってハロルドさんと使えそうな子達を何人か連れて来てくれる？　こっちの縫いかけのドレスの刺繍は……今日はお父様、出掛《でか》けているからハンナさんお願いしますね？」

まだ雇うとも言ってないのに、物凄《ものすご》い勢いでエマが仕切り始めた。ちょっとメルサに似ている。

「え？　あの？　え？」

店主はきょろきょろと指示を出すエマの身振《みぶ》り手振りに反応するが理解が追いついていない。

「ああ、そうだ。その前に店主とハンナさんはさっさと教会と役所に行って、婚姻《こんいん》の許可と届けをして来て下さい」

最後にエマは、とんでもないことを言いだした。

「はっ⁉　なっなに言って」

「えっ！　エマ様⁉　急に何を⁉」

店主とハンナが顔を赤く染めて驚く中、ゲオルグは既に途中《とちゅう》までできていた一着目の飾りに取りかかっているし、ウィリアムは、全速力でスラム街へ向かっていた。

「時間はないですよ。さっさと行って下さい！」

エマがパターンが引けていない三着の注文書を見ながら店主を急《せ》かす。

「い、いや、だからね。婚姻ってあのね？　そんな急に……何よりハンナの気持ち……とか……」

いい大人の店主が聞こえるか聞こえないかの声でモジモジしだす。

強制的にチベットスナギツネさんを私達の顔に召喚《しょうかん》しておいて何を言っているんだ？

「気持ち？　大丈夫！　二人、両思いだから。問題なし。その辺は私達が帰ったあと好きにして下さい。面倒くさいので。仕立屋店主とお針子……。んー……即日《そくじつ》だと教会の許可が厳しいかな？　行く途中でヨシュアのお店に寄って、彼に同行してもらって下さい。ロートシルト商会は多額の寄付を毎年教会にしているので、大概《たいがい》のことは通りますから」

情緒《じょうちょ》もへったくれも知ったことではない。

その辺の配慮《はいりょ》が上手《うま》くできるなら、前世はとっくに結婚《けっこん》できていただろう。

「りょ、りょうおもい？　え？　嘘、え？　ハンナ？」

「店主が……私を？」

さっきまでどうかと思う程見つめ合っていた店主とハンナは、お互いを意識するあまりに今度は目を合わせないどころか視線は宙をさまよっている。

「そ、それよりもドレスを仕上げる方が先だよ！　あっハンナ、あの、違うんだ。君と結婚したくないってことではなくて、むしろ……ぜひお願いしたい……というか、いや、でもえっとあの……と、とにかくドレスの注文が……大変だから……」

気の弱い店主はハンナに断られるのを恐れて目の前のドレスの問題を言い訳に逃げた。

が、逃がすエマではない。店主の結婚とドレスの注文の問題は一緒なのだから。

「そもそも、貴族もですね？　そこまで普通無茶振りはしないのですよ。それが何故こんなことになったか……。王家の夜会は切っ掛けに過ぎないですね」

むしろだしにされたのだ。結局、原因は店主だ。

「店主………。あれですよね。イケメンですよね」

「はいぃ？」

転生後のこの世界、どこをどうみてもそれなりに皆、お顔が整っている。

そんな中でも店主は格別で、乙女《おとめ》ゲームの世界なら百パーセント攻略《こうりやく》対象だろう。

きっと王都や学園でも噂《うわさ》になるレベルのイケメン。

注文書の依頼者《いらいしや》のうち、後からねじ入れてきた三着の注文をした令嬢は、揃ってお抱えの仕立屋を持っている家だった。

この規模の店がそんなお金持ちの令嬢のドレスを作ることなんて、普通はない。

ただ、令嬢は、見たいだけなのだろう。ドレスを持ってくる超絶《ちようぜつ》イケメンの店主を。

そう、ミーハーなお年頃ゆえの暴走。

商店街といってもヨシュアの店のように大通りに面している店ならいざ知らず、馬車が通れない幅《はば》の奥《おく》まった道に面した店をわざわざ選んで注文する貴族令嬢はいない。

いや、存在自体を知らないのが当たり前なのだ。

「つまり、店主を見たいだけの令嬢が王家の夜会を利用して、ドレスの注文をぶっ込んだだけの話……」

アホみたいな話だが、思春期女子のイケメンへの執着《しゆうちやく》を甘く見てはいけない。

「そんな……バカなこと……」

店主が自身の顔を手で覆《おお》い、理解できないと首を振る。

「その証拠《しょうこ》に、このドレスのサイズが書かれた注文書ですが、私の知っている令嬢方と全く合致《がっち》しません！　こんな、こんなパーフェクトなボディのサイズはこの世でローズ様くらいですよ？」

ケ○ン・コスギもビックリだ。

ボン&キュッ&ボンのこの注文書通りのスタイルの令嬢が学園にいれば、エマの美女センサーはとっくに作動している。

揃いも揃って三人もこんな体型の生徒はいない。

そもそも店主の顔を見るために、ここまで嘘のサイズにする必要もないのだが。

……てかライラ様にマチルダ様にヘイリー様……着られないドレスを注文するなんてお金が勿体《もったい》ないとか思わないのかしら？

あっ、着られないとかクレームを付けて返品して、もう一回呼びつけるのか……なるほど……。

「たしかに言われてみれば、注文が多すぎて気が回ってなかったけど、このサイズは……」

どのドレスも似た型紙からパターンをおこしていたが、このサイズに似た型紙はない。

余計に手がかかり、忙しいと叫んだのが数日前のことだったのに………。

ハンナは、注文書を一瞬見ただけでここまで体型を想像できるエマに驚く。

「だけど、それと、婚姻と何の関係が⁇」

店主が分かったようで分からないと首を傾げる。

「ん？　店主が独身で、ワンチャンあるかもって女子が妄想《もうそう》してキャーキャーするのが原因なら、結婚しちゃえば人気もなくなるでしょう？　アイドルが恋愛《れんあい》禁止なのもそういうことでしょ？」

「？？？　ワンチャン⁇　アイドル⁇」

貴族令嬢と仕立屋店主では、身分が違うのでそもそも結婚なんて無理なのだが、前世でもアイドルは遠い存在で、結婚なんて夢のまた夢。

だからこそ推《お》しメンの未婚《みこん》か既婚か、彼女の有無《うむ》は割と重要な要素だったりする。

取り敢《あ》えず、教会の受付が終わる前に行って下さいと店主を急かす。

これ以上、注文が増えないための防衛策だ。

「あの……あの……ハンナは、あの……私なんかで……良いのかい？」

「え⁉　っとあの……店主が……よろし……ければ……？」

「っっっ‼　本当に？　いっ良いの？」

「さっさと行って下さーい」

時間ないですよーっと、エマが二人を押して物理的に外に追い出す。

チベットスナギツネさんは未《いま》だにエマの顔に張り付いたままである。

良い大人がもじもじ、もじもじと手のかかる……。

教会へと歩き出す二人を見送るエマに、ゲオルグが後ろから声をかける。

「エマ……もうちょいなんか、タイミングとか雰囲気とかさ、気を使ってできただろ？」

これはちょっと強引《ごういん》過ぎるだろう？　と飾りを作っていた手を止める。

エマもゲオルグの言いたいことは充分《じゅうぶん》に理解できるが、二人の後ろ姿を見れば反省する気持ちも失《う》せてしまう。

「だってお兄様………二人、今、手を繋《つな》いで歩いて行っていますからね」

あれだけもじもじしていた店主は自然とハンナの手を取って、仕事のことなんて忘れてないか？

くらいの足取りで幸せそうに歩いている。

ハンナはハンナで頭は店主の肩にこてんと寄り添っている。

そして、繋がれた手は恋人《こいびと》つなぎである。

「うわっ、ホントだ………」

ゲオルグが立ち上がり、エマの後ろから二人を覗き見る。

「ハンナ、幸せにするよ。私はもう、幸せだから」

「店主、私も幸せです」

「ねぇハンナ、今日からは名前で呼んでくれないかい？」

「えっ⁉ そんな、あ、あの……えっと……マシュー？」

「何だい？ ハンナ。ふふっ、いいね。もう一回呼んでみて？」

「マシュー？」

「ハンナ♡」

「マシュー♡」

「ハンナ♡」

お互いに名前を呼び合いながら、二人は幸せそうに突き当たりの角を曲がって見えなくなった。

「…………」

「…………」

「「リア充《じゅう》、爆発《ばくはつ》しろ……」」

前世で結婚できなかった兄妹《きょうだい》は、揃って呟いた。

◆　◆　◆

「かんっせーい‼」

狐《きつね》に抓《つま》まれたような顔で店主とハンナは、目の前に広がる信じ難《がた》い光景に呆然《ぼうぜん》と立ち尽《つ》くしている。

六着のドレスが、出来上がってしまった。

納期に、余裕で間に合ってしまった。

貴族の三兄弟と出会ったその日に店主とハンナは結婚し、教会と役所から帰った時には一着目のドレスはほぼ完成しており、難航する筈のパーフェクトなボディサイズ指定の三着のドレスのパターンも出来上がっていた。

え？　魔法使い？

ウィリアムが連れてきたスラムの子供達はエマの仮縫いを手伝い、画家だという男は何故か糸の染色を請《う》け負ってくれた。

染色なんて今からだと間に合う訳がないと店主もハンナも止めたが、何故か次の日の朝には、かつてない鮮《あざ》やかな刺繍糸が店に届けられた。

あれ？　どっきり？

更に、翌日学園から帰って来た三兄弟と共に現れたガタイの良い父親に刺繍針を渡した瞬間、腕の動きが見えない速さで刺《さ》し始める。

大きな手から信じられないくらい繊細《せんさい》な刺繍が瞬《まばた》きの間に仕上がってゆく。

ハンナのオリジナルの刺繍柄《がら》は、布地を強くするために蜂《はち》の巣のように六角形を隙間《すきま》なく並べた手のかかるもので、同じ大きさの六角形を正確に並べるのは腕と根気が必要になる。

つまり並のお針子では真似《まね》ができない技術……の……筈だった。

簡単な説明が終わると三兄弟の父親は、その刺繍いいね、丈夫《じょうぶ》になるし見た目も凝《こ》ってて華《はな》やかになる……と言うなりハンナよりキレイな六角形の刺繍をハンナの十倍くらいのスピードで完璧《かんぺき》に再現してしまった。

そして、恐ろしいことにスピードを緩《ゆる》めることなく笑いながら話すのだ。

「あーちょっと縫い辛《づら》い生地だね。パレスの絹ならこの十倍はスピード出せるのに……」

化け物かよ……。

そんな化け物じみた父親の陰《かげ》で、三兄弟もせっせとドレス作りを進めていた。

そもそもエマ様は、めちゃくちゃなサイズが書かれた注文書を無視して学園で会ったことがあるから……と目分量だけでパターンをさっさと引き終えている。

……目分量⁇　……目分量⁉

仮縫いも速い上に、スラムの子供達への指示も的確。

ゲオルグ様が手掛けた飾り花は、本物と見間違えるほど精巧《せいこう》で繊細で思わず香りすら嗅《か》いでしまいそうになる。

注文にない髪飾《かみかざ》りも時間があったからと作ってしまう。

ウィリアム様は、何百とあるビーズをこれまた凄い速さで付け始めた。

しかも、何の印も付けず直接に、だ。

それでビーズだけで繊細な模様を仕上げてしまった。

凄いを超えて最早怖《もはやこわ》い。化け物の子も化け物……。

「やっぱり皆でやると早いわね！」

楽しいわ、とエマが微笑む。

六着のドレスが三日かからなかっただと？

信じられないが、嘘でも夢でもない。

なんなんだ、この……仕立屋の申し子みたいな家族は……。

こんなの一人いるだけで、王都の仕立屋は大儲《おおもう》けできる。

特に、父親のレオナルドの刺繍は国宝級だ。

なのに、この家族は。

ここまでの才能をもってしして本業は狩《か》りと養蚕なんだ、と訳の分からないことを言っている。

ここまでの才能をもってして、昔は家も貧乏で大変だったんだよと笑っている。

何故、仕立屋をしないのか……意味が分からなかった。

「あの、アルバイト代ですが、本当に申し訳ないのですがドレスの代金を頂いてからで構いませんか？」

あの技術に見合うだけの給金なぞ、今、持ち合わせていないのだと店主は白状する。

「アルバイト代？　……ああ、そういえばそんな話でしたっけ？」

目を丸くしてエマが忘れていたと笑う。

もともとお金なんて貰うつもりはなかったと店主の申し出をその笑顔《えがお》のままやんわり家族は断る。

「そっそういう訳にはいきません！　大変な作業をしてもらったのですから！」

一時は、店も自分の命も諦《あきら》めたのだ。相応《そうおう》の礼は絶対にしなくてはならない。

「いやぁ、逆に我々がお礼を言いたいくらいですよ」

店主の言葉に父親のレオナルドは首を振る。

「妻がいなくなって数日、寂しくて、寂しくて……針仕事に夢中になっている時だけ、この心の空白を少しだけ埋《う》めることができたのですから」

悲しそうに、辛《つら》そうに、痛そうにレオナルドが胸に手を当てる。

そんな痛々しい彼の姿に店主とハンナは家族に起こった不幸を察した。

初めて会った時、兄弟は母を亡《な》くしたばかりだったのだろう。

ぶつかったハンナに母親の面影《おもかげ》を見たのかもしれない。

一緒にスイーツを食べた時の嬉しそうなエマの笑顔が急に健気に思え、込み上げてくるものを我慢する。

泣いてはいけない。本当に辛いのは、目の前の家族だ。その家族が笑っているのだから……。

グッとハンナも、店主も涙を堪える。

「お父様……それではお母様が死んだみたいに聞こえます。ちょっと仕事で家を空けているだけじゃないですか……」

縁起《えんぎ》でもない！　とウィリアムが突っ込む。

「ん？　ああ、すまない。でも寂しいのは本当だよ」

くうーんとワンコのようにレオナルドが肩を落とす、が店主とハンナは心の中で生きてたんかーいっ、と叫んだ。紛《まぎ》らわしいなぁ、おい！

「そうだ、アルバイト代はハンナ嬢……夫人の刺繍の使用権ではどうかな？　あの刺繍は凄く汎用《はんよう》性《せい》が高そうだし……」

レオナルドが良いことを思い付いたと笑う。

「使用権だなんて、刺繍の模様にはありませんよ？」

そもそも、ハンナの刺繍は腕がないと刺せない。

刺繍の模様に権利なんてないし、それを持ったとしても刺せない人は刺せない。

一時的に今は流行《はや》っているが貴族の流行りなんて移り変わりが早く、直ぐに廃《すた》れるだろう。

あの刺繍は、元は布地の補強を目的として考案したのであって、ドレスを一回袖を通すだけの貴族には本来必要ない。

「素晴《すば》らしい刺繍には、敬意を払わないとね。これでアルバイト代の話は解決だよ」

しかし、ハンナの言葉にやんわりと首を振り、レオナルドが笑顔で押し通す。

結局、タダでこの家族は店の危機を救ってくれたことになる。

店主はあり得ない出逢《であ》いに、訳の分からない幸運に、未だに信じられない今に、混乱する。

ずっと言い出せなかったハンナへの想《おも》いも一瞬で見抜《みぬ》き、少々強引《ごういん》ではあったが、二人をくっつけてくれた。

教会から帰った二人に、三兄弟はリア充、爆発しろ（祝《いわ》いの言葉らしい）を、定期的に何度も声を合わせて言ってくれた。

仕立屋店主とお針子……後で婚姻の許可を直ぐに貰うのは難しかったのだと知る。

教会でするすると手続きをしてくれたのもソバカスの少年がいたからなのだと。

「これは、うちの家族からの結婚祝いです」

そう言ってゲオルグが二人に結婚指輪を渡す。

「左手の薬指に嵌《は》めて、ドレスを届ければ令嬢からの無茶な注文もなくなる筈です」

にっこりとエマが笑う。

店主とハンナはその笑顔に息を呑《の》む……目の前に天使がいた。


そうだ、天使に祈《いの》ろう。

地獄の底の底まで、わざわざ降りて、手を取って翔《と》んでくれた天使に祈りを捧げよう。

エマ・スチュワートという名の天使とその家族に最大級の感謝の祈りを。

貴族にも、素晴らしい人がいるのだと、皆にも伝えなければ……未来永劫《みらいえいごう》語り継《つ》いでいこう。


その後、店主の布教活動は商店街、臣民街へとゆっくりと、だが着実に広がっていくことになるのであった。

第四十七話　ゴロゴロ。

「にゃーん！　うにゃーん！　にゃーん！」

六着のドレスも完成し、結局忙《いそが》しい一週間を過ごしたスチュワート一家は久しぶりに家族の団らん部屋で猫達《ねこたち》と寛《くつろ》いでいた。

「？？　リューちゃんどうしたの？」

昔からにゃーにゃー騒《さわ》ぐことの多かったリューちゃんだが、こちらの世界では落ち着いていた筈《はず》なのに一家に向かって何かを訴《うった》えている。

「にゃーん！　にゃーん！」

「…………!?　え？」

心配するウィリアムのためにリューちゃんが何と言っているのかエマが耳を澄《す》ませる。猫語は集中しないと聞き取りにくい。一番大事なのはノリと勢い、そして愛だ。

「姉様、リューちゃんは大丈夫《だいじょうぶ》ですか？　お腹《なか》痛いとか言ってないですか？」

「…………」

「姉様？」

「にゃーん！　うにゃーん！　にゃーん！」

黙《だま》り込《こ》むエマとは反対にリューちゃんは尚《なお》も訴えている。

リューちゃんの話を聞いたエマは嫌《いや》な予感に顔を引きつらせ、家族に向き直る。

「お母様へ……の……手紙を見て……？　かな？」

……メルサは、皇国へ旅立っている。

手紙はまとめてメルサの書斎机《しょさいづくえ》の専用の箱の中に入れられていて、その中のどれかのことだろう。

急いでマーサに頼《たの》んで箱ごと持って来てもらう。

スチュワート家に届くお茶会や夜会の招待状は、全《すべ》てメルサの判断で参加の出欠を決めるので不在の今、箱には大量の手紙が入っていた。

メルサが旅立ってからは、一度レオナルドが確認《かくにん》し返事を急ぐものに関しては代わりに出してはいたが、何か不備があったのだろうか？

家族で手分けして上から一枚、一枚手紙を確認してゆく。

「お父様、このお茶会のお誘《さそ》いは来週の初めですがお母様はまだ皇国ですよね？」

ウィリアムがどこぞの侯爵《こうしゃく》家から来た招待状を父親に見せる。

「ああ、これはメルサが不在だから、もう断りの返事を出してあるよ」

「では、お父様、この教会からの寄付のお願いは？」

「ん？　ああ、これは金貨百枚送ろうとしてヨシュアに十分の一でいいと言われたやつだね。どうせ、来月も再来月も来るから次の月に額を減らすなんてできないでしょう、とかで……毎月金貨百枚じゃ駄目《だめ》なのかな？」

「「「!?」」」

「お父様、これからもこういう時は絶対に一人で判断しないで下さいね？」

ゲオルグが父親に本気でお願いをする。

やっとご飯をお腹いっぱい食べられる生活になったスチュワート家だが、レオナルドの監視《かんし》を怠《おこた》れば一瞬《いっしゅん》にして貧乏《びんぼう》になってしまうかもしれない。

母がいない今、父親に財布《さいふ》を握《にぎ》らせてはならない。

寄付自体、どこまで迷える信者に還元《かんげん》されているのか定《さだ》かでない。

ヨシュアは教会への寄付は面倒《めんどう》ごとを避《さ》けるための必要経費で、民《たみ》のためを思うのなら別の方法を考えた方が良いと言っていた。

信仰心薄《しんこうしんうす》い元日本人だった三兄弟に異論はない。触《さわ》らぬ神に祟《たた》りなしだ。

大量にあった手紙を次々に確認し、ウィリアムが最後の一枚を手に取る。

「ん？　あれ？　この封筒《ふうとう》だけ、封《ふう》が開けられていない？」

「一番下にあったってことは、メルサが出掛《でか》けた日に届いたものかな？　朝からバタバタして見てなかったのかもしれないね？」

メルサが皇国に行くと決まったのは、前日の夜中だったので翌朝バタバタしたのは仕方のないことだった。

午前中に届いた手紙をしっかりと確認せずに置いたとしても不思議ではない。

「…………残、念、な…………お知らせ…………です」

最後の手紙を持ったウィリアムがゆっくりと手紙を回転させて、封蝋《ふうろう》を見せる。

墨《すみ》を垂らしたような漆黒《しっこく》の封蝋。そう、それは王家からの手紙だった。

「「「あっ……」」」

「どうしよう！　これ、夜会の招待状だ……えーと……開かれるのは……明日の、夜？」

急いで中の確認をすれば、刺繍《ししゅう》の授業の友人やハンナを困らせた原因とも言える例の夜会の招待状だった。

そう、スチュワート家にも届いていたのだ。

「え？　まさか王家の招待状…………ガン無視‼」

手紙が来てから一週間近く経《た》ってしまっていた。

貴族社会においてこれ程《ほど》ヤバいことがあるだろうか？

「ひ、ひぃいいいい！」

成り行きを見守っていたマーサや使用人達が悲鳴を上げる。

明日の夜の予定の確認、化粧品《けしょうひん》類の確認、馬車の確認、直《す》ぐに王家へ返事を出さねばと手紙の用意……散り散りに動き出す。

「あっ……返事は大丈夫みたい。スチュワート家は絶対参加だって」

「「暴君かよ！」」

陛下の無茶振《ぶ》りが酷《ひど》い。

王家からの誘いを断る貴族なんてそうそういないが、招待状にわざわざ明記するなんて聞いたことがない。

「大変です！　エマ様のドレスがありません‼」

もろもろの確認に走っていたマーサが青い顔で報告に来る。

先週末の夜会のドレスも急場しのぎに急いで作ったものだったし、今週の予定はないと思っていたのでエマのドレスなんて考えもしていない。

仕立屋のアルバイトで他の令嬢《れいじょう》のドレスは沢山《たくさん》作ったというのに。

興が乗って、仕立屋から帰ってからもマリオン、フランチェスカ、双子《ふたご》のドレスにも手を付けたが、肝心《かんじん》のエマのドレスは何もしていない。

「どれか、フランチェスカ様か双子かマリオン様用のドレスを着てみるとか？　いや、だめか」

はっとゲオルグが思い付くがフランチェスカとマリオンはエマとスタイルが違《ちが》い過ぎる。双子は二人に比べればスタイルは近いが、少々露出《ろしゅつ》の多いデザインにしてしまった。

「今夜中に……………作る…………しか…………ない…………？」

家族にとっては苦渋《くじゅう》の決断である。

「無理よ…………そんなの…………絶対に！」

皆《みな》でエマのドレスの話をしているというのに、エマが断固拒否《きょひ》する。

「いや、でもエマ…………」

宥《なだ》めるようにレオナルドがエマに声をかけるが動かない。いや、動けない。

「ちょっと…………僕《ぼく》も…………無理そうです」

ウィリアムが申し訳なさそうに目を逸《そ》らす。

「でも明日になれば、一から作るのは間に合わないよ？　化粧《けしょう》や髪《かみ》の準備もあるから…………でも…………ああ…………今夜は無理かも…………」

レオナルド、ゲオルグ、エマ、ウィリアムの膝《ひざ》の上にはそれぞれに猫が頭をのせて気持ち良さそうに眠《ねむ》っていた。

特別に靴《くつ》を脱《ぬ》いで地面に座れるように一角兎のカーペットを置いただけの家族の団らん部屋で、メルサ宛《あて》の手紙を確認している間に猫達がゴロゴロと甘《あま》えて膝に頭を置き、眠り始めていた。

この一週間は家に帰るのが遅《おそ》くなることが多かったこともあって、この日は猫達のデレが止まらなかった。

ゴロゴロと喉《のど》を鳴らし気持ち良さそうに膝の上で眠る最愛の猫達を避けることができるだろうか、いや、できない。できる訳がない。

「コーメイさん………」

エマがコーメイの耳の後ろを撫《な》でる。

「むにゃむにゃぷすぷす……なゃーん………」

幸せそうな鼻息と共に寝言《ねごと》で応《こた》えてくれる。可愛《かわい》い。

猫に乗ってもらえる幸せ。

昔からそうだが、どんなにトイレに行きたかろうと、足が痺《しび》れようとも手放す訳にはいかないのだ。

「ううう可愛い………うあう可愛いよー」

たとえ膀胱《ぼうこう》が破裂《はれつ》しようとも、夜会参加の貴族達に同じドレスと陰口《かげぐち》を叩《たた》かれようとも、愛する猫が自分の膝で喉を鳴らす幸福には抗《あらが》い難《がた》い。

時間だけが無慈悲《むじひ》に過ぎる中、四匹《ひき》の巨大《きょだい》な猫達が揃《そろ》ってゴロゴロ喉を鳴らす音が響《ひび》いていた。

◆　◆　◆

翌日。

三兄弟とレオナルドは王城で催《もよお》される夜会に遅《おく》れることなく、なんとか奇跡的《きせき》に間に合った。

幾《いく》つかあるらしい王城の夜会用の大広間の中でも今夜は一番広くて豪華《ごうか》な部屋に案内される。

「エマ様――――！」

呼ばれた方へ顔を向けると、刺繍の授業で同じ机を共にする友人達が手を振《ふ》っている。

「まあ、皆《みな》さまドレスとてもお似合いですわ」

フランチェスカは、甘過《あます》ぎないピンク色のレースのドレスを着ていた。

マリオンは、肩《かた》に花飾《かざ》りの付いた黒地のワンショルダードレスを着ていた。

双子は、水色と白の生地《きじ》を交互《こうご》に縫《ぬ》い合わせたこの世界では珍《めずら》しいマリン柄《がら》のオフショルダーのドレスを着ていた。

「一時はどうなることかと思いましたわ。エマ様、本当にありがとうございます！」

フランチェスカが胸に手を当て、エマに感謝の礼をするとそれに合わせ、マリオンも双子も同じように礼をする。

「お役に立てて光栄ですわ」

ふふふっと笑ってエマが礼に応える。

「でも、こんな女性らしいドレスを私なんかが着て大丈夫でしょうか？」

柔《やわ》らかいピンク色のレースは、初めてだとフランチェスカが恐縮《きようしゆく》する。

「とても綺麗《きれい》ですよ、フランチェスカ様。女性らしい貴女《あなた》にぴったりです」

ウィリアムがエマに躾《しつけ》られた甘い言葉をフランチェスカに贈《おく》る。

十歳《さい》の少年の褒《ほ》め言葉でも嬉《うれ》しいらしく、頬《ほお》を染めてフランチェスカは喜んでいる。

「いや、私もまさかワンショルダードレスを着る日が来るとは思わなかったよ。せっかく届けてもらったけれど、着るのに勇気がいるから騎士《きし》服と迷ったのだけど……親も兄も使用人もドレスにしろと勧《すす》めるものだから……」

剥《む》き出しになった片方の肩を恥《は》ずかしそうにマリオンが押《お》さえながらどこかおかしくないかと訊《き》いてくる。

「マリオン様は、背が高くてスタイルが良いので完璧《かんぺき》に着こなせていますよ！　髪飾りもとても良く似合って綺麗です」

ゲオルグが父親譲《ゆず》りの甘い言葉をマリオンに送る。

身長の高いゲオルグとマリオンが並べばとても絵になる。このまま、二人でダンスなんかしてみれば注目の的となるだろう。

残念ながら、例によってゲオルグが踊《おど》ることはないが。

マリオンはにっこりと笑い礼を言うが、ドレスのせいか仕草がいつもよりも女性らしい。

「この縞模様《しまもよう》、とても気に入ったわよね、ケイトリン」

「この縞模様、とても気に入ったわ、キャサリン」

双子もお揃いのドレスを気に入ってくれたようだ。

「エマ様、本当に助かったわ。私のドレスはできたけどケイトリンのドレスが完成しなかったの。でもお揃いじゃないドレスなんて着れないわよね？　ケイトリン」

「エマ様、本当に助かったわ。お揃いじゃないドレスなんて着れないわよ、キャサリン」

二人のドレスは、水色と白の縞模様の順番が逆なだけで全く同じドレスのデザインだ。

褐色《かっしょく》の肌《はだ》に薄いマリン柄が良く映《は》えている。

「キャサリン様も、ケイトリン様も凄《すご》く可愛いですわ！　お二人には絶対にマリン柄が似合うと思いましたの！」

大好きな、銀髪《ぎんぱつ》褐色肌の双子がドレスアップした姿にエマは何度もうん、うんと頷《うなず》いている。

この柄は絶対に流行ると思いますわ！　と双子がハモる。

今朝、スチュワート家を訪《おとず》れたヨシュアから、今日の夜会にドレスの間に合わない令嬢が大勢いると聞いて、もし、刺繍の授業の友人達が困っていたら……ドレスがないよりはマシだろうと思い、家族で作っていたドレスをヨシュアの商会に頼んで届けてもらっていたのだ。

週の初め、メルサの不在がどうにもこうにも寂《さび》しかったレオナルドは三兄弟が学園に行っている間に残りの三着を縫い進めていたのが幸いした。

途中《とちゅう》からは仕立屋でアルバイトをしたりもしたが、レオナルドがあまりにも嬉しそうにドレスを縫うので、三兄弟も帰ってからは友人たちのドレスを一緒《いっしょ》に縫っていた。

友人達全員分のドレスが完成するまでに、そう時間はかからなかった。

「エマ様のドレスも相変わらず素敵《すてき》ですわね」

ほぅっとフランチェスカがエマのドレスを見て、ため息を吐《つ》く。

今日のエマは純白のドレスに身を包んでいる。

一番下の裾《すそ》部分だけに瞳《ひとみ》の色に合わせた薄い緑色で見事な刺繍が施《ほどこ》されている。

いつもよりもより清楚《せいそ》に（見た目だけは）仕上がっていた。

刺繍の細やかさもさることながら、ドレスの美しい白色に目を奪《うば》われる。

華奢《きやしや》で色素薄めのエマが着ることで、人とは思えない程の儚《はかな》さと透明感《とうめいかん》を演出し、神聖な空気を纏《まと》っている。

「あっありがとうございます。フランチェスカ様」

エマがフランチェスカに礼を言うが笑顔《えがお》が微妙《びみよう》に強張《こわば》っていた。

……なんとも複雑な気持ちなのだった。

今日着ているのは、猫を膝に乗せて動けなくなったがための、苦肉の策の急拵《きゆうごしら》えのドレスだった。

ハロルドから買ったインクも殆《ほとん》ど使ってしまい、在庫が唯一《ゆいいつ》残っていた白色のインクの中に前回の夜会で着ていたボタニカル柄のドレスを浸《つ》けたのだ。

エマも兄弟も父も猫が膝に乗っていて動けなかったので、猫を起こさないように小さな声で、マーサや使用人に指示してやってもらった。

翌日が晴れたから良かったものの、最悪生乾《なまがわ》きの状態で着ていく事態も有り得た。

神様、晴天をありがとうございます。

思いの外、真っ白になったドレスに袖《そで》を通し、なんとか誤魔化《ごまか》せるかとマーサと話していた横で、何故《なぜ》かレオナルドが小刻みに震《ふる》えている。

「……？　お父様？　どうし……」

何事かと父親の顔を覗《のぞ》き込むと、ガバッとエマの肩を掴《つか》んでレオナルドが叫《さけ》んだ。

「駄目だよ！　このドレス！　ウェディングドレスみたいじゃないか⁉」

「⁉」

ハロルド自慢《じまん》のインクで染めたので、もともとあったボタニカル柄は消えている。

純白のドレスはまさに、ウェディングドレスそのものであった。

が、それはもう仕方がない。

結婚式《けっこんしき》の花嫁《はなよめ》以外で白いドレスを着てはいけないなんてルールもないのだから大丈夫な筈。

「ふ、ふわっぁあ！　エマ様‼　このまま僕と結婚しま…………！！！」

レオナルドの叫び声で別室にいたヨシュアが走って現れて、エマの姿を見た瞬間《しゅんかん》、その勢いのままスライディングしながらエマの前まで来た。

なんて、自然な流れなんだ、と感銘《かんめい》を受けてしまいそうな程にスライディングからスッと床《ゆか》に片方の膝を突き、プロポーズを敢行《かんこう》する途中でレオナルドが首根っこを掴んで部屋の外に投げた。

「っいった――――！」

盛大《せいだい》にお尻《しり》から落ちたヨシュアの声がバンっと大きな音で扉《とびら》を閉めることで遮《さえぎ》られた。

その一瞬に見たレオナルドの鬼《おに》の形相は、一生忘れられないと後にヨシュアは語ったのであった。

「ちょっと何⁉　今の音？」

「え？　ヨシュア、なんで転がってるの？」

何事かと心配してやって来たゲオルグとウィリアムにヨシュアは大丈夫だと手で制して自力で起き上がる。

尻餅《しりもち》をついた箇所《かしょ》をパンパンと払《はら》い、着崩《きくず》れたジャケットをピッと正して身なりを整え、誰《だれ》にも聞こえないように、ぼそっと呟《つぶや》く。

「でも、まあ、諦《あきら》めないけどね……」

人の首根っこを軽々と掴み放《ほう》り投げるなんて……と驚《おどろ》いているエマとマーサに向かってさっきと同じ人間か？　と疑いたくなるような悲痛な声でレオナルドが懇願《こんがん》する。

「エマ、こんなドレスを着て夜会なんかに行ったら、ヨシュアみたいなのがウジャウジャ湧《わ》いてしまうよ！　せめて、せめて、せめて刺繍で模様を入れよう！」

「もう、お父様⁉　ヨシュアも冗談《じょうだん》で言っているのに、あんなふうに投げては駄目ですよ？」

残念ながらエマにはヨシュアとレオナルドの気持ちは全く通じていない。

「……旦那《だんな》様、申し訳ありませんが一度ドレスを脱いで、刺繍して、また着せるなんて時間はありませんよ？　もう出発しなくては間に合わない時間です」

マーサが全く申し訳なさそうにせずにレオナルドへ無理だと首を振る。

「うーー。そこを何とか……‼　いや、この裾の部分！　ここなら着たままでもできるから！」

「ですから、旦那様、もう、出発の、時間、なのです！」

王家主催《しゆさい》の夜会に遅れるなど、あってはならない。

それはレオナルドも分かっているだろうとマーサが怒《おこ》る。

既《すで》にここで、グダグダしているだけでも刻々《こっこく》と時間は過ぎて行くのだ。

「大丈夫！　四十秒で支度《したく》する‼」

どこぞのママのセリフをまさか自分の父親から聞くはめになるとは……驚いているエマの足元に座り、レオナルドは本当に四十秒であの見事な細かい刺繍を仕上げてみせたのだった。

◆　◆　◆

父親に連れられ、騎士団の中でもこの夜会に招待されるほどの位階の高い面々と談笑していたアーサーは、会場の一部がふわりと明るくなるような不思議な感覚を覚える。

急な夜会だったせいか、招待者の令嬢達は少し疲《つか》れているように見えた。

どうしても、ドレスが間に合わずゴテゴテとリボンなどの装飾品《そうしよくひん》を加えて一度着たドレスを誤魔化している令嬢、どうみても仕立ての悪いドレスを着ている令嬢、明らかにサイズの違う借り物のドレスを無理やり着ている令嬢、一見華《はな》やかな夜会の会場は、令嬢達の血のにじむ努力と忸怩《じくじ》たる思いに、どよんと重たい空気を孕《はら》んでいた。

そんな中、ぽかんと一か所だけ柔らかい空気が漂《ただよ》っていた。

そこには、妹であるマリオンと親しい令嬢達がいた。

どうしても騎士服を着ていくと言い張る妹に、ロートシルト商会経由でスチュワート家からドレスが届いた。

仕立屋が数時間もかけてサイズを測って作ってもらったドレスより、そのドレスは妹の体にピタリとフィットした。

驚くことにイケメンな妹がそのドレスを着れば、凛《りん》とした淑女《しゆくじよ》になった。

そして今、妹の周りには同じくらいにぴたりと、それぞれに似合いのドレスで飾られた友人達が柔らかい笑《え》みを浮《う》かべている。

その中心に、純白の清廉《せいれん》とした美しいドレスを纏ったスチュワート家のエマ嬢《じょう》。

目立つな、という方が難しい。

令嬢方にとって戦場である社交界での夜会会場。

ろくな装備も用意できずに満身創痍《まんしんそうい》でピリピリとしている令嬢。

対して、よくある流行りのデザインとは違う、個々の個性やスタイルに沿《そ》った仕立ての良いドレスをやわらかい雰囲気《ふんいき》を醸《かも》しながら着こなしている令嬢。

その差は歴然であった。

会場の全ての目が、そこに集まるのを誰が止められるというのか。

エマ嬢に熱視線を送る令息に片っ端《かたぱし》から睨《にら》んで威嚇《いかく》する父親すらも、抑止力《よくしりょく》になっていない。

ここが戦場なら、既に勝敗はついていた。

まだ、夜会は始まっていないというのに。

そしてその中に飛び込む品の良いクリーム色。

一瞬、皆の息が止まった。

「エマちゃん！」

にっこりと笑ったスチュワート家が揃って臣下の礼をするのを見て慌《あわ》てて、会場中の招待客がそれに倣《なら》う。

側妃《そくひ》のローズ・アリシア・ロイヤル様だった。

一年ほど前からローズ様のドレスが変わったのは、噂《うわさ》にもなったし何度か夜会でお見掛《みか》けしたこともあったが、ここまで近くで見たのは初めてだった。

クリーム色の滑《なめ》らかなドレスに薄い灰色の見事な刺繍。

肩も、胸も、足も、昨年まで惜《お》しみなく出していた肌は隠《かく》され、ずっしりと重たそうだった宝石類も、耳に飾られた真珠《しんじゅ》だけになっている。

はっきり言って地味なドレス、どうみてもシンプル過ぎるアクセサリー。

なのに、何故、こうまで美しいのか。

学友の母親に抱《いだ》くには、少々そぐわない、強烈《きょうれつ》な色気にくらっとする。

肌を全く出していないのに、ドレスの生地だって派手な色ではない。

隠していても尚も際立《きわだ》つ、爆乳《ばくにゅう》。隠しているからこそより際立つ、爆乳……。

この方は……これ程美しい人だったか？

アーサーだけでなく、少なくない招待客がローズの美を再認識した。

「ローちゃんドレス似合い過ぎ――――！　いつ見ても美人過ぎだよ――――！」

臣下の礼のあとはタメ口オッケーとはいえ、公式の場であることに遠慮《えんりょ》し、エマはローズだけに聞こえるように耳打ちする。

「まあ！　ありがとう。エマちゃんもすっごく可愛いわよ！」

ぎゅむぅとローズがエマに抱き付く。

身長差があるので、エマの頬《ほお》にローズの豊満な胸が幸せの弾力《だんりょく》で押し付けられる。

至福だ。爆乳頂きました。

品のある美しさと爆乳をあわせ持つ側妃と無垢《むく》で儚い伯爵《はくしゃく》令嬢の抱擁《ほうよう》。

それは、どんなにきらびやかな夜会の会場であっても太刀《たち》打ちできない破壊力《はかいりょく》と尊さであった。

「なんて……美しい光景なんだ……」

「めっ女神《めがみ》と天使の共演……」

「なんでだ？　ずっと、見ていたい。いや、見守りたい……。いや、推《お》したい！」

「このモゾモゾとドキドキとキュンキュンが入り混じったこの気持ちは何だ？」

「ローズ様………私はあの方のことをずっと誤解していたようだ」

「美しい。尊い。言いたいことはそれだけだ」

「あの繊細《せんさい》なエマ様があそこまでローズ様と仲が良いなんて……」

「ローズ様……絶対良い人だ。間違《まちが》いない」

「エマ様のあの笑顔……ローズ様、絶対、良い人だ」

たった一度の抱擁で、一年前まで地の底にあり、最近徐々《じょじょ》に回復傾向《けいこう》にあったローズの好感度が怒濤《どとう》のごとく上昇《じょうしょう》したことを当の本人達は、知らない。

「なあ……ウィリアム……これ、まだ夜会始まってないんだぜ……」

「姉様は……夜会で一度は、全員の注目を集める病気かなんかなんですかね？」

ゲオルグとウィリアムは抱擁する二人と周囲に生温《なまぬる》い視線を送っている。

病気なら……仕方がない……病気なら……。

「ほらっ、エマちゃん行きましょう！　私、迎《むか》えに来たのよ！」

ローズが嬉しそうにエマの手を取ると、会場の前の方へと促《うなが》す。

「え？　え？　ローちゃん？」

「ほら、ゲオルグ君も、ウィリアム君も、スチュワート伯爵も」

急な誘いに頭の上に？マークを並べるスチュワート家をローズは更《さら》に更に前の方、一段高くステージのようになっているところまで連れて行こうとしている。

「あのっ、ローズ様？　これは……一体？」

側妃に来いと言われれば、従うしかないがレオナルドがローズに説明を求める。

「遠慮しないで、だって、今日の夜会は、スチュワート家が主役じゃない」

「「「「…………は？？？」」」」

ローズの口から訳の分からない言葉が飛び出す。

「？　陛下がやっとスチュワート家に褒賞《ほうしよう》の話が通ったって先週、喜んでいたわよ？」

「…………あっ！」

……とゲオルグが何かを思い出したのか手のひらで口を覆《おお》って、しまったという顔をしている。

そういえば国王がスチュワート家を訪れた時に執拗《しつよう》に褒賞の話をされて面倒になり、後でエマから返事を〜なんて適当なことを言ったような……。

もちろん、今、思い出したのだからエマには何も言っていない。

「……お兄様……？」

言葉通りに大人しくエマからの返事を待つような国王ではない。

何か知っているようですね？　とエマがゲオルグを睨んでいる。

ゲオルグがぐるっと改めて夜会会場を見てみれば伯爵以上の爵位のある大物貴族を中心に、若くとも学園で三兄弟と仲の良い者達も招待されている。

これは、褒賞を受けるの逃《に》げられない包囲網《ほういもう》ではないか。

忍者《にんじゃ》やら、母の皇国出張やら、ドレスやら、リア充《じゅう》やらで、エマに言うのをすっかり忘れていた……どう考えても、逃げ切れない。

「エマ……わりぃ……陛下からの褒賞……お前が何とかしてくれ」

無茶振りだと分かってはいるが、元庶民《しょみん》派田中《たなか》家は、これ以上の爵位は望んでいない……いや、耐《た》えられない。

これ以上の領地拡大も……旨味《うまみ》がない。

お金も……既に十分稼《かせ》いでいるから、貰ったとしても他の貴族との関係が面倒になるだけ。

「……は？　……お兄様……？　は？」

適当に答えてしまったツケが、こんな、王城の貴族うじゃうじゃの夜会で回ってくるなんて……。

流石《さすが》、陛下。意地でもスチュワート家に褒賞を受けさせる気だ。

それなのに……スチュワート家の使えるカードは、非常識のエマだけなんて。

「ちょっ？　お兄様？　え？　褒賞？　え？」

エマは、トントントンとステージへの階段をローズに手を引かれながら上る。

何やらゲオルグの様子がおかしい。

いつだってそうだ。

後で気付くのだ。

ホウ・レン・ソウが大事って。

◆　◆　◆

時を同じくして皇国。

ピシッ……。

翌日は早朝に出発するために、メルサは早めに就寝《しゅうしん》しようと肌の手入れを終え、髪を梳《す》いていた。

突然《とつぜん》、触ってもいないのに目の前にあった鏡に、ヒビが入る。

「不吉《ふきつ》な…」

縁起《えんぎ》の悪い予兆にメルサがピクリと眉《まゆ》を動かし呟いた。

第四十八話　褒賞。

「さあ、エマ・スチュワート何が欲《ほ》しい？」

夜会は、スチュワート伯爵《はくしゃく》家への賛辞から始まった。

長年魔物《まもの》から王国を守るために尽力《じんりょく》していること。

家業の養蚕業での富による王国への税の貢献《こうけん》。

一年前の局地的結界ハザードの対応。

そして、今回の皇国語の通訳。

ちょっと並べられてしまうと圧巻ではある。

王国として、何度も褒賞の打診《だしん》をしてきたがスチュワート伯爵家から辞退され続けていたこと。

しかしながら、スチュワート伯爵家ほど貢献している家はなく、このままでは、どの家にも褒賞を授けることが難しくなること。

今回、国王自らが説得し、やっと褒賞を受け取ってもらえる言質《げんち》を取ったこと。

つらつらと国王が夜会に集まった招待客に向けて演説する。

スチュワート家を国王が褒《ほ》める度《たび》に、小さくローズ様がパチパチと拍手《はくしゅ》を送ってくれる様は、物《もの》凄《すご》く可愛《かわい》いのだが、もう、逃《に》げられそうにない。

じりじりとプレッシャーをかけられる。

一段高いステージ。

周りには、伯爵位以上の招待客。

寝耳《ねみみ》に水の褒賞話。

このようなサプライズを喜ぶ文化なぞ、日本国生粋《きっすい》の庶民《しょみん》、田中家《たなか》は持ち合わせていない。

唯一《ゆいいつ》、貴族社会に精通している母親メルサは、皇国出張中という大誤算、大ピンチ。

そんな田中家を前に国王は、爵位も領地も地位も名誉《めいよ》も結婚《けっこん》相手すら選び放題だぞと笑う。

「さあ、エマ・スチュワート何が欲しい？」

ゲオルグのせいで国王が何の魅力《みりょく》も感じない地獄《じごく》の選択《せんたく》をエマに迫《せま》る。

エマだけ家族より一歩だけ進んだステージの真ん中に立たされ、窮地《きゅうち》に追い込《こ》まれる。

後ろを振《ふ》り返り、目だけでレオナルドに助けを求めたが、エマの視線を感じたレオナルドはフイっとわざとらしく視線を泳がす。

続いてゲオルグに怒《いか》りを込めた視線を投げるも、フイっと絶対に目が合わないように逃げられる。

ゲオルグの隣《となり》に立っている、この世界では賢《かしこ》い設定の弟ウィリアムに最後の望みをかけて目で訴《うった》えようとするも、弟の視線はローズ様の後ろにいるヤドヴィガ姫《ひめ》に注がれていた。

魔物や暴漢が相手なら、父も兄も弟ですら身を挺《てい》して助けてくれるだろうけど今は何の役にも立ちそうにない。

ヤドヴィガの後ろでエドワード殿下《でんか》が心配そうにこちらを見ている。

殿下は優《やさ》しい方なので前もって知っていれば学園で会ったときに教えてくれていた筈《はず》だ。

何が欲しいと訊《き》かれても、エマが大事なものなんて限られている。

家族と虫と猫《ねこ》とご飯くらいだ。

贅沢《ぜいたく》を言うならば、王都は都会でパレスよりも虫が少ない。

屋敷《やしき》の庭は広いけれど、もう生息している虫は把握《はあく》済みだから何でもくれると言うのなら珍《めずら》しい虫が欲しい。

だけど、エマだってちゃんと分かっている……虫は令嬢《れいじょう》として頼《たの》んじゃダメなやつだって。

そもそも褒賞として弱いし、爵位と虫を同格に扱《あつか》うなと怒《おこ》られそうだ。

エマ的には、断然虫の方が上なのだけど。

あれ？　あとは？　あと私……何が好きだったっけ？　大好きなモノといえば……？

あっ！

「では、陛下。私、ローズ様が大好きなのです。ローズ様を下さい！」

好きなもの……と必死に考えるうちに陛下の後ろでにっこり笑うローズ様が目に入り、口が勝手に動いた。

「まあ、エマちゃん。私もエマちゃん大好きよ！」

「え？　ダメだよ！　ローズはダメ。ローズは私のものだ！」

喜ぶローズの腰《こし》を制止するように後ろから手を回し、国王が食い気味で叫《さけ》ぶ。

「陛下ったら、エマちゃんも冗談《じょうだん》で言ったこと……」

「冗談だったとしても！　ローズは私から離《はな》れることは許さない」

「陛下……♡」

ガチムチなイケオジと爆乳女神《ばくにゆうめがみ》の公開イチャイチャ……。

何でも良いって言ったのに……。てか最近イチャイチャ遭遇《そうぐう》率高過ぎるな。

ローズ様が嬉《うれ》しそうだからいいけど。

ステージ上では、スチュワート一家と王子を中心に微妙《びみょう》に気まずい空気が漂《ただよ》っていたが、ステージの下の招待客達《たち》は、それぞれが焦《あせ》りを隠《かく》すのに必死であった。

ローズ様は、国王に見限られたのではなかったのか？　第一王子派の我が家は、これからどう動けばいいのだ？

あれ？　これ、第二王子派有利？？？　いつの間にこんな状況《じょうきょう》に？

と、いうかこれは、エドワード殿下とエマ嬢を婚約《こんやく》させるための茶番劇なのでは？

急な夜会、我々がドレスの準備に躍起《やっき》になっている間に王家とスチュワート家で画策していたのか？

スチュワート伯爵家、なんて姑息《こそく》な手を…………。

そもそも何故《なぜ》、褒賞を選択するのが伯爵ではなく、エマ嬢なのだ？

待て、エマ嬢には第一王子派の中にも隠れファンが多いと聞く。

無理難題もエマ嬢ならば貴族の反発が最小限になると考えたのでは……？

となると、やはりエマ嬢が求める褒賞は………王子との婚約か。

間違《まちが》いない、可愛い顔をして強《したた》かな娘《むすめ》じゃないか。

エマのうっかり放ったローズ様を下さいの一言から、招待客である貴族達に緊張《きんちょう》が走る。

それはかつてない程《ほど》に、己《おのれ》の立ち位置が変動する危険を孕《はら》んでいた。

第一王子派の貴族達は、エマの次の言葉を固唾《かたず》を呑《の》んで待つ。

もしも、エドワード王子との婚約などと言い出したのならば、この場で反対しなくてはならない。

貴族達は立場上、十三歳《さい》の少女の淡《あわ》い恋《こい》の話だとは、絶対に納得《なっとく》する訳にはいかなかった。

「さあ、エマちゃ……ごほんっ。エマ・スチュワートどうする？　爵位？　領地？　婚約？」

国王は、ローズを取られたくないのか、選択肢《せんたくし》を三択《たく》に絞《しぼ》ってきた。

ヘイ！　陛下！　ヘイ！　何故、わざわざよりによって婚約を入れた⁉

貴族達の焦りは最高潮に膨《ふく》らみ、その異様な圧がエマに押《お》し寄せる。

…………。

爵位、領地、婚約。

どうして、要《い》らないものスリーコンボで訊いてくるの⁉

爵位…………今の伯爵ですら、ちょっとギリ無理なんですけど？

領地…………いや、あの、パレスめちゃくちゃ広いんですよ？

婚約…………これ、絶対伯爵より上の爵位の人とだよね？

いつ聞いても、何の旨味《うまみ》もお得感もない褒賞ラインナップだった。

しかし、こんな夜会の初っぱなから、うじうじ悩《なや》んで時間を消費するのも申し訳ない。

三択ならばこれはもう、消去法で選ぶしかない。

「…………では、りょっ領地を」

貴族階級が上がるより、婚約者が決められるよりは幾《いく》らかマシだ。

「「「は？」」」

エマの答えに会場の誰《だれ》もが一斉《いっせい》に気の抜《ぬ》けた声を出した。

あの選択肢の中から、領地を選ぶなんて誰も予想していなかったのだ。

領地なんて、爵位が上がれば、王家に嫁《とつ》げば勝手に増えるのに。

「え？　領地？　何故？」

選べと言った張本人である国王も意外な答えに首を傾《かし》げている。

エマは問われるまま三択の一つを選んだというのに、じゃあどうすれば良かったのだと困惑《こんわく》する。

いや、何故と訊かれましても、消去法で決めただけだし。

理不尽《りふじん》な扱いに拗《す》ねたエマの視線は下へ下へと下がって、最後に自分が着ている真っ白なドレスが視界に入った。

ハロルドさんに描《えが》いてもらった二〇リ柄《がら》は白色のインクで上塗《うわぬ》りされて完全に消えている。

このドレスが先週の晩餐《ばんさん》会で着たものと同じだとは誰も気付いていないだろう。

ドレス、間に合って良かったなぁ……なんて現実逃避《とうひ》気味に考えていたところで、エマはふと良い案が浮《う》かんだ。

「陛下、私エマ・スチュワートは領地として欲しい土地があるのです」

「欲しい土地？　それは、具体的な場所があるということかな？」

エマは国王の言葉にしめしめと内心思いながら、外面《そとづら》は控《ひか》えめにこくんと頷《うなず》く。

「遠慮《えんりょ》はいらないから、言ってみなさい」

褒賞で領地を貰うにあたって、ここが欲しいなどとリクエストすることはあまりない。

大概《たいがい》は、適当な場所を王家が選び与《あた》える形となるが、与えられる土地は受け取る者の持っている領地の近くと相場が決まっている。

わざわざ欲しい土地があるというエマの発言は、少々図々《ずうずう》しい申し出であった。

「はい、陛下。私は、我がスチュワート家に王都にあるスラム街を賜《たまわ》りたく存じます」

その欲しい土地とはスラム街だと、伯爵令嬢エマ・スチュワートは真《ま》っ直《す》ぐに国王を見て答えた。

「「「は？？？？」」」

そのエマの申し出は会場の誰一人として理解できなかった。


スラム街が欲しい。

エマが国王に欲《ほっ》したのは、王都の闇《やみ》ともいえる地域だ。

最近はクーデターによるインフラ整備で働き口が増え、全《まっと》うな暮らしを手に入れる者もいたが、働くには幼い年齢《ねんれい》の子供達は取り残され、週に一度の高位貴族が持ち回りで行う炊《た》き出しで何とか命を繋《つな》いでいる。

「すっスラム街⁉　何を言っているの？」

「陛下、私、少し前にスラムの子供達とお友達になりましたの。皆《みな》とてもお腹《なか》を空《す》かせていて……お友達が困っているなら、私は力になりたいのです」

エマは皆がどうしてそこまで驚《おどろ》くのか分からないと不思議そうに首を傾げる。

実のところ今はハロルドがロートシルト商会から貰う給料とスチュワート家が子供達に簡単な仕事を回すので、お腹を空かせて泣く子供はいなくなっている。

でも、ほら、少し前の話だから嘘《うそ》は言ってないわ、とエマは心の中で言い訳する。

「お腹空かせてって！　スラム街には週に一度貴族が炊き出しを行っているんだよ？」

多忙《たぼう》な政務と警備の不安から国王が自らスラム街へ足を運んだことはなく、毎月提出される炊き出しの報告書には目を通すものの、現状とは程遠い虚偽《きょぎ》の報告しかされていなかった。

スラムの現状を理解していない国王の言葉に、エマがため息を吐《つ》く。

国王に向かってため息なんて不敬極《きわ》まりないが、それを見た者全員にピシリと緊張が走る。

ただ一人、会場の端《はし》に置かれた豪奢《ごうしゃ》なソファーに腰を掛《か》けたヒルダ・サリヴァン公爵だけが満足そうに笑っている。

そう、エマのため息はマナーの鬼《おに》と呼ばれたヒルダ、日頃《ひごろ》から躾《しつけ》の厳しいメルサのため息とそっくりだったのだ。

貴族どころか、国王ですら凍《こお》りつくあのため息と。

「陛下。人は毎日ご飯を食べるものです。何故スラムの人間だけは一週間に一度だけの炊き出しで大丈夫《だいじょうぶ》だと思われたのですか？　皆、私達となんら変わりないのですよ？　私達はご飯を一日に何食食べているとお思いですか？」

飢《う》えた経験のない者、飢える心配のない者の想像力の欠如《けつじょ》にエマは憤慨《ふんがい》する。

空腹は何よりも辛《つら》いのだ。

この会場にも豪華《ごうか》な料理が並べられている。

さして空腹でもない貴族達が当たり前のようにそれを口に運ぶことができるように。

「いや、炊き出しは一週間生きていける充分《じゅうぶん》な食料を提供していると報告書には……」

「炊き出しは、行う貴族によっては、たった一杯《ぱい》のスープすら全員に行き渡《わた》らない量しか提供されないこともあるそうです」

「え？」

「陛下はそれが、充分な量だと？　その量が、一週間分だと？」

「そ、そんな報告は……受けて……な……」

「もちろん、しっかりと一週間食べられるように配慮《はいりょ》された炊き出しをする貴族も中にはいると聞いております。しかし、私が初めてスラムへ訪《おとず》れた日は、炊き出し直後にもかかわらず子供達は皆お腹を空かせていました」

担当する貴族によって全くご飯の量が違うんだと言うヒューの言葉をエマは思い出していた。

温かい炊き出しと残りの一週間の食料を一日分ずつ袋《ふくろ》に分けて、子供でも理解できるように説明しながら与えてくれる貴族もいる。

しかし、夏場はどうしても腐《くさ》らせてしまったり、冬でも大人に奪《うば》われたりと結果的に満足に食べられる日は少ないのだと悔《くや》しそうに、話していた。

「えええ？　ちょっと待って‼　エマちゃん、スラム街に行ったの⁉　危ないでしょう？」

国王も、周りの貴族達もエマの言葉に仰天《ぎょうてん》する。

伯爵令嬢がスラム街に行くなんて聞いたことがない。

つい先ほどスラムの子供と友達になったと言ったのは、飢えた可哀想《かわいそう》な子供を貴族街に連れてこさせたのではなく、エマ自身が危険なスラム街へ訪れたということだったとは。

エマと国王の会話に息を呑んでいた会場が、堪《こら》えきれずに騒《ざわ》めき立つ。

あんなに病弱で大人しい令嬢が、炊き出しをする貴族ですら護衛なしでは踏《ふ》み入れないスラム街へ行ったなんて信じられなかった。

ただ、ただ、危険過ぎる。

「危ない？　どうしてそう思うのです？　皆とても優しい子達でしたよ？」

何も恐《おそ》ろしいことなんてなかったとエマは優しく微笑《ほほえ》む。

普通《ふつう》に貴族だなんて思われない残念な格好《かっこう》で行っただけで、国王も貴族もそんなことは絶対に思い付かない。

「そ、そんなの、え？　ちゃんと護衛はつけたんでしょ？　襲《おそ》われてなんてないよね？」

国王は目の前に元気なエマがいるのに父親のレオナルドに確認《かくにん》する。

ローズもエドワード王子も予想外の話に心配そうな顔をしている。

「……いえ、護衛はつけておりません。何せ兄弟三人だけで行っていたようでして……」

「「「は？」」」

護衛どころか、子供達三人だけでスラム街へ？　レオナルドの言葉に会場がどよめく。

優雅《ゆうが》に座《すわ》っていたヒルダさえも驚きのあまり立ち上がっていた。

エマを預かった経緯《けいい》について詳《くわ》しくは訊かなかったが、まさかそんなことを仕出かしていたとは思いもよらなかった。

「な、な、なんてことだ‼　レオナルド伯爵、大事《おおごと》ではないかそれは⁉　スラムの治安が悪いことは、分かっているだろう？　何かあってからでは遅《おそ》いのだぞ！」

スチュワート伯爵家……一体どんな教育をしているんだと会場に非難めいた雰囲気《ふんいき》が漂う。

「ご心配なく！　しっかりと叱《しか》りましたよ。直ぐに私自ら迎《むか》えに行きましたし。でも、まあ、所詮《しょせん》、危険といっても相手は人間です。魔物でなければ長男のゲオルグ一人で妹と弟くらい守れますからね」

レオナルドもこの空気の中、実はスラムで一泊《ぱく》しました！　なんて言ってはいけないことは理解しているようだ。

実際は、ゲオルグが魔物かるたをスラれたのがきっかけだったりするので、父の言葉にゲオルグは複雑な表情をしている。

ああ、エマ姉様ってば、余計な話をして……やっぱり事態を悪化させる天才ですね、とウィリアムはズキズキと痛むこめかみを押さえている。

「陛下、スラムの治安が悪いとご存じならば何故、何もなさらないのです？　お腹を空かせた子供達は、その危険な場所で生きているのですよ？」

危ない所に行くなと国王は言うが、危ない場所を放置していたのはこの国ではないか。

褒賞の話から何故か怒られモードへと発展したことに納得いかないエマが口をとがらせる。

痛いところを突《つ》いていることは分かっている。

なんで、この仕事終わってないの？

会社員時代に上司から叱られた記憶《きおく》が甦《よみがえ》る。

人も、時間もなく、ヘロヘロになるまで働いても、褒められることは少ない。

バタバタと働く合間に後回しになる業務だって出てくる。

大抵《たいてい》は、ちょっと面倒《めんどう》だったり、どこから手をつければ良いのか分からないものだったりする。

国王の忙《いそが》しさを、たかだか会社員と比べるのもアレなのだが、大変なのも重々理解しているけれど、そこで何で私が責められなくてはいけないの？　と逆切れしただけのエマの言葉は、グサリと国王の胸を刺《さ》した。

「………そうだよね。私が……悪い。スラム街なんてこの国にあってはいけないんだ。報告書の紙の上の文字だけで満足してはダメだったんだ」

素直《すなお》に非を認める国王。王族は簡単に謝《あやま》ってはいけなかったような……。

「陛下。陛下が国民のために日々、私などでは想像できない程に努力して下さっていること、分かっております。私は、ただお友達を助けたいだけなのです。私の小さな世界のちっぽけな自己満足にご協力して下さいませんか？」

反省して俯《うつむ》く国王に、エマは再度スラム街が欲しいとお願いする。

でないといらない爵位か婚約をしないといけなくなるからね。

(国ですら手をつけることを躊躇《ためら》うスラム街を、少女が自らの手で助けたいと……？)

しかし、オーディエンスは異常なくらいに好意的な目でエマを見ていることを本人は気付いていない。

「おっお言葉ではございますが、陛下‼　一伯爵に、スラム街とはいえ王都内に領地を与えるなど、前代未聞《ぜんだいみもん》でございます！　しかも、我々高位貴族の善意の炊き出しをそのような言われ方をしては、我慢《がまん》なりません！」

これまでにもスチュワート家がスラム街へ支援《しえん》の手を入れるのを快く思わない貴族もいた。

自分達の仕事にケチをつけられたと感じたようで、面倒な嫌《いや》がらせをしてくることまであった。

エマがスラム街を欲しいと申し出たのは、そういうものの煩《わずら》わしさから解放されたいという思いもあったのだ。

「貴公の言いたいことも分かる。しかし、エマちゃんが嘘を言っているとは思えん。……ならば炊き出しについては王家で責任をもって調べることにしよう」

「え？　いえ？　そんな…………調べるなんて……そこまでしなくても……」

モゴモゴと口をつぐむ男の勢いが弱くなる。

一方、いきなり強い調子で敵意を向けられたエマはビクッと肩《かた》を震《ふる》わせる。

もうこれ以上怒られたくないと癒《い》やしを求めた結果、ローズの爆乳をガン見することで平静を保とうと試みる。

その効果の絶大なことといったらなかった。

ローズ様の胸は全《すべ》てを忘れさせてくれる。

よし、決めた。初めて会った時みたいなおっぱい剥《む》き出しのオフショルドレスも今度作ろう、とエマは固く心に誓《ちか》う。

「エマちゃん。本当に褒賞がスラム街で良いのかい？　はっきり言って彼《かれ》らを救うなんて大変だよ？　莫大《ばくだい》なお金もかかるし、感謝なんてされないかもしれない。変な逆恨《さかうら》みを買って危険な目にだって遭《あ》うかもしれない。それでもいいの？」

か弱き少女に重すぎる荷を背負わせるのは、国王として忍《しの》びない。

彼女《かのじょ》の優しい性格がいつか、エマ自身を傷つけはしないかと不安になる。

しかし、エマの声に迷いはなかった。

「構いません、陛下。私は人は誰しも【健康で文化的な最低限度のご飯とおやつ】を食べる権利があると思っています。我がスチュワート家には、彼らに充分それを与える力があるのです。力があるのに使わないという選択は私にもスチュワート家にもありません」

きっぱりとしっかりとエマは自信を持って爆乳を見ながら国王の問いに答える。

何故なら、他の褒賞は絶対にいらないのである。

健康で、
文化的な、
最低限度の、ご飯と、おやつ。

………？


ん？　おやつ？

いや、それ、日本国憲法のやつぅぅぅ‼

と心の中で突っ込むウィリアムとゲオルグの微妙な表情とは裏腹に、少女の口から出た慈悲《じひ》深い言葉は、夜会会場の貴族の心に強い衝撃《しょうげき》を与えた。

領主であっても飢える領民がいることは、ある程度は仕方がないと諦《あきら》めの気持ちがあった。

領民全てを救うなんて無理だと。

なのに、ステージの上の儚《はかな》げな少女は国王の前で肩を震わせながらも【誰しも】と言い放ったのだ。

十三歳とは思えない聡《さと》い言葉。

その言葉には目には、強い意志が感じられた。

彼女の日々、人のために努力を怠《おこた》らない姿が垣間見《かいまみ》えるようであった。

純白のドレスを身に纏《まと》い、清らかな心で王を諌《いさ》める少女の姿。

それは……まさに。

「聖女だ……」

会場の至る所から、ぽつりと誰彼《だれかれ》ともなく呟《つぶや》く。

この世界において聖女は、何にも勝《まさ》る清らかな存在。

教会の許可なく、名乗ることは許されない。

しかし、あの少女が聖女でないなら、一体誰が聖女だというのだろう。

「そうだ！　聖女だ！」

「エマ・スチュワート伯爵令嬢は聖女だったんだ！」

こぼれ落ちた小さな呟きは確信の言葉となって広がってゆく。

聖女に倣《なら》い、自領の領民が飢えることなく【健康で文化的な最低限度のご飯とおやつ】が食べられるように努力しなくてはと。

一部に反感を抱《いだ》く貴族もいたが、エマの言葉は多くの貴族に影響《えいきょう》を与え、飢える者のいない国へと今、ここから始まって行くのだと会場は興奮に包まれてゆく。

「おいおいおいおいおい、マジかよ……」

「姉様……またですか……」

騒めき始めた貴族の呟きを聞いたゲオルグとウィリアムは頭を抱《かか》える。

今回の【いつものやつ】は、規模がでかい。

「ふむ。聖女エマ・スチュワート。王国から、王都のスラム街を褒賞として与えよう」

会場の騒めきは国王の耳にも入り、エマが望む通りの褒賞を与えると告げられた。

が、そのタイミングがすこぶる悪かった。

エマは周りの貴族達が急にざわざわし始めたことで、また知らぬうちにやらかしたのではないかと不安に襲われていた時で、

（え？　何？　なんで皆さん興奮してらっしゃるの⁉　え？　私がローズ様のお胸に埋《う》もれたいなんて思っている間に何が……ん？　ちょっと待って！　今、陛下今何て仰《おつしや》った？）

焦りと緊張のせいで貴族達が何を言っているのかエマには聞き取れなかった。

ただ、分かるのは自分がこんなプレッシャー耐《た》えられないと、最高品質の爆乳を舐《な》めるように盗《ぬす》み見ていたことで、何なら陛下の分厚い胸板《むないた》もこっそり堪能《たんのう》してた。

堪能、し過ぎてしまったのだと気付いた時にはもう、遅かった。

「へ？　え？　っっっせっ性女⁉　そんなっ（ちょっと陛下とローズ様の胸を見ただけじゃない！）ちっ違います！　性女なんて‼　やっ止めてください！」

国王に、聖女と呼ばれたエマは全身全霊《ぜんれい》を込めて否定する。

いたいけな少女に向かってなんてことを言うんだ、この国王は⁉

後ろめたいことをしていた自覚が十二分にあり過ぎたエマは、【聖女】を【性女】だと完全に勘違《かんちが》いしていた。

「いや、エマちゃんは王国の聖女だよ。君みたいな（優しくて、清らかな）子はいないよ」

聖女なんて……と謙虚《けんきよ》に否定する少女に国王が言葉を重ねる。

が、エマの心中は穏《おだ》やかではない。

王国の性女って！　何それ超《ちよう》変態じゃん！

私みたいに国王の胸板とローズ様の爆乳をガン見する子はいないって⁉

いやいや、雄《お》っぱいもおっぱいも見ちゃうって‼

「違います。絶対に違います。私は……絶対に性女ではありません」

顔を赤らめブンブンと首を振るエマの姿を見たことで貴族達の推測が確信に変わる。

本人が否定すればする程、謙虚で目立つことを良しとしない、正真正銘《しょうめい》の聖女に見えてしまうという残念な現象が起きてしまった。

「陛下、こんなに注目されてはエマちゃんが可哀想です。褒賞は、エマちゃんの希望通りにお与えするということでよろしいですね？」

ローズがだらだらと冷や汗《あせ》を流し始めたエマを心配し、国王や貴族達の視線から守るように進み出《だ》て、エマをぎゅうと抱き締める。

「ああ。褒賞式はこれで終了《しゅうりょう》にしよう。みんな今日は、大いに楽しんでくれ」

ローズに抱かれたエマの頭をポンポンと優しく撫《な》でて国王は満足そうに笑った。


イケオジからの頭ポンポンとローズのおっぱいを直《じか》に堪能することになったエマは、もう……性女でもいいかも……と自ら豊満な弾力《だんりょく》に身を任せた。

◆　◆　◆

「ハ、ハハッ。姉様、異世界転生で聖女って……どんだけヤバめのフラグ立てちゃってんですか」

「エマ……あいつ本当にわざとじゃないよな？」

ウィリアムが乾《かわ》いた笑い声と共に呟く。

ゲオルグは妹のトラブルメーカーっぷりに脱帽《だつぼう》する。

元は自分のうっかりから始まった褒賞の話ではあるが、さすが【全ての騒動《そうどう》の元凶《げんきょう》】である。

「あーエマは、天使だけど聖女でもあるね」

ウンウンとレオナルドだけがひとり満足そうに頷いている。

兄弟と父親レオナルドに少々遅《おく》れてステージから解放されたエマは、家族の元に着いて早々にゲオルグを恨《うら》めしげに見る。

「ゲオルグお兄様、今度からしっかり、ホウ、レン、ソウして下さいね」

「……悪かったよ」

今回は確実にゲオルグが悪い。

「……でも、まあ、上手《うま》くスラム街手に入れられたから……良かったわ」

あのスラム街の地下には、ハロルドのインクの原料となる珍しいキノコが群生している。

自領にしてしまえば原料もインクが作れるハロルドもスチュワート家のものになり、これからあのインクの権利はスチュワート家だけが手に入れることができるのだ。

この国には、独占禁止法《どくせんきんしほう》なんてないのだから。

「「ひっ！」」

聖女とは程遠い悪い顔でエマが笑うのを見たのは、兄と弟の二人だけだった。

「なぁウィリアム、聖女っていうよりあれは悪女だよな？　悪役の方が絶対に向いてるだろ？」

「兄様、やめてください。悪役令嬢も相当なフラグです」

身内に一級フラグ建築士がいて苦労が絶えないと、兄弟はまた頭を抱えるのであった。

◆　◆　◆

「どういうことだ？　ロバート。私はお前に炊き出しを任せた筈だ。何故王家からこのような手紙を貰わなければならないのだ」

夜会の翌日、ロバートは父親の書斎《しょさい》に呼び出された。

そこには眉間《みけん》に深いシワを作った父がランス家の行う炊き出しの不備を指摘《してき》する内容の手紙を高々と掲《かか》げていた。

「ランス家の家名を汚《けが》すような真似《まね》をするなといつも言い聞かせていたのに……失望したよ」

「……申し訳ございません、お父様」

ロバートは謝《あやま》るものの、反省の色は見えない。

そもそも炊き出しは現公爵である父が責任を持って行うべきものだ。

それを自分がやりたくないからと言って、押し付けておいて問題が起きたら叱るなんて理不尽すぎはしないか。

炊き出しだって、父がやっていたことと同じようにしろと使用人に命じていたのだから、父のやり方にこそ不備があったと言いたい。

しかし、父に口答えなんてできる訳がない。

あいつが夜会でいらないことを国王に言うからこんなことになっているのだ。

エマ・スチュワート…………思い出すだけで腹が立つ。

全部、あいつが悪い。

今に見てろよ、明日学園で痛い目に遭《あ》わせてやる。


父親の説教のあと、ロバートはブライアンを誘《さそ》い、広いランス公爵家の庭の奥《おく》へと進んでいた。

「ロバート様？　何処《どこ》へ行くのです？　王家からの手紙がランス家に来たということは、明日には僕《ぼく》の家にも来るかもしれないので対策を練りたいのですけど…………」

ランス家の前の週に炊き出しをしたのはブライアンの家だった。

ロバートの話を聞いたブライアンは、なんとか怒られずに済ませたいと頭を抱えている。

「うるさい、さっさとついて来い。どうせ怒られるのだ、仕返しの準備をする方が効率的だろう？」

ブライアンの訴えを却下《きやっか》し、ロバートはずんずんと庭の奥の更《さら》に奥の奥へと足を進める。

ここまで来ると、ランス家に仕える使用人でも足を踏み入れる者はほぼいない。

途中《とちゅう》、頑強《がんきょう》な鍵《かぎ》付きの柵《さく》に着き、行き止まりだと足を止めたブライアンだが、ロバートはポケットから鍵を取り出し、柵の中へと進む。

「ろ、ロバート様？　ここは一体？　何処へ行くのですか？」

相当歩いたのに、ロバートはそのあとも何度か鍵付きの柵の鍵を開けながらどんどんと、草木の繁《しげ》った林の中の道を進んで行った。

進むにつれて現れる柵は、より強固なものになって大罪人でも閉じ込めているのかと疑いたくなるくらい厳重なセキュリティにブライアンは嫌な予感しかしなかった。

「これで最後だ。この中にエマ・スチュワートが泣き叫ぶものが入っている」

ひひひっと笑うロバートの顔も引きつっている。

そんなに、ヤバいものなら行かなきゃ良いのにと思うが、父親に叱られるということは、下手をすれば跡取《あとと》りの資格を失う危険を孕んでいる。

特に、ロバートなんかは従兄弟《いとこ》の数が多く、代わりはいくらでもいるのだから。

そんな窮地に立たされる切っ掛けを作ったエマに、何としても仕返しがしたい一心でここまで来たのだろう。

だがロバートは、最後の鍵を回すのを躊躇っている。

「やっぱり、帰りましょうよ、ロバート様。明日の魔物学の予習をした方がまだマシです」

魔物学の教師は怖《こわ》いのだ（主に見た目が）。

質問に答えられるようにしておかなければ、おちおち寝《ね》てられない。

「ふっふん。俺《おれ》様がこっこんなのにビビってる訳がないだろう？　ブライアン見ろ、こいつらをあいつに投げてやろうぜ」

「………………？」

キイィィとロバートが、最後の柵を開ける。

投げられる大きさの物なら危険はないか、とブライアンは柵の中をロバートに言われるがままに覗《のぞ》き込む。

薄暗《うすぐら》く、何度か瞬《まばた》きをして目を慣らすと、そこには見たことのない植物が生《お》い茂《しげ》っていた。

「ロバート様……何を投げるの…………で…………す…………ひっ！」

カサカサカサカサカサカサカサカサ…………目の前を横切る黒いモノを視界に捉《とら》えたブライアンが固まる。

あれは？　なんだ？　何なんだ？

カサカサカサカサとブライアンの足元にそれが近づいて来た。

「うっうぎゃぁぁぁぁぁぁぁあああ!!!!」

目にした瞬間《しゅんかん》、とんでもない気持ち悪さにブライアンが叫ぶ。

なんて、なんて、なんて……いや、何なんだアレは？

「ろろろろろロバート様っ、あんなもの…………投げても大丈夫なんですか？　もし、僕がされたら…………おえっ……あ、貴方《あなた》、悪魔ですか!?」

あんな、おぞましいモノ見たことがない。

アレを投げる？　そんな血も涙《なみだ》もないことをするのか？　相手は女の子だぞ？

酷《ひど》過ぎるだろう？

今や聖女なんて呼ばれ始めている令嬢に、アレを投げるのか？

……ショックで死んだり……とかしないよな？

「おい、ブライアン。さっさとアレを集めろ。あーゆーのは、数がある方が威力《いりょく》倍増するからな。この箱にみっちり詰《つ》めて、上からひっくり返してやるか」

ひひひっと楽しそうにロバートが笑っている。

アレを集めろだなんて、どんな拷問《ごうもん》だよ…………。

トングを渡され思ったよりも動きの速いそれを、ゾワゾワと襲ってくる寒気と戦いながら、ブライアンは箱に詰めた。

「ひひひっエマ・スチュワートの泣き叫ぶ姿が目に浮かぶ…………」

ロバートの楽し気な高笑いが、空になった柵内に響《ひび》いていた。

第四十九話　大騒ぎ。

週明けの早朝。

令嬢《れいじょう》の悲鳴が響《ひび》き渡《わた》った。

狙《ねら》われたのは、エマが学園で唯一《ゆいいつ》兄弟と離《はな》れて刺繍《ししゅう》の授業に向かう道。

兄弟とヨシュアは、男子必須《ひっす》科目の【狩人《かりゅうど》の実技】の授業へ向かう途中《とちゅう》。

男女できれいに分かれた道の先で一人歩くエマに向かってそれは投げ落とされた。

黒っぽい体躯《たいく》。

体に対して不自然に長い脚《あし》。

この世界に存在してはいけないレベルの地球外生命体的フォルム。

緑の多い学園の木に登って待ち伏《ぶ》せていたロバートとブライアンは、エマが真下に来るのを見計らって、それがぎっしり詰《つ》まった箱をひっくり返した。

ボトッ。

ボトッ。

ボトッボトッボトッボトッボトッボトッボトッボトッボトッボトッボトッボトッ……。


「ひっいぃぃやぁぁぁぁぁぁぁぁぁぁぁぁぁぁぁぁぁぉぁぁぁぁぁぁぁぁぁぁぉぁ！」

最初に悲鳴を上げたのは、運悪くエマの後ろを歩いていた令嬢だった。

エマの頭に初めの一匹《ぴき》が落ちたとき、葉っぱかしらとよく目を凝《こ》らしたのがいけなかった。

そのフォルムを、しっかりと目で捉《とら》えた直後に大量に降ってきたのだから。

令嬢の悲鳴を合図に、刺繍の授業に向かう令嬢達《たち》が皆振《みなふ》り向き、それを目撃《もくげき》することになる。

「ひっひぃいいいいいいいやぁあああぁぁぁぁぁぁぁ！！！」

「ぎぃいいいいいいやあぁぁぁぁぁぁぁ！！！」

「うっぎゃぁぁぁぁあああぁぁぁぁぁぁぁぁっぁあっぁぁぁぁぁ！！！！」

大パニックが起きた。

一斉《いっせい》に散り散りに逃《に》げ惑《まど》う貴族令嬢達。

中にはその場で気絶し、その気絶した令嬢に躓《つまず》き倒《たお》れる令嬢、その倒れた令嬢を踏《ふ》み、逃げる令嬢、倒れる令嬢。

逃げる令嬢と事態の呑《の》み込《こ》めない令嬢がぶつかり、また倒れる。

その倒れた令嬢をも踏み倒し、逃げる令嬢、倒れる令嬢。

パニックがパニックを呼び、大勢の令嬢の阿鼻叫喚《あびきょうかん》が学園中に伝染してゆく。

一瞬《いっしゅん》で学園は地獄《じごく》と化した。

ロバートやブライアンが想定した以上の大騒ぎになってしまった。

「ろっロバート様っ、これはヤバいですよ⁉」

「さっ作戦は、だっ大成功だ。ブライアン逃げるぞ！　ざざざざまーみろ、エマ・スチュワート‼」

ロバートが逃げ惑う令嬢達の中、地面に蹲《うずくま》り、腰《こし》が抜《ぬ》けて歩けないのか、無様にもがいているエマを見て笑う。

そそくさと逃げる二人以外に、男子生徒は誰《だれ》もいない。

何故《なぜ》ならここは、刺繍の授業へ向かう道なのだから。

◆　◆　◆

「一体、何が起きたのだ⁉」

いつも遅刻《ちこく》ギリギリで授業に来るマリオンが、教室に入るなり、いつもの席のいつものメンバーに詰め寄る。

マリオンが例の道を通る頃《ころ》には、気を失った令嬢が救護室へ運ばれていたり、錯乱《さくらん》した令嬢が叫《さけ》び続けていたり、躓いて転んだ令嬢が傷の手当てを受けていたり、固まって震《ふる》えながら泣いている令嬢がいたりする中、異変を察知した王城の騎士《きし》が急遽《きゅうきょ》出動し、その介抱《かいほう》にあたっていた。

騎士に尋《たず》ねても首を振るばかりで答えてくれず、ただ酷《ひど》いことが起きたとしか分からなかった。

「とととととんでもなく、ききき気持ち悪いなっ何かが、いたの」

エマよりほんの十メートルほど遅《おく》れて歩いていたフランチェスカが涙目《なみだ》で震えながら答える。

「エ、エマさまの周りに、まるで、エマさまを狙ったように、その何かがエマさまのまっ周りに…………」

思い出すだけで吐《は》き気が込み上げてくるのか、フランチェスカはずっとハンカチを口元に当て、カチカチ歯が鳴る程《ほど》震えている。

「フランチェスカ様、大丈夫《だいじょうぶ》ですか？」

マリオンがフランチェスカの肩《かた》を抱《だ》きしめても、震えは止まらなかった。

一体、何を見たのか。

「私達が来たときには、ずっとこんな状態だったのよね？　ケイトリン」

「私達が来たときには、ずっとこんな状態だったわ、キャサリン」

双子《ふたご》も心配そうにフランチェスカの背中を擦《さす》っている。

「わっわたくし……え、エマさまをお助けしししなければ、い、いけなかったのに……ににに逃げてしまいました。ななんて酷い、わ、わたくしあんなに、え、エマさまに良くしていただいていたのにににに。だ、誰もえ、エマさま、たたたすけてあげられれれれずに……」

フランチェスカはエマを見捨ててしまったとぼろぼろと大粒《おおつぶ》の涙を流している。

一目見ただけで、震え上がる大量の何かに囲まれ、エマは蹲っていた。

助けなければと、頭は思うのに、体が、本能がそれに背《そむ》き、全力で逃げてしまったと。

「……キャサリン様、ケイトリン様、少しフランチェスカ様をお願いします。救護室へ行ってみます。もしかしたらエマ様が運ばれているかもしれません」

フランチェスカの話を聞き、エマを心配したマリオンが席を立とうとした時、刺繍の授業の教師ではない男性の教師が慌《あわ》ただしく教室に入って来た。

「今日の授業は中止だ。それぞれの家に連絡《れんらく》はしてある。迎《むか》えが来たら各自、自宅待機してくれ。寮《りょう》生《せい》は今から私が寮まで送る。学園から事情を聞きに人をやるのでその時は協力してくれ」

寮生のキャサリンとケイトリンが教師に呼ばれる。

「「マリオン様、申し訳ございません。フランチェスカ様をお迎えまでお願いできますか？」」

この状態のフランチェスカを一人にできず、双子の頼《たの》みをマリオンも了承《りょうしょう》するしかなかった。

この学園に一体、何が起きたのか。

エマ様は無事なのか。

騎士まで出動する騒ぎは、学園創設以来、初めてのことだった。

◆　◆　◆

「ぎぃぃぃぃぃぃぃぃぃぃぃぃぃぃぃぃやぁぁぁぁぁぁ」

「ひぃぃぃぃぃぃやぁぁぁぁぁぁぁぁぁぁぁぁ」

「いやぁぁぁぁぁぁぁぁぁぁぁぁぁぁぁぁぁぁぁぁぁぁぁぁぁぁ」

三兄弟とヨシュア、エドワード王子とアーサーが狩人の授業に向かっていると令嬢達のあられもない叫び声が聞こえてきた。

「な、何事⁉」

振り向くとエマと別れた刺繍の授業への道から、物凄《ものすご》い形相で何人もの令嬢が走って来る。

いつもはゆっくりと、お淑《しと》やかに歩いている令嬢が全速力で、膝《ひざ》から血を流す者すらいるではないか。

「あちらは、エマ様が行った道！　エマ様が危ない‼」

どんなにヤバい形相で、令嬢が逃げて来ようともヨシュアに迷いはない。

直《す》ぐにエマのもとへ走り出す。

「こっこれ、エマ姉様が原因とかじゃ……ないですよね⁉」

「それを願うしかないだろ！」

ウィリアムとゲオルグもヨシュアを追い、令嬢が逃げてくる道を逆走する。

「殿下《でんか》」

エドワード王子も心配で兄弟の後に続こうとしたが、アーサーに止められる。

「殿下は行ってはなりません。もし本当に危険があるとするなら、誰よりも先に避難《ひなん》しなくては」

学園内において、アーサーは王子の護衛でもある。

危険に近づけさせることはできない。

「しかし、アーサー‼　エマが！」

「殿下、お立場を考えて下さい」

王子はアーサーにがっしりと腕《うで》を握《にぎ》られ、阻《はば》まれる。

好きな女の子が危険な目に遭《あ》っているかもしれないのに、助けにも行けないなんて。

王族だからと守られるだけの自分が悔《くや》しい。

何にも縛《しば》られず、エマを助けに走って行けるヨシュアが羨《うらや》ましい。

王子が商人の子を羨ましく思うなんて……。

「殿下。殿下には殿下のできることがございます」

アーサーの戒《いまし》める声すらも憎《にく》い。

分かっている……。

分かっているが、この手で、このエドワード・トルス・ロイヤルの手でエマを守りたい。

礼を言われたいのでも、それを切っ掛《か》けにエマが自分を好きになってほしいとか、そんなんじゃなくて、ただ、守りたい。

魔物《まもの》災害の時の血まみれで傷ついたエマの姿が、ずっと頭から離れない。

エマが苦しむのはもう見たくない。

ずっと笑っていてほしい。

願わくば、自分が、自分の手であの笑顔《えがお》を守りたい。

それでもエドワードは身が引き千切られる思いでその全《すべ》てを呑《の》み込む。

自分の役割を全《まっと》うするために、この国の王子としてアーサーに命じる。

「…………王城から、騎士の派遣《はけん》を。責任は、私が取る。原因究明と令嬢の保護、怪我《けが》をしている者には、治療《ちりょう》を」

もしも、この騒ぎが取るに足らないものだったとしても、王子の命という名目があれば騎士の派遣についてとやかく言われることはない。

何事も初動が肝心《かんじん》。

バレリーの局地的結界ハザードで学んだ教訓だった。

「殿下、ありがとうございます」

握っていた王子の手を解《ほど》き、アーサーが王城へ伝令を走らせる。

「殿下は、安全な内に避難をしましょう。ご案内します」

王子の固く固く握られた拳《こぶし》を見ない振りをして、アーサーも護衛に専念することしか許されない悔しさを隠《かく》した。

ただ、エマや刺繍の授業へ向かった令嬢の無事を祈《いの》った。

◆　◆　◆

ボトッ。

ボトッ。

ボトッボトッボトッボトッボトッボトッボトッボトッボトッボトッ………。

刺繍の授業へ向かう道で、上から何かが降ってきた。

一拍《ぱく》おいて、後ろから耳をつんざくような悲鳴が上がる。

その悲鳴を皮切りに、こちらを見た令嬢が次々に悲鳴を上げ、逃げ始めた。

あれよあれよの大パニックに驚《おどろ》きつつも、エマは自身に降ってきた黒っぽい何かを一つ手に取る。

それを見た瞬間《しゅんかん》、息を呑むも続いて湧《わ》き上がる感情を抑《おさ》えきれずに、思わず大声で叫んだ。

「キャ――――――――――♪」

令嬢達の阿鼻叫喚の中に混ざり同化したエマのその声は、間違《まちが》いなく歓喜《かんき》の叫びであった。

『タンザニア、バンデット、オオウデムシだ――――♡』

あまりの興奮に、日本語で叫んでいた。

タンザニア　バンデット　オオウデムシ
それは、前世で世界一気持ち悪いと評される虫の名前であった。

港《みなと》だった頃、映画だったか、漫画《まんが》だったかに出ていたその虫が気になってネット検索《けんさく》した時の記《き》憶《おく》そのままの、奇怪《きっかい》なフォルムがエマの手の中にあった。

不自然にデカい腕のような触肢。

ふ、踏まれたの⁉　と心配したくなる扁平《へんぺい》な体。

『キャ――――♪　気持ち悪い♪　かんわいい♪　なにこれ――――♪　きゃわいい♪』

うふ♡　うふふふふふふふふ♡　うぇっへっへっへっへ♪

ウデムシと同じくらい気持ち悪い笑い声を上げてエマは心に誓《ちか》う。

この可愛《かわい》い子達、一匹残らずお家に連れて帰らなければ！

地面に落ちた大量のウデムシ達を潰《つぶ》さないように注意しながら、ゆっくりとその場に腰を下ろす。

『あっだめよ！　そっち行っちゃ踏まれちゃうわ。おいで、おいで。取り敢《あ》えず、この中に避難よ、そうそう、いい子ね？　こっちこっち』

エマは自分のスカートの中へ次々とウデムシを収納し始めた。

ウデムシは、ゲジゲジのようにピンチ時は脚《あし》を自切するので、優《やさ》しく、優しく声をかけながらスカートの中へと誘導《ゆうどう》する。

最後の一匹をスカートに収納し終えたところで、ヨシュアとゲオルグ、ウィリアムが走って来る。

「エマ様――――――！　大丈夫ですか？」

はーはーと息をきらせてヨシュアが蹲っているエマの前に膝をつく。

続いて、ゲオルグ、ウィリアムも周囲を警戒《けいかい》しながらエマの周りを囲む。

「エマ、何があった⁉」

ゲオルグが周りを見渡《みわた》せば、気を失って倒れている令嬢が十数人、ショック状態で動けなくなっている令嬢が数人、倒れた令嬢に足を取られ怪我をした令嬢が何とか逃げようともがいているのが数人。

地獄絵図だった。

甚大《じんだい》な被害《ひがい》にウィリアムも慌てている。

「姉様、魔物ですか⁉　もしや、また局地的結界ハザードですか⁉」

「へ？」

ウィリアムの問いかけに、エマがようやく周りを見渡す。

「へ？　…………みんな…………どうしたの？」

「こっちが訊《き》いてるんですよ――‼」

姉の呑気《のんき》すぎる返答にウィリアムが叫ぶ。

何で、こんな状態の中、姉様一人きょとん顔なんだよ！

「エマ様、怪我はないですか？　どこか痛いところはないですか？」

ヨシュアが立てますかと支えるものの、肝心のエマは動こうとしない。

「エマ様？」

まさか、やっぱり怪我を？　と三人がエマを見る。

「ごめっ……立てないかも……ほら…………」

エマが少しだけぺらっと捲《まく》ったスカートの中には、タンザニア・バンデット・オオウデムシがぎゅうぎゅうに、それはもうぎゅうぎゅうぎゅうにひしめき合っていた。

「ひっうわぁぁ！」

「げっえ？　えぇぇぇぇぇ？」

「あぁぁぁぁぁぁぁぁぁぁぁぁぁぁぁぁぁぁぁぁぁぁぁぁぁぁぁぁ！！！！　エマ様のっ、スカートの中ぁぁぁぁぁぁぁぁぁぁぁぁ!!」

ウデムシは普段《ふだん》から虫に慣れたウィリアムとゲオルグでも思わず声を上げる見た目だった。

「歩いていたら、上からタンザニア・バンデット・オオウデムシちゃんがいっぱい降って来たの。スカートの中に全部集めたまでは良かったんだけど、どうしよう？　立ち上がったらきっと落としちゃう……。絶対に一匹残らず持って帰りたいのに！」

えへっとエマは照れ笑いを浮《う》かべる。

「つまり、女の子達は、この虫を見てあんなことになったってこと？」

ひくひくと口の端《はし》を引き吊《つ》らせながらウィリアムが状況《じょうきょう》を整理する。

この気持ち悪い虫が上から大量に降ってきては、普通《ふつう》の貴族令嬢なら失神レベルの衝撃《しょうげき》だろう。

「え？　この子達を見て皆騒いでいたの？　え？　こんなに可愛いのに？」

どうしてかしら、不思議っとエマは肩を竦《すく》める。

「エマ、これ虫なんだよな？　降ってくるって局地的結界ハザードから出た魔物じゃないよな？」

ゲオルグは空を見上げ、穴がないかと探す。

「あら、兄様。だからこの子達、タンザニア・バンデット・オオウデムシちゃんよ？」

「名前はいいから！　魔物なの？　魔物じゃないの？　どっちなの!?」

大事なことはそこじゃないとウィリアムが突《つ》っ込む。

「むぅ。だから、ウデムシちゃんだから、虫でしょ？　降って来た時に上を見たら、ロバート様とブライアン？　様がにやにやしながら木の上にいたからサプライズプレゼントだったのかも……

あの子達、思ったより良い子だったのね」

「いや、エマ。それは、嫌《いや》がらせのつもりだったんじゃ……」

ガクーっとゲオルグが緊張《きんちょう》を解く。

王都で局地的結界ハザードが起こるなら、いよいよこの国の結界は限界だと焦《あせ》ったじゃないか。

「嫌がらせ？　でも兄様、ウデムシってこの世界じゃ珍《めずら》しいのよ？　ローズ様のご実家の図書室で見つけた昆虫大《こんちゅうだい》図《ず》鑑《かん》を見てこっちにもいるんだって私思ったもの」

バレリー領でお世話になった時に図書室で見つけた昆虫大図鑑全十五巻。

しっかりエマは読破していた。

「それは、相当珍しい虫……だな。でもなんで、ロバートが持ってたんだろう？」

（前世を思い出す前の）エマが知らなかった虫……なんて、いるのかとゲオルグも驚く。

「あ、あの、エマ様、その、そろそろスカートをおろして下さい！」

ヨシュアが真っ赤な顔を手で覆《おお》っている。

「あっごめんヨシュア。虫苦手だったっけ？」

エマが急いでスカートをおろしてウデムシを隠す。

「いっいえ、あの、その、エマ様のお御足《みあし》が眩《まぶ》しくて、ドキドキします」

「「「え？　そっち!?」」」

まさかの言葉に三兄弟がハモった。

◆　◆　◆

朝早くからの呼び出しに騎士達は何事だと指示を仰《あお》げば、行き先は部外者の侵入《しんにゅう》を快く思わない学園だと聞かされ、皆が皆大きな問題が起きたのだと察した。

学園に騎士が到着《とうちゃく》し、そのままエドワード王子の要請《ようせい》に従い、令嬢救出と原因究明のために刺繍の授業へと続く道へ向かった。

聞けば、三人の男子生徒が勇敢《ゆうかん》にも先に救出に向かっていったという。

大きな木の真下に、それらしき子供達を発見した。

三人が、その場に座り込んでいる一人の令嬢を介抱していた。

不思議なことにそこだけぽっかりと穴が開いたように静かだった。

爆心地《ばくしんち》……騎士の頭に物騒《ぶっそう》な言葉が浮かぶ。


「え、えーと。姉様曰《いわ》く、木の上から大量の虫が落ちてきたらしいです。それで、それがものすごい気持ち悪い見た目だったらしく、女の子達がパニックになったみたいで…………」

学園に通うには少し幼いのではと思う少年、ウィリアム・スチュワートが状況説明をしてくれた。

貴族の令嬢は、か弱く繊細《せんさい》でどんなに小さな羽虫でも悲鳴をあげると聞いたことがあるが、ここまでパニックになるものだろうか……。

「その、虫はどこに？」

木の上から降ってきたらしい、大量の虫は探してもどこにも見当たらない。

「さっさあ…………ぼっ僕《ぼく》達が着いた時には一匹もいませんでした……。飛んで行ったのでしょうか？」

心配なのか、ウィリアム少年はちらちらと姉であるエマ嬢《じょう》の様子を窺《うかが》いながら、説明している。

エマ・スチュワート伯爵《はくしゃく》令嬢。

先の局地的結界ハザードの被害者《ひがいしゃ》、右の頬《ほお》に痛々しい傷痕《きずあと》が残っている。

王子がしきりに心配していた令嬢だ。

騎士から見ても華奢《きゃしゃ》な彼女《かのじょ》は消えてしまいそうな程に儚《はかな》く弱々しい。

可哀想《かわいそう》にエマ嬢は、恐怖《きょうふ》のあまりに足が竦んで立つこともできないようだ。

虫を見て失神する令嬢もいる中で、それが真上から降ってきたのだから無理もない。

「あっあの、僕達、一旦《いったん》家に帰ってもよろしいでしょうか？　あー……あっ！　姉を休ませてあげたいのです」

ウィリアム君の頭越《ご》しに、立ち上がれずにガタガタと震えている妹を兄のゲオルグ君が慎重《しんちょう》に抱き上げている様子が見えた。

「そうだね、もし、怪我があるなら救護室へ。大丈夫なら早く家に連れて帰ってあげなさい。こんなパニックになっていたら、学園も授業は無理だろうしね」

スチュワート家の兄弟とロートシルト家の息子《むすこ》を校門まで見送り、騎士はその足で王城へ連絡に走る。

第二王子の心が軽くなるように。

一介《いっかい》の騎士ごときにエマを助けてくれと頭を下げたあの王子に、一刻も早く無事を知らせてやりたかったのだ。

ところで、一体、何の虫だったんだろう……。

「おい、こらエマ笑うな！　騎士に不審《ふしん》に思われるだろ？」

「そうですよ、姉様！　肩を小刻みに揺《ゆ》らすのだけでも控《ひか》えて下さい！」

「ふっふふふ、へへへ……。だって、兄様、ウィリアム。スカートの中でウデムシが動いてくすぐったいのだもの」

「………」

タンザニア・バンデット・オオウデムシ。

今この世界で一番羨ましい生き物だ……とヨシュアは思った。

◆　◆　◆

学園から騒動《そうどう》の連絡が行く前に、三兄弟とヨシュアはスチュワート家に着いた。

「エマっ！　どうしたの⁉　大丈夫？　怪我をしたの？」

ゲオルグに抱き抱《かか》えられて帰って来たエマを見て、レオナルドが駆《か》け寄る。

「お父様、ただいま帰りました。少し、学園で騒ぎが起きたので、今日の授業はお休みになるようです」

ウィリアムの説明に頷《うなず》きつつも、ゲオルグにゆっくりと下ろされているエマを、心配そうに窺《うかが》っている。

「お父様！　学園で素敵《すてき》なものが降ってきましたのよ！　ほらっ」

エマが嬉々《きき》としてスカートの裾《すそ》を少し持ち上げると、そこにはびっしりとタンザニア・バンデット・オオウデムシが寛《くつろ》いでいた。

「は⁉　これはタンザニア・バンデット・オオウデムシ……だ……と……⁉」

「えええ？　お父様、この虫ご存じなのですか？」

「エマでも一年前まで知らなかったのに⁉　あ、前（世で）、見たことあるとか？」

この国では希少だと言う虫の名を何故かレオナルドは知っていた。

「ん？　あ、ああ。この虫は、結界内には殆《ほとん》ど棲息《せいそく》していないから珍しいんだよ。エマが知らなくても不思議ではない。人間の住むここよりも緑が多くて静かな場所を好むからね」

「ねえ、お父様？　この子達、私がお世話してもいーい？　屋敷《やしき》のお庭に、この子達のおうち、作ってもいーい？」

エマが嬉《うれ》しそうに、ローズ様直伝《じきでん》のあざといおねだりをする。

久しぶりのおねだりに、父親の顔がデレッと崩《くず》れる。

「うんうん、もちろんだよ！　エマがしたいようにすればいいよ。でも、学園に何故、ウデムシが？　しかもこんなにたくさん。……っとああ、ヨシュア。悪いんだけど、このウデムシ達の小屋を作る手配、頼めるかな？」

エマがスカートを上げた時から悶《もだ》えているヨシュアから隠すように娘《むすめ》を自分の後ろに移動させな

がら、レオナルドが声をかける。

「………エマ様………二度までもお恵《めぐ》み……感謝致《いた》し……ます……。はっ……レオナルド様、虫小屋に関しては既《すで》に手配済みです。今ある蚕と蜘蛛《くも》と同じように可動式の作りで、庭のどこに配置するかも大体見当をつけていますよ」

学園から帰る道すがら、ゲオルグの腕の中でウデムシについて怒濤《どとう》の如《ごと》く語るエマの言葉を一言一句聞き逃《のが》さずに、ヨシュアはエマの希望を叶《かな》えるために知らぬ間に動いていた。

王都のスチュワート家の屋敷の見取り図もとっくの昔に頭に入っている。

その広い庭のどこがウデムシに適しているかも、一瞬で判断できる程に。

あとは、エマの虫が増えた時のことを想定して用意している可動式の虫小屋を組み立てるだけだ。

「さすがヨシュアね」

エマがヨシュアに天使スマイルを送る。

「か、可愛い‼」

ヨシュア、至福の時を味わう。このために生きていると言っても過言ではない。

「にゃーん」

エマの気配にコーメイが現れる。

「コーメイさん、ただいま！　学園お休みだから、いっぱい遊ぼう！」

「うにゃーん♪」

ザリザリとエマを舐《な》めてコーメイが喜びを伝える。

……と。

ズザザザザザザザザザザザザザザザザザザサ――――――ッ。

一斉にエマのスカートの中にいたウデムシが這《は》い出て床《ゆか》に下りた。

「あれ？　みんな、どうしたの？」

「にゃ？」

ウデムシをスンスン嗅《か》いだコーメイさんが、一言、鳴く。

「にゃーん！」

ズザザザザザザザザザザザザザザザザザサ――――――ッ。

そのコーメイさんの一言で、なんとウデムシがキレイに整列した。

縦横寸分の狂《くる》いなく、軍隊のようにピシッと整列した。

「ええ⁉」

「何事⁉」

「キャ――♡　かわいー‼　数えやすい‼　賢《かしこ》ーい♡」

エマのはしゃぐ姿を見てコーメイさんは更《さら》に一言、得意気に鳴く。

「うにゃーん！」

ズザッ。

ウデムシが、全くのズレなく、一斉に右を向く。

「ひゃ――♪　コーメイさんがせいれーつって言ったら並んで、右向けー右って言ったら右向いたー‼」

大興奮のエマ。

大得意のコーメイ。

ぽかんと口を開け、理解できないレオナルド、ゲオルグ、ウィリアム。

喜ぶエマに喜ぶヨシュア。

「いや、いやいやいやいや………え？　どれ？　まず、どれを突っ込んだらいいの？」

ウィリアムがボケの渋滞《じゆうたい》に慌てる。

今ここに軍隊蟻《あり》ならぬ、軍隊ウデムシが爆誕《ばくたん》したのである。

「………ウデムシが………？　意思を持って従っている……だと？」

レオナルドは、信じられないとエマ、コーメイ、ウデムシを見比べる。

「うちの娘………天才？　うちの猫《ねこ》……天才？」

下手をしたら、悪魔の使いだ、化け物だと言われかねない行動を、レオナルドは、ただ天才の一言で済ませるのであった。

◆　◆　◆

「ロバート、説明しなさい！　どうなっている⁉　虫をどこへやったのだ⁉」

学園の授業が中止し、早く帰ったロバートに父親が激昂《げつこう》する。

前代未聞《ぜんだいみもん》の大騒ぎに、生徒の親は心配のあまりに自ら迎えに来た者もいる中、ロバートの迎えはいつもの馬車と御者《ぎよしや》だけであった。

屋敷に着くなり父親はロバートを自室に呼んだ。

珍しく人払《ひとばら》いをしたと思ったら、意味をなさないくらいの大声でロバートを叱《しか》りつける。

「む、虫？　な、何のことですか？」

あのエマ・スチュワートの上に落とした、気持ち悪い虫のことだと直ぐに察したが、父親の様子にビビりロバートは知らないと、反射的にとぼけた。

「我が屋敷の最奥《さいおう》にて飼育していたウデムシだ！　どれだけ貴重か分かっているのか⁉　あれは王家より預かりし虫なのだぞ！」

「はっ⁉　お、王家？？？？」

父親は一体、何を言っているのだ？　あんな気持ち悪い虫が王家と関《かか》わりがある筈《はず》がないではないか。

そもそも、そんなに大事な虫なら自分で世話をすれば良かったのではないのか。

庭の奥《おく》の奥に閉じ込めて、下働きの使用人に世話をさせて、鍵《かぎ》の管理も杜撰《ずさん》だった。

あの虫なんか、いてもいなくても同じ……いや、この世にいない方がマシなくらいだ。

見た目が気持ち悪過ぎるだろう。

面倒《めんどう》なスラムの炊《た》き出しも、気持ち悪い虫の世話も、文句を言うくらいならお父様自身が責任を持ってやるべきだったのだ。

「何だ？　その反抗《はんこう》的な目は⁉　分かっているのか？　あの虫がいないと王家に露見《ろけん》すれば、我がランス家の明日はないのだぞ‼」

ダンッと手に持っていた分厚い本を、ロバートの顔すれすれに投げる。

「うわぁ！　お、父様！　な、なにを⁉」

「お前が、虫小屋の鍵を持って行くのを使用人が何人も見ている。私は虫が何故虫が屋敷から消えたのかを訊《き》いているのではない！　お前はあの虫を何処《どこ》へやったのかと訊いているのだ！」

父親の目が据《す》わっている。

「しっ、使用人がっ、嘘《うそ》をっ言ったっ……うわぁわ！」

火が灯《とも》されたままの燭台《しよくだい》を、父親は今度はロバートめがけて思いっきり投げてきた。

「あっ危なっ！　もっ燃えてっあっヤバい‼」

ギリギリで燭台を避《よ》けたロバートが、絨毯《じゆうたん》に火が燃え移らないように懸命《けんめい》に消す。

「お前の命で、なんとかなる失態ではないのだぞ！」

いつもびっしりと整えられていた髪《かみ》を振り乱しながら、父親がロバートに命じる。

「さっさと探してこい‼　あの虫を‼　ウデムシを‼　王家にバレる前に‼　最悪でも、番《つがい》で！　オスメス一匹ずつだ！」

ロバートは、連れ帰るまで屋敷には入れん！　と父親に怒鳴《どな》られ、長い、長い説教が終わってほっとする暇《ひま》も与《あた》えられず、屋敷を追い出された。

辺りは既に、暗くなり始めていたのに。

「なんで、俺《おれ》がこんな目に……？」

途方《とほう》に暮れながらも、とぼとぼと学園へと歩きだす。

気持ち悪いが、アレは羽のある虫ではなかった。飛んで行く心配はない。

虫の行動範囲《はんい》なんて人間と比べれば大分狭《せま》い筈だ。

箱いっぱいに虫を詰めて一か所にばら撒《ま》いたのだから、あの木の周りを探せば見つかるだろう……

とロバートは楽観視していた。

が、彼《かれ》は知らなかった。

あれだけ大量のウデムシは、一匹残らずエマがお持ち帰りしていることを。

◆　◆　◆

「殿下。何故、まだ学園に騎士を配備したままなのです？」

王城へ避難後、エマの無事を確認《かくにん》したとの報告を受け、安堵《あんど》したエドワード王子は、事態が収束した後も数人の騎士を学園に残すように指示を出していた。

「アーサー、実は前にエマがヤドヴィガと遊んでいた時に言っていたのを思い出したのだ。【犯人】は現場に戻《もど》って来ると……」

「はっ犯人ですか？　殿下はこの騒ぎ、偶然《ぐうぜん》ではなく誰かの手によってもたらされたとお考えなのですか？」

もし犯人がいたとするならば相当な罰《ばつ》が科せられるだろう。

……ところで幼い姫《ひめ》と伯爵令嬢が遊んでいて、そんな物騒な話が出るものかと、アーサーは疑問に思いつつ、緩《ゆる》みかけていた気持ちを引き締《し》めた。

不幸中の幸いというべきか、気を失った令嬢も、怪我をした令嬢も大事には至らず、騒ぎの大きさから比べれば、被害はごくごく小さなものだった。

しかし、彼女達が負った心の傷は目に見えるものではない。

エドワード王子は学園で起きた事件について騎士達が提出した報告書に目を通し、顔をしかめる。

騎士が到着した時、エマは恐怖のあまり動けなくなっていたらしい。

歩くこともままならず、ゲオルグに抱き抱えられて帰ったと報告書に書いてある。

早い段階で騎士から聞いていた内容がそのまま書かれているだけなのだが、聞いた時も、報告書を読んだ今も、ふつふつと怒《いか》りが込み上げてくる。

繊細なエマの頭上に意図的に虫を降らせた者がいるならば、断じて許すことはできない。

何よりも、エマは大丈夫だろうか。

怖《こわ》い夢など、見ないといいが。

悲しい思いをしてないといいが。

体調を崩したりしないといいが。

もどかしい。直ぐに駆けつけてやれない自分が、王族という身分が何よりももどかしい。

あの、笑顔だけは自分の手で守りたいのに。

エマを苦しめる奴《やつ》は絶対に許さない。

報告書を読み終わった王子は、現場に戻って来るであろう犯人を捕《と》らえるべく、立ち上がる。

「学園内の安全確認が完了《かんりょう》したようだぞ、アーサー。我々も現場に向かうとしよう」

◆　◆　◆

一方、その頃のスチュワート邸《てい》。

「キャ――――‼　コーメイさん、もう一回やって！　せいれーつって、もう一回やって！」

「にゃーん！」

ズザザザザザザザザザザザザザザザザザサ――――――――ッ。

「キャ――――！　かーわーいーいー‼」

王子の心配なんてつゆ知らず、エマは例の上から降って来た虫を全力で愛《め》でていた。

第五十話　皇国。

皇国で唯一《ゆいいつ》の港の入り口は、辺り一面濃《こ》い霧《きり》が立ち込《こ》め、方向感覚が完全にマヒし始めた先に現れる。

突如《とつじょ》、海に巨大《きょだい》な朱色《しゅいろ》の鳥居が眼前に現れ、その中をくぐった先には次の鳥居、また先には次の鳥居と船は何キロもの間、鳥居の中をくぐり続ける。

「なんとも奇怪《きっかい》な……」

オリヴァーが圧巻の光景にため息混じりに呟《つぶや》く。

メルサの後ろでロートシルト商会の人間に化けた忍者《にんじゃ》が耳打ちする。

『千本鳥居です。この鳥居は魔石《ませき》でできており、魔法の力により霧を発生させています。皇家の許可がなければ船は霧の中を永遠に彷徨《さまよ》い、この鳥居を見ることも、中に入ることも叶《かな》いません。鳥居の中以外は浅瀬《あさせ》で岩も多い。無理に進めば座礁《ざしょう》してしまうので皇家の許可のない船は皇国に進入できないのです』

今後入国する際は必ず許可を取ることをお勧《すす》めしますと忍者が忠告する。

貴重な魔石で造られた巨大な鳥居を見るだけで、皇国の魔石の採掘量《さいくつりょう》はどこよりも潤沢《じゅんたく》だと分かる。

これ程《ほど》の魔石を有しているのなら、皇国の鎖国《さこく》政策は正しいと思えた。

魔石は有限なのだ。

魔石を欲《ほっ》する国々に知られれば、争いに発展しかねない。

この世界は魔物からの脅威《きょうい》のお陰《かげ》か、海を渡《わた》ることでしか交流できないからか、歴史的に未《いま》だ国と国との争いが起きたことがない。

しかし、年々消費され消えていく魔石は、その引き金になりかねない危険を孕《はら》んでいた。

王国の魔石不足と魔法使いの不在は、人の手でどうにかなる問題ではない。

魔石はどの国でも貴重で莫大《ばくだい》な金を積んだとしても、もはや買えるものではなくなっている。

魔法使いは授《さず》かり物、これはばっかりは待つしかない。

皇国に食糧支援《しょくりょうしえん》ができる王国でさえも、国の存続の危機にゆるりと足を踏《ふ》み入れているのだ。


港から見える皇国の町並みは前世の時代劇のセットのようだった。

木造の家、土や漆喰《しっくい》の壁《かべ》、瓦《かわら》の屋根に格子《こうし》造り……。

一昔も二昔も前の日本のような風景に興味を惹《ひ》かれる。

『これは……ベンガラ？』

造りは時代劇でよく見た町並みだが、建物の木材は全《すべ》て赤く染め上げられていた。

お稲荷《いなり》さんのような、皇国の入り口の朱色の鳥居より少し茶色がかった赤色で、何気なしに呟いたメルサに商会の者に化けて後ろを歩いていた忍者が反応する。

『っっ！　なんと弁柄《べんがら》まで知られていたとは……』

魔石発掘《はっくつ》の時に出るクズ石から偶然《ぐうぜん》発見されたという顔料は、防腐《ぼうふ》、防虫効果に耐久性《たいきゅうせい》、さらに防火性も期待でき、ほとんどの皇国の家屋に塗布《とふ》されているらしい。

揃《そろ》えたような、赤い瓦は焼きの前の釉薬《うわぐすり》に因《よ》るもので、魔除《まよ》けの意味が込められているのだと忍者は訊《き》いてもいないのに説明を重ねる。

皇国は、紅国。

日の本にある神聖な、神に守られし国なのだと。

前を行くオリヴァーは、真《ま》っ直《す》ぐ正面を見て偉《えら》そうにしているが、メルサは威厳《いげん》を示す必要もないのでおのぼりさんと言われようとも、周囲に目を配らせて忍者に観光案内をさせつつ迎《むか》えの馬車までの数十メートルを楽しんだ。


『もうすぐ皇居が見えてきます。王国の方々は特別に宿泊《しゅくはく》の許可がおりていますので……』

港を出て馬車に揺《ゆ》られ、真っ直ぐの道の先に大きな門が見えてきた。

整然とした碁盤《ごばん》の目のような道は京都を思い出させるも、この世界特有の魔物のいない海から近い位置に尊き立場の一族の住まいがあるのはどの国も同じだ。

今、一行の馬車の周りには迎えの役人と護衛係の侍《さむらい》、珍《めずら》しい王国人を見ようと道脇《みちわき》に見物に来た皇国人がわんさか集まって来ていた。

着物を着ている者もいれば洋服を着ている者もいる。

全員、青い瞳《ひとみ》に青い髪《かみ》。顔の作りや体型は王国人と大きな違《ちが》いはない。

日本人のようで、やはり日本人ではないのだと不思議な感覚に襲《おそ》われる。

皇居の門をくぐれば広い日本庭園が広がっていた。

平安絵巻のような屋敷《やしき》の周囲には枯山水《かれさんすい》。

そしてずっと奥《おく》に、高くそびえる真っ黒な城。

『あそこに見えるのがエド城。天皇陛下と将軍が政務を行う場でございます。通称《つうしょう》、烏城《うじょう》とも呼ばれ皇国で最も神聖な場所となっています』

忍者が仰《あお》ぎ見るようにしていたメルサに丁寧《ていねい》に説明する。

『……まさか江戸城《えどじょう》が黒いなんてね……』

『はい？』

『いえ、何でもないわ』

『天皇陛下は、皇国民の心の拠《よ》り所。政治と神事を司《つかさど》るのは皇族。魔物から皇国民を守るのは将軍家率いる武家。我々忍者の所属は将軍家ですが、主な職務は皇族の目となる諜報《ちようほう》活動や盾《たて》となる護衛で特殊《とくしゆ》な立場にあります』

天皇と将軍が烏城で政務……。

日本のような、確実に日本ではない話を聞きながら、エマ（前世・歴女）がいたら大興奮していただろうとメルサは娘《むすめ》の顔を想像して一人笑う。

メルサ達《たち》一行は、城の手前にある平安絵巻のような屋敷に案内される。

『靴《くつ》は脱《ぬ》いで下さい』

忍者が耳打ちする。

メルサはそのまま土足で上がろうとするオリヴァーを制し靴を脱ぐようにと王国語で通訳をする。

意外にも建物の中は赤くない。

「そっそういうことはもっと早く言え！　メルサ！」

慣れない異国の作法に勝手の分からないオリヴァーが睨《にら》むが、そこは当然無視をする。

『では、私は報告に行って参ります。しばし、お側《そば》を離《はな》れます』

一言断って、あっさり忍者はしゅんっと消えた。

『ようこそおいで下さりました』

三人の女官《にょかん》がメルサ達を出迎《でむか》える。

真ん中には、百歳《さい》を軽く超《こ》えていそうな老婆《ろうば》。

よく見れば髪の毛は、白髪《はくはつ》ではなく僅《わず》かに水色を帯びている。

たしか、パレスにいる庭師のイモコの残り少ない髪もそんな色ではなかったか……。

そして老婆の両脇《りょうわき》には若い女官が巫女《みこ》のような恰好《かっこう》で控《ひか》えていた。

『女官長のウメにございます』

『通訳として参りました、メルサ・スチュワートです。しばらくお世話になります。こちらはオリヴァー・デフロス外交官と王国の商人、ロートシルト商会より……』

メルサが、通訳として皇国語で挨拶《あいさつ》と紹介《しょうかい》をする。

ウメも、両脇の女官もメルサの流暢《りゅうちょう》な皇国語にやや驚《おどろ》きはしたものの、直ぐに表情を戻《もど》した。

『なんとも、素晴《すば》らしい語学力。感服致《いた》します。皆様《みなさま》のお部屋へ案内後、慌《あわ》ただしくて申し訳ございませんが、陛下と将軍に謁見《えっけん》していただきます』

そう言って三人の女官たちは深々と日本的なおじぎをした。

◆　◆　◆

しゅんっと忍者は音もなくエド城本丸最上階、天皇と将軍のもとへと移動した。

『モモチ、よく戻った。想定よりも早い支援、首尾《しゅび》は上手《うま》くいったようだな？』

突然《とつぜん》現れた忍者に驚くこともなく将軍が次々と皇居に運ばれてくる支援物資を眺《なが》めながら労《ねぎら》いの声をかける。

『閣下、なんと申して良いものか……。王国は容易《たやす》く我らの思い通りにはならないかと。我々は武力において完全に敗北したと言わざるを得ません』

皇国で最高峰《さいこうほう》のエリート忍者を送った将軍の片眉《かたまゆ》がぴくっと動く。

『は？　お前達……負けたのか？』

『完敗でございました。武力、頭脳、国力、どこを取っても王国に敵《かな》うものが見つかりませんでした』

自負していた、忍《しのび》としての力。

王国の王家どころか、伯爵《はくしゃく》家の猫《ねこ》にすら敵わなかった。

世界中、どの国も理解できないとされた皇国語も、王国の少女は完璧《かんぺき》に操《あやつ》っていた。

そして、その家族も。

何よりも、あの大量の食糧を僅か数分で段取りをつける国力には衝撃《しょうげき》を受けた。

役所やら許可やらをすっ飛ばし、皇国の危機を理解した翌日には支援物資を積載《せきさい》した船を出港させる素早《すばや》い決断力は、国内の食糧在庫を完璧に管理把握《はあく》していなければできない。

『しかしながら王国に助けを求めたのは正解かと。我々は彼《かれ》らを丁重《ていちょう》にもてなす必要があります。魔石があるからと、大きく出てはなりません』

魔石は貴重だ。特に魔物の脅威が身近にある国にとっては。

皇国は魔石資源に恵《めぐ》まれており、どうやらそれは特別なことのようだった。

魔石があれば、外交を一切《いっさい》してこなかった皇国でも交渉《こうしょう》の席に優位に着ける。

そう、思っていた。

だが、皇国が魔石を秘匿《ひとく》していたように、どの国も同じように何らかの奥の手を隠《かく》し持っているのかもしれない。

スチュワート邸《てい》で忍者が手も足も出なかった猫達のように。

あの猫が王国にまだ大量にいるなら、結界がなくても魔物を駆逐《くちく》できそうだ。

現に、スチュワート家の面々は魔石なんて眼中にない。

欲《ほ》しいのは米だ、醤油《しょうゆ》だ、味噌《みそ》などと、訳の分からない要求をしてきている。

もう、魔石が貴重だった時代はとっくに終わってしまったのかもしれない。

『まさか、忍者にここまで言わしめる程に王国人が優《すぐ》れていようとは……』

王国は帝国《ていこく》に次ぐ広い国土を誇《ほこ》り、その分結界の境の面積も広い。

きっと魔石が喉《のど》から手が出るほど欲しいだろうと情報を小出しにしながら戦略を立ててきたのに……忍者の報告に天皇も将軍も驚いている。

『陛下、王国は絶対に味方につけねばなりません。あの武力と頭脳で皇国の滅亡《めつぼう》の危機を救ってくれるかもしれないのです』

『……まだモモチは皇国を、諦《あきら》めていないのだな？』

硬《かた》い表情だった天皇からふっとため息が漏《も》れる。

せめて飢《う》えからだけでも国民を救おうと王国に助けを求めるべきと必死に説得に来た息子《むすこ》、タスクの顔を思い出す。

『彼らなら……もしかしたら……』

忍者モモチは過度な期待と大きな希望を、スチュワート家によせていた。

そうでもしなければ、天皇も将軍も倒《たお》れてしまいそうな程に顔色が悪い。

事態はタスク皇子と忍者が王国へ旅立った後も好転することはなかったのだろう。

皇国の滅亡は避《さ》けられない。

皇国民はこの地で国土と共に滅《ほろ》びる覚悟《かくご》を決めている。

もちろんこうなる前に、様々な手を尽《つ》くした。

しかし、どれもこれも失敗に終わり、今はもう滅びるまでの束《つか》の間の食事の確保しか国民のためにできることがない。

絶望の中にいる天皇と将軍に、忍者モモチはもしかしたらと希望を口にする。

スチュワート家で見た、一家や猫、蜘蛛《くも》を信じて。

王国が皇国を滅亡から救ってくれるかもしれないという、希望。

それは、ただお米が食べたいだけのスチュワート家に圧《の》しかかるには、ちょっと大きすぎる希望であった。

◆　◆　◆

『こちらが、第百二十一代天皇、ユカリノミヤ・ヒノモト陛下。そしてこちらが第四十五代将軍、フジヨシロウ・トヨトミ閣下でございます』

女官長のウメに案内された部屋で一行は正装に着替《きが》えエド城に足を運んだ。

天皇と将軍との謁見は天守閣、最上階で行われるとのことでエレベーターなんて設置されている訳もなく、驚異的《きょうい》なスピードで階段を上る女官長ウメについていくのは少しだけ大変だった。

肩《かた》で息をして上っているオリヴァーに、メルサがウメに頼《たの》んで少しペースを落とすように訊《き》くかと提案したが必要ないとキレられてしまった。

学生の頃《ころ》から、彼のためにと思ってやることは怒《おこ》られることが多かったなと懐《なつ》かしく思う。

『よく、来て下さいました。王国の力添《ちからぞ》えに感謝致します』

天皇、将軍が揃って頭を下げる。

皇国で、神と崇《あが》められる天皇と軍事のトップである将軍が礼を尽くす姿に為政者《いせいしゃ》としての器《うつわ》の大きさを感じる。

威厳も大事だが、礼儀《れいぎ》も大事。

頭を下げる天皇と将軍を見て気を良くしているオリヴァーの器の小ささが見ていて恥《は》ずかしい。

『こちらが、スチュワート伯爵家からの支援物資の目録でございます』

挨拶もそこそこにメルサは、天皇と将軍が一番気になっているであろう食糧支援の目録を脇に控えているウメに渡す。

目録はロートシルト商会が用意してくれたものを事前にメルサが翻訳《ほんやく》したものだ。

ウメを介《かい》して目録を受け取り、ざっと目を通した天皇が息を呑《の》む。

『こっこれは……』

予想を遥《はる》かに上回る支援だった。

『待て、そなた、今スチュワート伯爵家からと申したか？　これは王国からの支援ではないと？』

将軍はメルサの言葉を聞き逃《のが》さなかった。

国の支援と個人からの支援では話が違う。

私欲を肥やそうとする者は、見返りを求める。

国と国ならば、ある程度の体裁《ていさい》を整えるが強欲な個人となると容赦《ようしゃ》がない。

十中八九、そのスチュワート伯爵家の狙《ねら》いは魔石だろう。

密《ひそ》かに王国側ににおわせていた魔石の情報を強欲な貴族に掴《つか》まれたのだ。

想定より早く着いた支援物資に、報告に来た忍者の様子、対面する前に気付くべきだった。

外交に慣れていないが故《ゆえ》に、失敗した。

『はい。国として支援を用意するには、どうしても時間がかかってしまいます。タスク殿下《でんか》のお話を伺《うかが》うと、貴国にその時間を待つ余裕《よゆう》はないだろうと勝手に推測致しました。我が国の王の許可は得ておりります。スチュワート伯爵家は、見返りを期待しての支援ですから天皇陛下も将軍閣下も頭を下げる必要はございません。これは取り引きなのです』

馬鹿正直《ばかしょうじき》に見返りありきの支援だと言う通訳の言葉に、警戒《けいかい》していた将軍の表情が少しだけ緩《ゆる》む。

ここまで堂々と取り引きだと言われると逆に気持ちが良い。

我らの望みは、民《たみ》が飢えずに最期《さいご》の時を迎えることではなかったか。

『面白《おもしろ》い、そなた、名前は何と申す？』

隣《となり》でふんぞり返っている外交官なんかよりも余程好感のもてる通訳に将軍は興味が湧《わ》いた。

皇国がこのような事態でなければ大奥に欲しかったなどと思う程には。

『メルサ・スチュワートと申します』

『…………スチュワート？』

『はい、スチュワート伯爵は私の夫です』

スン……と将軍の顔から表情が消えた。

あ――結婚《けっこん》してたか――――！

女の身で皇国にまで来てたから独り身って思うやんかー。

ワンチャンあるかと思うやんかー。

『……では、そのスチュワート伯爵家の求める見返りを聞こう』

ガックシと項垂《うなだ》れる将軍を横目に天皇が代わりにメルサに声をかける。

呆《あき》れたことに国がピンチでも将軍の女好きは直らないらしい。

『『陛下っっっ！』』

両脇にずらずらと並んだ側近達がたまらず声をあげるが、天皇も将軍もそれを目だけで黙《だま》らせる。

皇国はもってあと一年。目録の食糧は民の助けになる充分《じゅうぶん》な量だ。

話くらいは聞かなければ、礼を欠くことになる。

『皇国の状況《じょうきょう》はタスク殿下のご様子を見ても深刻なこととお見受け致します。しかしながら、我が家にも譲《ゆず》れないものがございます。なんとかご理解頂ければ幸いです。こちらを……』

メルサがすっと紙を差し出せば、目録と同じようにウメが天皇の元へと届ける。

スチュワート伯爵家が要望する見返りのリストに天皇が目を通す……が。

『な、なんだ⁉　これは！』

そこには、魔石なんて文字はなかった。

『ほっ本気……なのか？』

上から下まで再びじっくり目を通すが、やはりどこにも魔石なんて文字はなかった。

しかし、これは……。

『無理を承知で要求致します。一番上に書かれているものは絶対に欲しいのです。できることならその次に書かれているものも』

その二つに関しては妥協《だきょう》する気はないとメルサが断言する。

『そなた……こ、これは……正気か？』

将軍も天皇が持つリストを覗《のぞ》き見て言葉を失う。

その異様な様子に側近たちが騒《ざわ》めき立つ。

『閣下！　何が書かれているのですか？』

『どんな無茶苦茶な要求でしょうか？』

『ま、まさか港の千本鳥居ですか⁉』

魔石は魔法使いが魔法を詰《つ》めなければ石ころと同じだが、千本鳥居には国防における様々な魔法がこれでもかと詰め込められており、あれ自体が国宝だった。

長年の鎖国政策に大いに貢献《こうけん》した、皇国のシンボルである。

あの天皇と将軍の表情はきっと、民の飢えと国の宝を天秤《てんびん》にかける苦悩《くのう》から来ているのだと側近たちは察したのだ。

『いや、鳥居では……ない』

天皇の手が震《ふる》えている。

その様子に皇国にはもう一つ宝があったと側近達は思い出した。

『ま、ま、まさか！　タスク殿下ですか？　殿下を婿《むこ》にと言って来ているのですか⁉』

勤勉で民からの信頼《しんらい》も篤《あつ》い、バリトゥ語をマスターし、王国語も勉強し、この窮地《きゅうち》を何とかしようと懸命《けんめい》に模索《もさく》する頭脳明晰《めいせき》で容姿端麗《たんれい》なタスク皇子。

スチュワート家とやらに娘がいるならば、婿にと願うのも頷《うなず》ける。

だが、タスク皇子は民にとって希望の光なのだ。おめおめと渡す訳には……。

『いや、タスク皇子では……ない』

あの百戦錬磨《ひゃくせんれんま》で女好きの将軍も震えていた。

『ま、ま、まさか、陛下と閣下お二人の……く、首？』

国のトップを葬《ほうむ》り、操り易《やす》い傀儡《かいらい》を置いて思いのまま皇国を操ろうとしているのか？

そうすれば、鳥居も魔石もタスク皇子も全て手に入れられる。

……なんて恐《おそ》ろしい……。

『『いや、違う……』』

天皇も将軍も首を横に振《ふ》る。

『ならば、一体何なのですか⁉』

側近達が焦《じ》れたように教えてくれと懇願《こんがん》する。

運び込まれる支援物資の量を見る限り、見返りも相当なものを要求されていると考えられる。

天皇陛下も将軍閣下もその覚悟を充分に持って紙を見ただろうに、あの表情……。

一体、どんな無茶な要求が書かれていたのか。

『……まず一つ目は、米だ』

『『『…………………………は？』』』

『二つ目に……かつおぶし』

『『『…………………………は？』』』

『あとは……味噌、醤油、明太子《めんたいこ》……漬物《つけもの》、納豆《なっとう》、豆腐《とうふ》に……あ、餡子《あんこ》？』

『『『…………………………は？』』』

突然、天皇が食材を連呼し始めた。

目線は例の見返りリストにあるが、まさかそんなものが書いてある訳が……何かの間違いに違いないと、側近達が一斉《いっせい》にメルサを見る。

『食糧難《しょくりょうなん》の国から食糧を要求する無礼をお許しください。どうしても、お米が食べたいのです』

……あった。

『『『はぁ――――――⁉』』』

側近達が驚きの声を上げる。

「お、おいメルサ、さっきから何を騒《さわ》いでいるのだ？」

ずっと皇国語での会話で置いてけぼりのオリヴァーも側近達が騒《ざわ》めく様子にたまらず口を出す。

「我が家が用意した支援物資の見返りの品についてです」

「お前、どんだけ非常識なものを要求したのだ？　皆《みな》、騒いでいるではないか！」

「オリヴァー、今大事なとこなので黙ってもらえます？」

「は？　メルサ、せっかく心配してやっているというのに何っ」

「後で詳《くわ》しく話しますから」

オリヴァーに心配されたからといって状況が良くなる訳でもないとメルサは一蹴《いっしゅう》する。

「お前は……いつまでたっても可愛《かわい》くないな……」

「婚約《こんやく》中ならいざ知らず、貴方《あなた》に可愛いなどと思われても何も嬉《うれ》しくもありません」

「おまっ、ほんっ、本当に可愛いくないなっ！」

その後も皇国人に言葉が通じないのを良いことに、オリヴァーはネチネチと女に外交は無理だの、一言相談でもしてれば教えてやったものをだの、素人《しろうと》が出る幕ではないだのブツブツと文句を言っている。

メルサはうんざりしてオリヴァーの小言を聞き流す。

この男は、これで私にダメージを与《あた》えられると思っているのだろうか？

……いや、かつてはしっかり傷ついていたこともあったのだ。

そんなこともすっかり忘れていたのは、オリヴァーが悪態を吐《つ》く以上に彼が、レオナルドが褒《ほ》めてくれたからだ。

初めて学園で会ったあの日から、本当に毎日好きと言われることになるとは思ってもみなかった。

幸せにしてもらった。

レオナルドに、そして子供達に大好きなお米を食べさせてあげたい。

何より、私が食べたいとメルサは気を引き締《し》める。

『陛下、閣下。お米とかつおぶし、見返りとして頂けますか?』

◆◆◆

「で、結局、何故《なぜ》こうなっている?」

忙《せわ》しく働くメルサの後ろで壁にもたれ、イライラとオリヴァーが尋《たず》ねる。

天皇と将軍にメルサが見返りを要求し、何を求めたのか知らないが皇国側は派手に驚いていた。

魔石が欲しい。

王国としてはこの一言に尽きるが、それならば魔石があると向こうから極秘《ごくひ》に知らせてきたのだ、
皇国も予想がついている筈《はず》、あんなおかしな驚き方はしないだろう。

そして、皇国側は何故かメルサの求めるものを渋《しぶ》っているようだった。

『米……。米か……』

『はい。お米です』

天皇と将軍はお互《たが》い目配せし、難しい顔をする。

絶対に魔石が欲しいと要求してくると思っていた。

どうせ滅びる運命にある皇国で、魔石は宝の持ち腐《ぐさ》れ、最後の時までに国民が飢えずに暮らせるなら王国に渡すこともやぶさかではなかった。

が、米。

言わずと知れた皇国の主食。

この国では、有事のためにどの食材よりも備蓄《びちく》されてはいる。

食糧難となっている今でも蔵には【囲い米】が保管されてはいる。

しかし、これは国民のための米である。

王国であろうと、スチュワート伯爵家からであろうと大量に食糧支援を受けたとしても、それは皇国民にとって食べ慣れない食材なのだ。

せめて米だけは最期の時まで、食べさせてあげたい。

皇国が、本当に王国へ伝えた通り天候不良による食糧難なら、大量の食糧物資と引き換《か》えに囲い米を渡すことに躊躇《ちゆうちよ》することはなかっただろう。

次の年か、その次の年にはきっと天候も落ち着き、米もまた作れる環境《かんきよう》になる。

生きるために、数年米が食べられなくなろうとも我慢《がまん》できる。

しかし、皇国は一年以内に滅びるのだ。

備蓄分の米は、食べ慣れた米は、国民の数少ない心の拠り所になっている。

『……食糧支援の食材は、国民にとって食べ慣れたものではない。この目録の中には私の知らない食材もある。国民から米を奪《うば》うことは……したくはない』

第一に国民を思う天皇が、メルサの要望には応《こた》えられないと伝える。

『かわりに、魔石を渡そう。王国の求める量を……』

それでも【囲い米】だけでは一年持たないことは明白で、食糧支援は必要だった。

天皇が、とうとう自ら公《おおやけ》に魔石の話を切り出した。

皇国に魔石が大量にあると、他国……特に帝国に知られてしまえば大きな争いが起きるだろう。

大規模な魔石の鉱脈が見つかって数百年、皇国は鎖国することで世界の平和を守ってきたのだ。

先祖が守ってきたものを、壊《こわ》すことになるかもしれない。

それでも、民に安らかな時間を少しでも残してやれるなら……。

『……いえ、魔石は結構です』

『『!!!⁉』』

天皇の覚悟の申し出を、メルサはあっさり断った。

『王国には、魔法使いがおりませんので魔石だけあっても、今はただの石ころ。お米には替《か》えられません』

『……魔石が、要《い》らないと？』

『ええ、我がスチュワート家は、ですが。魔石は今後、王国と付き合うなかで交渉をして下さい。一伯爵家がそんなものを手にいれても面倒《めんどう》が増えるだけですので』

『どうしても、米か……？』

『どうしても、米です』

メルサは譲らなかった。

『王国の食材は、食べ慣れないですか…………では、私が持ってきた食材を使って料理を作ってみせましょう。それが皆様のお口に合ったなら、お米を分けていただけますか？』

交渉が難航した場合は代替案《だいたいあん》を提示する。

こちらの目的は諦めないが、向こうに考える余地を与える。

遥か昔に学園で習ったことをここぞとばかりに活《い》かし、メルサはお米のためにと一歩も引かない。

『そんなことは不可能だ。王国と皇国は、全く文化の違う国。気候も、土地も、人も何もかもだ。これまで交《まじ》わらなかった国の食材で違和感《いわ》なく受け入れられる料理なぞ……』

それができるのは魔法使いくらいだと将軍が首を振る。

『では今から一品、作って参ります。あの大量の小麦粉をすいとんやうどんだけで消費されるのは、王国としても残念ですし。ウメさん？　調理場にご案内してもらえますか？』

メルサが、スッと立ち上がった。

「え⁇　おい？　メルサ？　何を？　はっ？　どこに行くのだ？　おい！」

延々《えんえん》と皇国語で会話された挙げ句に急に立ち上がるメルサにオリヴァーが驚いて声を上げ、一緒《いっしょ》に立ち上がろうとするが、慣れない正座で足が痺《しび》れて動けなかった。

『こちらでございます』

ウメがメルサを案内し、スルスルと階段を下りるのをオリヴァーは必死で痺れた足を引き摺《ず》りながら追いかけた。

そして、着いたのが調理場でメルサはウメから白い袖《そで》のある服を渡されていた。

『お着物が汚《よご》れますのでこれをお使いになって下さい』

『まぁ、割烹着《かっぽうぎ》があるのね！　遠慮《えんりょ》なく使わせてもらうわ』

メルサは何の躊躇もなくそれを着ると、忙しく働き始める。

お湯を沸《わ》かし、次々と運ばれてくる支援物資の食材、日持ちするだろうと入れていた野菜、加工肉、パスタ、調味料を並べ、切ったり茹《ゆ》でたりと下拵《したごしら》えを始める。

「で？　結局なんなのだ？　何故こうなっている？」

まだ地味にジンジンする足を休めるために壁にもたれながら、イライラとオリヴァーが尋ねる。

「見返りに皇国の主食が欲しいと言ったら、王国の食材は食べ慣れたものではないから、主食は渡せないと言われました。ならば、私が王国の食材で皇国人の口に合うものを作ると言ったのです」

「おまっ……食糧難の国から主食を奪うとか……鬼《おに》か？」

メルサが何を考えているか全く分からない。

そもそも、皇国の主食なぞ王国人も食べ慣れてないのに欲しいものか？

タン、タタタタタタ。

玉ねぎを切り始めたメルサの軽快な包丁捌《さば》きは、王国一裕福《ゆうふく》なスチュワート伯爵夫人とは思えない。

普通《ふつう》貴族の娘は料理なんてしない、いや、するべきではない。

オリヴァーの記憶《きおく》の中のメルサも料理なんてしなかった。

「そもそもお前、なんで飯の支度《したく》なんかできるんだ？　おかしいだろう？　あんなクソ田舎《いなか》の辺境領に嫁《よめ》に行って何をさせられていたんだ？」

忌々《いまいま》しいレオナルド・スチュワートの顔が脳裏《のうり》に浮《う》かぶ。

大人しく、自分のところへ嫁に来ていれば飯の支度なんてさせることもなく、美しいドレスに美しい宝石、旨《うま》いワインにハイクラスの夜会……贅沢三昧《ぜいたくざんまい》させてやったものを。

料理なんて、使用人の仕事をなんでメルサがしなくてはならないのだ？

おかしいだろう？

メルサは、こんな下働きをさせていい女ではない。

もっと、もっと、大事に、私のところに来ていれば……。


『え？　凄《すご》い！　火も水も全部魔石で!?』

『はい。皇国ではどの家も火魔法や水魔法のかかった魔石で調理します。夜になれば光魔法の魔石で明かりを灯《とも》し、着物は水魔法の魔石を入れた箱に入れて水流で洗い、風魔法の魔石で乾《かわ》かします』

『べ、便利ね……』

料理しがてらウメとの会話で皇国の話を聞けば、王国よりも断然ハイテク国家だった。

前世の家電は魔法を閉じ込めた魔石で大概《たいがい》のものが賄《まかな》えている。

『王国には、ないのですか？』

意外そうな顔でウメが尋ねる。

王国は、帝国に次ぐ大国で皇国なんか足元に及《およ》ばない力があると思っていた。

『ないわね。二十年前くらいまでは貴族屋敷で使われていた話は聞いたことがあるけど……』

皇国がここまで魔石資源が豊富だとは思わなかった。

『皇国では生活魔法を閉じ込めた状態の魔石を手に入れることも難しくありません。結界魔法と違い、現地に行かなくても施《ほどこ》せるので王国でもこの魔石は使用できますよ』

『………すごいわね。………魔石はいらないなんて言わなければよかったかも……』

魔法が既《すで》に詰められた魔石が売っている皇国………ここまで高度な魔石文化を持ちながらどうして食糧難なんて起きるのか……。

『今からでも間に合いますよ？　お米ではなく、魔法付きの魔石をご所望《しょもう》になれば良いのです』

キランとウメの目が光る。

『うーん。それとこれは別よ。お米は絶対なの』

じゅわーっと食材を炒《いた》めながらメルサは苦笑《くしょう》する。

弱火用、中火用、強火用のコンロがあり、火加減も調節できる皇国の台所に感動しながら。

◆　◆　◆

一時間もかからずにメルサは調理を終え、再び天皇と将軍の前へ正座する。

『………これは……』

『なんと…………』

天皇と将軍の前に見たことのない料理が置かれる。

『皇国人の口に合う、お米に代わりうるものを取り敢《あ》えず作ってみました。皇国の赤い町並みにもぴったりかと思いまして』

ニコニコとメルサは冷めないうちにどうぞと勧めるが、天皇も将軍も明らかに躊躇している。

『へ、陛下。これは、食べ物なのですか?』

『閣下、ここまで分かり易く毒を盛られたのは初めてでは?』

側近にも、味見程度の量が入った小皿が配られていたが、メルサの料理に誰《だれ》も箸《はし》をつけない。

何故ならば、それは真っ赤だったからである。

王国の食材で作ったらしいその料理は、不思議と悪い匂《にお》いではないが如何《いかん》せん真っ赤だった。

人参が赤いのは納得《なっとく》できるがそれ以外の食材も赤く染まり、皇国の常識的な料理から考えても全く馴染《なじ》めそうにない見た目だった。

『毒なんて入れてませんよ?』

『調理中、目を離さず監視《かんし》しておりました。毒味も、済ませてあります』

メルサの言葉に、ウメも毒ではないと保証する。

『いや……何故、真っ赤なのだ? こんな丸ごと赤い料理は見たことがないのだが?』

美人の手料理が食べられると少し浮かれていた将軍も、出てきた衝撃的な料理に不安そうに、においを嗅《か》ぐ。

『? 赤は、皇国では魔除けの意味があると聞きましたので、縁起《えんぎ》が良いかと思ったのです。大丈夫《だいじょうぶ》、毒でも弁柄でもありませんから』

さぁ、さぁ召《め》し上がれとメルサが悪魔《あくま》の料理を勧める。

『……閣下、このフクシマがまず、食べてみせましょう』

『……閣下、カトウも食べてみせましょう』

将軍側にいた側近から、覚悟の声が上がる。

隣りあった二人は、一度しっかりとお互いに手を握《にぎ》り鼓舞《こぶ》したあと、目の前の小皿の中の赤いものを一気に口に入れる。

『‼　ふぐぅぅ‼』

『‼　むぎぃぃぃ‼』

フクシマもカトウも目を見開き、気合いで咀嚼《そしゃく》する。

『ふ、フクシマ！！！　カトウ！！！　無理するでない！！！』

天皇も将軍も忠臣の暴挙に、やや腰《こし》を上げ心配そうに見守る。

しばらく二人の咀嚼する様子に注目が集まり、とうとうゴクンと呑み込む音が聞こえる程、シンと静まり返っていた。

『…………………ふ、ふまい』

『…………び、美味でごじゃいまふ……‼』

『『『え⁇』』』

『閣下、見た目に反して優《やさ》しい味です』

『陛下、これなら女、子供でも好んで食すかと』

赤いのに、辛《から》い訳でもなく、仄《ほの》かな酸味と甘味《あまみ》の超《ちょう》バランス。

野菜も肉も入って食べごたえ抜群《ばつぐん》。

『う、旨い……のか？』

『旨いです！！！』

食べた二人が二人共、信じられないと言いながら己《おのれ》の舌に正直に答える。将軍の側近七人衆の中でも信頼の篤い二人が揃って旨いと言うのを見て、恐る恐る他の側近達も赤い料理を口に入れる。

『え⁇　うめぇ！』

『は？　うまっ！』

『え⁇　何で？　うまいの？』

不思議なことに誰一人として、口に合わないと言う者はいなかった。

天皇と将軍も覚悟を決め、メルサの作った料理を食べる。

『…………………うまい……な』

『…………ああ、うまい…………』

初めて食べるのに、何故かそこはかとなく懐かしい。

皇国側の反応に満足そうに笑うメルサに、天皇が尋ねる。

『これは、何という………料理だ？』

そう、これは、皆が大好きな……。

『スパゲッティ、ナポリタンでございます』

メルサは答えた。

第五十一話　皇国を蝕むモノ。

『では、お米一俵。頂いてもよろしいですか？』

メルサが、ナポリタンをすっかり平らげた天皇と将軍にニコニコと尋《たず》ねる。

『…………は？』

『いっ…………一俵⁉』

皇国人が一斉《いっせい》に腰《こし》を浮《う》かせ、メルサの言葉に驚《おどろ》く。

『お、おぬし、こっ米俵一つに、あの量の支援《しえん》物資を用意したのか⁉』

皇国の空になりかけていた倉庫は、今やスチュワート家の支援物資で溢《あふ》れている。

たかが一俵の米のために、我々はあそこまで出し渋《しぶ》ったのか？

……いや、先に一俵なら、一俵って言って‼

『単位が、違《ちが》わなくないか？　一石の間違いでは？』

一石だとしても釣《つ》り合わない気もするが……皇国語を見事に操《あやつ》る彼女《かのじょ》も細かい単位を把握《はあく》していない可能性がある。

『……まさか、皇国が食糧難《しょくりょうなん》に苦しんでいるというのにそんなにたくさん戴《いただ》けませんわ。ああ、でも、玄米《げんまい》ではなく白米で一俵。これは譲《ゆず》れませんけど』

ふふふと妖艶《ようえん》な笑《え》みを浮かべるメルサに、天皇も、将軍も呆気《あっけ》にとられている。

取り引きとして全く公平ではない。

向こうは、皇国民が半年以上飢《う》えることなく暮らせていける量の食糧。

こちらから渡《わた》すのは、米一俵にかつおぶし？

『そ、それだけで……良いのか？』

『もちろん、今後も新米の時期に幾《いく》らか都合つけて送っていただきたいですけど……』

気分はふるさと納税だ。

お互《たが》いに利がなければ長くは続かないだろう。

『毎年……』

ズンっと皇国側の表情が目に見えて暗くなる。

お米を貰《もら》う約束は成った。

武士に二言はないので、ここからは遠慮《えんりょ》なく気になったことを訊《き》こうとメルサは口を開く。

『ところで、皇国の食糧難についてですが、原因は天候不良ではないのでしょう？　皇国に近いバリトゥも他の国からも支援要請《ようせい》は来ておりませんもの』

『なっ‼』

『それに、皇居までの道のりで見た人の数……いくら外国人が珍《めずら》しいとはいえ、人数が多すぎるように感じました。まるで、国民全員がエド周辺に集まって来ているような……』

皇国は大きな国ではないと聞いている。

その国の首都だからと考えても、不自然に人が溢れていた。

大通りより奥《おく》に目を凝《こ》らしてみれば急　拵《きゅうごしら》えの小屋がひしめくように並んでいた。

タスク皇子をはじめ、天皇、将軍を見ても田舎《いなか》へ食糧を届けないような政策はしないだろうことは明白だ。

それなのに、皇国人の大半が押《お》しやられるように都市部へ集まっているのは何か別の問題があるのではないかとメルサは思ったのだ。

『ただの通訳と聞いていたが…………聡《さと》いな』

たった一度、街を見ただけで皇国の問題の核心《かくしん》を突《つ》こうとしている。

シュンっと天井裏《てんじょううら》に控《ひか》えていた忍者《にんじゃ》、モモチが現れた。

『陛下、上様‼　王国に真実を話しましょう。メルサ様は信用に足るお方。きっと、力になって下さいます！』

『…………モモチ、無理を言うな。これはもう、取り返しのつかない事態なのだ。話したところで、余計な心配をさせるだけ』

『しかしっ‼』

『モモチ、皇国はもう、滅《ほろ》びるしかないのだ……』

『『『くぅ――‼』』』

将軍の言葉に、側近達が堪《こら》えきれずに悔《くや》し涙《なみだ》を流す。

「ちょっ！　おい⁉　メルサ？　お前何を言ったんだ？　どうなってる？　なんで皇国人は急に泣き出してるんだ？」

異様な光景に、それまで所在なさげに黙《だま》って座《すわ》っていたオリヴァーが驚く。

『…………滅びる？　それは聞き捨てなりませんね。まだ、お好み焼きも焼きそばもたこ焼きだって作る予定なのですよ』

お好みソースが作れれば、更《さら》に美味《おい》しいものが増えるのに。

定期的にお米とかつおぶし。

味噌《みそ》と醤油《しょうゆ》は作り方を教えてもらわねばならないし、皇国に何があって何がないのかも全部把握して美味しいご飯を網羅《もうら》するためにも、勝手に滅びてもらっては困るのだ。

『ん？　お好み焼き？』

『とにかく、皇国はこれからも末永くスチュワート家と交流してもらわねばなりません！』

しかし、どんなにメルサが言葉を尽《つ》くそうとも天皇も将軍も諦《あきら》めたように首を振《ふ》る。

「おい！　メルサ！　無視するな‼　何を言っているんだ！　おい！」

『うちの外交官も、王国が協力できることは何でも致《いた》しますと申しております』

オリヴァーの文句を聞き流し、適当な通訳をして説得する。

ここまで来て、毎年の新米を諦めるなんて嫌《いや》だ。

『………そんなに言うのなら、直接見てくれれば良い』

『『陛下⁉』』

『『しかしっ‼』』

『実物を見れば、分かるだろう』

天皇と将軍が揃《そろ》って肩《かた》を落としたところで、謁見《えっけん》は終了《しゅうりょう》となった。

◆　◆　◆

「どういうことだ⁉　どこへ行こうというのだ？」

終始謁見での会話はメルサと天皇、将軍で進められ、結局何がどうなったか分からないオリヴァーが全く通訳していないではないかと文句を垂れる。

「オリヴァー、私が頼《たの》んだのです。皇国が滅びる原因を知りたいと……」

「は⁉　皇国が滅びる⁉　ちょっ！　何のことだ、おい？　ちゃんと説明しろ！　滅びる国と国交を結んでも損するだけじゃないか⁉」

そんな話はタスク皇子からも聞いていないとオリヴァーが叫《さけ》ぶ。

「……オリヴァー、少し静かにしてもらえます？　耳がキーンってなります。ですから、それを今から確認《かくにん》しに行くのです」

「お、お、お、お、お前が何も説明しないからだろ——————！」

謁見した翌日、早朝から叩《たた》き起こされ乗せられた馬車の中でのこと、これぱっかりはオリヴァーが怒《おこ》るのも仕方がない。

馬車の周りには三十人以上の武士。

一番にメルサのナポリタンを食べたフクシマとカトウを筆頭にメルサとオリヴァーを乗せた馬車は、海とは反対の方角へ進んでゆく。

途中《とちゅう》、三十分程度の昼食休憩《きゅうけい》を挟《はさ》み、漸《ようや》く着いたのは日が暮れ始める頃《ころ》だった。

馬車が止まったのは櫓《やぐら》と柵《さく》で区切られ、見張りの武士が等間隔《とうかんかく》に配置された物々しい場所であった。

柵の向こうには木々が密集した森があり、皇国が滅びる原因となるものは確認できなかった。

フクシマが櫓の見張りに合図を送り、柵を開けさせる。

『ここからは、歩きとなります』

近づくにつれ、ピリピリと痛いほどに緊張《きんちょう》を強める武士達も馬を下りて森へと続く道を共に進む。

流石《さすが》のオリヴァーも空気を読んで黙っているが、時折メルサを睨《にら》むのは忘れなかった。

根に持つ男って面倒臭《めんどうくさ》い。


鬱蒼《うつそう》と茂《しげ》る森の中を抜《ぬ》けた瞬間《しゅんかん》、眼前に広がった絶望的な光景にメルサが驚愕《きょうがく》し、呟《つぶや》く。

『……………オワタ………』

『これ以上は、近付かないで下さい』

カトウがメルサの前に出て抑《おさ》えた声で注意する。

そこには、植物が群生していた。

メルサの背丈《せたけ》の倍以上にもなる巨大《きょだい》な植物は森の木々とは明らかに違った。

花が、咲《さ》いていた。

大きな花弁の、黄色い花が一面に咲き誇《ほこ》っていた。

それは、夢のように美しい光景であった。

「お、おい………メルサ………こ……れ……」

かつて、必要もないのにメルサに張り合うためだけに学園で魔物学《まものがく》上級を修《おさ》めていたオリヴァーの声が震《ふる》えている。

黄色い花を咲かせる巨大な植物。

「これは……ぷ、プラントハザード……？　そんなバカな……！」

植物系の魔物が、皇国の結界の中で繁殖《はんしょく》していた。

「これ程《ほど》巨大な黄色い花をつける植物系の魔物は、一つだけです。それが……ここまで皇国内に侵《しん》食《しょく》してきているなら半年後にはエド近くまで……」

これが、皇国は滅びるしかないと将軍が言った答えだった。

「メルサ、この魔物は……やはり……【オワタ】なのか？」

土に根を張り、移動しない植物魔物は本来ならば人の住む結界の内側にはいない。

しかし、極稀《ごくまれ》に種が結界内に侵入した魔物にくっついて運ばれ、それが芽吹《めぶ》くことがある。

その場合、結界内に天敵となる魔物がいないがために爆発《ばくはつ》的に繁殖してしまう。

特に、この【オワタ】は根も葉も茎《くき》も全《すべ》てが硬《かた》く、伐《き》ることも焼くこともできない。

為《な》す術《すべ》もなく、人間の住む土地はもって数年で侵食されてしまうのだ。

『こっここは、南大陸でしょう？　なぜ【オワタ】が⁉』

王国と皇国は大陸で繫《つな》がっている。

これまで【オワタ】は北大陸でしか目撃例《もくげきれい》がなかった。

南大陸では出現した記録はなく、いかに武士が優秀《ゆうしゅう》でも想定外の事態に対処ができなかったのだろう。

王国でも【オワタ】を知るのは魔物学上級を合格できる成績を収めた一部くらいだ。

『二年前、皇国で局地的結界ハザードがあり、その時は武士が魔物を倒《たお》し、魔法使いが穴を閉じたのですが……その魔物に【オワタ】の種が付いていたと考えられています』

フクシマが拳《こぶし》を握《にぎ》り、言葉を絞《しぼ》り出す。

あの時、魔物退治の責任者はフクシマだった。

自分が種を見逃《みのが》したために、国が亡《ほろ》びる。悔《く》やんでも悔やみきれない。

『局地的結界ハザードから出てくる魔物に⁉』

局地的結界ハザードから出てくる魔物は北大陸から来ているとでもいうのだろうか。

これは深く、検証する必要がありそうだとメルサは思案する。

【オワタ】は、半年周期で種を飛ばす。

今、花が咲いているのなら夏には種がエドのすぐ近くまで達すると思われる。

このままでは一年後、皇国はオワタによって滅亡《めつぼう》してしまうだろう。

『…………【オワタ】を倒そうと何度も試みはしましたが、魔法使いも、多くの武士も失い、もうこれ以上、打つ手がありません。大半の田んぼも畑も侵食により、作物の収穫《しゅうかく》ができなくなりました。王国には、感謝しているのです。不可能といわれた言葉を理解するほど心を砕《くだ》いてくれ、皇国民が滅びるその時まで、飢えることなく暮らせるだけの食糧支援をしてくれたのですから』

震えるフクシマの肩にポンと手をやり、カトウがメルサに頭を下げる。

『つまり、お米はこれが……最……後…………？』

毎年の新米が……食べられない？　ふらっとメルサがよろめく。

「メルサ！！！」

慌《あわ》ててオリヴァーが支える。

メルサは気丈《きじょう》に振る舞《ふま》っているが、女。

目の前に魔物がいては倒れるのも無理はない。

「帰ろう、メルサ。我々にできることは……残念ながら、ない」

不本意ながら、メルサはオリヴァーに支えられ、来た道を引き返すことになった。


ごめんなさい、ゲオルグ、エマ、ウィリアム。

オワタが相手では諦めるしかないわ……倒す方法が確立されていない魔物だもの。

ショックのあまり子供達に謝《あやま》るメルサの脳裏《のうり》に、全ての騒動《そうどう》の元凶《げんきょう》たる娘《むすめ》の顔が浮かぶ。

ん？　………………………エマ？

「帰りましょう、オリヴァー！」

「……？　いや、今、私が言ったんだけど帰ろうって」

怪訝《けげん》な顔でオリヴァーがメルサを見る。

何故《なぜ》か、嫌な予感がした。

『フクシマ様、【オワタ】について何でも教えて下さいませ。一旦《いったん》、王国に持ち帰り対策を立てます』

『へ？』

急に元気を取り戻《もど》したメルサにフクシマが不思議そうに首を傾《かし》げる。

そうだった。

うちには、非常識で類《たぐ》い稀な発想力を持った娘がいたではないか。

ふふふ……みんな、元気にしているかしら。

レオナルドは、しっかり子供達の面倒《めんどう》を見ているかしら……。

ゲオルグは、ちゃんとお勉強しているかしら……。

ウィリアムは、狩人《かりゅうど》の実技についていけているのかしら……。

エマは……問題起こしてないかしら……。

…………？

エマ……問題起こしてないわよね？

エマ……大丈夫《だいじょうぶ》よね？　ね？

◆ ◆ ◆

月明かりがあるとはいえ、真夜中の学園は静まり返り不気味な雰囲気《ふんいき》を醸《かも》し出している。

「ううあう……ロロロロ、ロバートさまぁ～…………なんであの気持ち悪い虫を回収しないといけないのですか？」

「うるさい！　ブライアン黙って探すのだっ」

ロバートとブライアンは必死で木の上からエマ・スチュワートへ向けて落とした虫を探している。

「夜中に屋敷《やしき》を抜け出したなんてバレたら叱《しか》られちゃいますよ――」

ブライアンはロバートに虫探しを手伝えと無理やり学園に連れてこられたのだった。

「ブライアン！　早く見つけろ！　見つけるまで帰れないのだからな」

不思議なことに、あんなに大量にいたあの気持ち悪い虫が一匹《ぴき》として見つからないのだ。

ロバートは焦《あせ》りの色が隠《かく》せない。

父は怒《いか》り狂《くる》っていたし、手ぶらで帰っても屋敷に入れてもらえないだろう。

何とか一匹だけでもとブライアンと二人で木の周りの茂みを這《は》いつくばるようにして探す。

草をかき分け、石を動かし、石畳《いしだたみ》の道まで慎重《しんちょう》に少しずつ移動しながら……。

一心不乱に探していると、目の前に誰《だれ》かが立っている。

ブライアンのやつサボっているのか、真面目《まじめ》に探せと言ったのに……とロバートは憎々《にくにく》しげにその足を見上げる。

「なっ⁉　でっ殿下《でんか》⁉」

そこにはエドワード王子の姿があった。

見間違いであってほしいと願うが、夜の闇《やみ》に溶《と》け込《こ》むような漆黒《しっこく》の髪《かみ》と瞳《ひとみ》は間違えようがない。

「こんな夜中に何をしているんだ？　ロバート・ランス」

氷のように冷たい表情で、王子はロバートを呼んだ。

王子の後ろには、アーサーと数十人の騎士《きし》達が控えている。

「なっなぜ、殿下が⁉」

木の周りを中心に探していたブライアンも王子に気付き、青ざめる。

「なぜ？　こちらが訊きたいな、ブライアン。君たちこそ、どうしてここにいる？　朝にあんな騒動があった場所に」

王子のキンキンに冷えきった目が光る。

神よ。

何故、エマだけがこのような目に遭《あ》わねばならないのですか？

儚《はかな》く、繊細《せんさい》な彼女の心は大丈夫だろうか？　脆《もろ》く、繊細な彼女の体は大丈夫だろうか？

騎士の話では怪我《けが》はしておらず、助けに行った兄弟達とは会話のできる状態にあったと報告は受けている。

でも、誰にも心配をかけまいと無理をしてしまうエマの優《やさ》しい性格を考えると、直接顔を見ないことには王子自身が安心できない。

この騒動が、故意に行われたのだとするのなら、到底《とうてい》許されることではない。

「ロバートとブライアンを牢《ろう》へ入れろ」

エマがどれ程恐《おそ》ろしい思いをしたか……王子は込み上げる怒りを何とか鎮《しず》めて後ろに整列した騎士へ命じる。

「はっ⁉　……殿下⁉」

「なっなんで牢屋《ろうや》に？　え？　牢屋？」

牢へ、と聞いてロバートとブライアンの顔色が変わる。

「まっ待ってください‼　殿下？　殿下っ、どうかっ、ご慈悲《じひ》を！」

「わっ、私はランス公爵《こうしやく》家のロバートだぞ！　たかが騎士ごときが触《ふ》れていい身分ではないのだぞ！　おい！　アーサー、何を突っ立って見てるんだ？　おい、助けろ！　おい！」

逃《に》げる隙《すき》もなく、両脇《わき》からがっしりと騎士に拘束《こうそく》され牢へと連行される二人の叫びは虚《むな》しく夜の学園に響《ひび》き渡った。

「殿下。良いのですか？　独断で牢へなどと」

ランス家は、貴族の中でも取り分け影響力《えいきょうりょく》が強い。

跡継《あとつ》ぎになるロバートを牢へ入れたとなれば古参貴族の多い第一王子派が黙ってはいないだろう。

「……ランス家と気持ち悪い虫に少々、心当たりがある。もし、ロバートが放った虫がソレなら、罰《ばつ》はロバート一人では足りなくなるだろうな」

いつも一緒《いっしょ》にいるアーサーでさえ、ヒヤリと背筋が凍《こお》るような冷たい目で王子が答える。

「父に、陛下に報告へ行く」

騒動の犯人は、学園の生徒。

あの虫が、例の虫でそれが全て失われたと分かれば、国に激震《げきしん》が走るだろう。

決して悪戯《いたずら》では済まされない。

メルサの願い虚しく問題はやっぱり起こるのである。

◆　◆　◆

「コーメイさん、コーメイさん。ちょこっとだけ、寄ってくれるかな？」

「にゃ？」

いつもなら、ベッドの中にいる時間帯なのにエマは机に向かっていた。

大きな紙を机いっぱいに広げて、必死で記憶《きおく》を絞り出して何やら一生懸命《いっしょうけんめい》図形を書いている。

「えーと……あと三つが出てこない。八つある筈《はず》なんだけど……。んー……これ、誰か知ってるかな？　んー……あっちょっ……コーメイさん？　もう、ちょこっとだけ、ね？　ごめんね？」

「うにゃ？」

エマが図形を描《えが》くために広げた大きな紙の大半は、コーメイさんの体の下にある。

図形に集中すればする程、コーメイさんはずずいっとその上に体を伸《の》ばし妨害《ぼうがい》してくる。

「あっちょっと、ほら、毛にインクが付いちゃうからね？」

「にゃ？」

「うんうん、もうちょっとで寝《ね》るからね。一緒にベッドで寝ようね。でもあとこの、この四角だけ、書かせて……ね？　右の前脚《まえあし》……それ、わざと？　あっ爪《つめ》はっ、爪はしまって！　ちゃんと収納して！　ないないして、ね？」

「にゃ？」

「うん。あと五分だけ。そしたら一緒に寝るからね？」

エマは一度ベッドに入って眠《ねむ》る体勢になったものの、コーメイさん指揮のウデムシの整列を思い出し、一つ面白《おもしろ》い遊びを閃《ひらめ》いてしまったのだ。

一緒に寝ると思っていたのに、エマが起き出して夢中で何かを書き出したのが気に入らなかったのか、コーメイは机に広げられた紙の上に陣取《じんど》って動かない。

圧が、すごい。

エマはコーメイと地味に攻防《こうぼう》を繰《く》り広げながら、思い出せた五つの図形を完成させる。

「あと三つは……諦めよう……」

「うにゃ？」

「うん。終わったよ、完成だよ！　コーメイさん、明日はこれで遊ぼうね？」

「にゃ！」

「コーメイさんも覚えてね。このVの形が鶴翼《かくよく》の陣で、この矢印みたいなのが魚鱗《ぎょりん》の陣だよ！」

「にゃにゃ？」

「そうそう。明日は、コーメイさんとウデムシと武田《たけだ》軍ごっこしようね！」

「にゃにゃにゃにゃにゃん？」

「そう。武田軍……あれ？　これ元は諸葛孔明《しょかつこうめい》が考えたやつだっけ？　あれ？　うーん微妙《びみょう》に記憶が怪《あや》しい……」

「にゃーにゃ‼」

「あっはい。そうだよね。寝ようね、どうせあと三つも思い出せないもんね。なんとなく雰囲気合ってれば良いよね」

明日は騒動の影響《えいきょう》で学園は休みだと連絡《れんらく》が来たので、久しぶりに猫《ねこ》達といっぱい遊べそうだ。

◆　◆　◆

「よーし、コーメイさんっ！　次は雁行《がんこう》の陣だよ！　コレっ、斜《なな》めのやつ」

「うにゃ‼」

エマが昨夜紙に書いた図形を示すと、コーメイがウデムシに向かって一声鳴く。

ザザザザザ――っ！

鶴翼の陣から雁行の陣へウデムシが一瞬で隊列を変える。

「おおお……凄《すご》い！　みんな良い子。可愛《かわい》い！」

「姉様……よくこれだけ陣形覚えてましたね」

スチュワート家の広い庭ではしゃぐエマに、ウィリアムは少々引き気味に笑う。

「うーん、鶴翼、魚鱗、雁行、鋒矢《ほうし》、衡軛《こうやく》の陣は何とか思い出したんだけど……あと三つ……」

「いや、普通《ふつう》は全部知らないだろう？」

歴女をこじらせた妹にゲオルグも少々引き気味に笑う。

「にゃにゃ？」

「え？　コーメイさんが新しい陣形考えてくれるの？」

どうしても思い出せないと肩を落とすエマをコーメイが慰《なぐさ》める。

「…………！　うにゃ‼」

しばし黙考《もっこう》後、コーメイが一声鳴くと、ウデムシ軍が雁行の陣から【く】の字の隊列へと変わる。

「にゃにゃーんにゃにゃん！」

「え？　曲がったきゅうりの陣？」

「にゃ！」

得意気にコーメイが頷《うなず》く。

「あー……そういえば、コーメイさん。きゅうり好きだったよね？」

「にゃん♪」

「でも、何で曲がったきゅうりなの？」

「うにゃにゃ！」

「へぇ、曲がってる方が食べやすいんだ」

「にゃん！」

夏場の水分補給なのか、コーメイはきゅうりを好んで食べていたことを思い出す。

田舎にある実家の周りは畑だらけ。

ご近所さんの畑に迷惑《めいわく》がかからないようにと、母頼子《よりこ》はコーメイのために庭できゅうりを育てなければならなかった。

「今年はお庭できゅうり育てようね」

「にゃーん♡」

コーメイが嬉《うれ》しそうにエマに体を擦《す》り寄せる。

モフデレ最高。

「うにゃん⁉」

ウィリアムの近くで顔を洗っていたチョーちゃんがエマの言葉に反応する。

毛脚の長い真っ白なしっぽを翻《ひるがえ》し、エマとコーメイの隣《となり》に座ると、キリッとした顔で一声鳴く。

「うにゃ‼」

チョーちゃんの声で、ウデムシ軍が曲がったきゅうりの陣から隊列を縦一列に移動する。

「にゃーにゃ！」

期待を込めに込めた目でチョーちゃんがエマを見る。

「え？　チョーちゃん……。これ？　ちゅ◯るの陣？？？」

チョーちゃんが田中家《たなか》で飼われる頃には港《みなと》は家を出ていた。

帰る度《たび》に土産《みやげ》にちゅ○るを買って帰り与《あた》えていたら、港はハムの人ならぬ、ちゅ○るの人として
チョーちゃんに覚えられていた。

チョーちゃんのちゅ○るへの執着《しゅうちゃく》は狂気《きょうき》を思わせるものがあった。今も視線が怖《こわ》い。

「ちゅっちゅ○るは……どうだろう……？　できるのかな？」

「にゃーん」

お願ーいとでもいうように、チョーちゃんがコーメイよりも更にモフモフの体をエマに擦り寄せる。モフデレが二倍に……。

「あ——可愛い！　チョーちゃんも可愛い！　よしよし、今度ヨシュアにお願いしようね」

「にゃーん♡」

チョーちゃんがゴロゴロと喉《のど》を鳴らし、喜んでいる。

このゴロゴロ音……癒《い》やし効果がヤバい。

「「うにゃにゃにゃ！」」

チョーちゃんを見たかんちゃんとリューちゃんが、エマ達を挟んで隣に座るとキリッとした顔で、またまた一声鳴く。

「「うにゃ‼」」

ちゅ○るの陣から、一斉にウデムシ軍の隊列が円を描く。

「にゃーん」

二匹《ひき》の猫がチョーちゃんとそっくりな期待を込めた目でエマを見つめる。

「…………猫缶《かん》の……陣……？　うん。分かった。ヨシュアにこれも頼んどくね」

「うっにゃーん♡」」

かんちゃん、リューちゃんがエマに擦り寄り、ここに巨大な猫団子が完成した。

ゲオルグとウィリアムからは四匹の猫に埋《う》もれ、エマの姿は見えない。

「何あれ、羨《うらや》ましい！」

「ん？　あれ？　結局頑張《がんば》るの、ヨシュアじゃ……」

鶴翼の陣、魚鱗の陣、雁行の陣、鋒矢の陣、衡軛の陣、曲がったきゅうりの陣、ちゅ◯るの陣、猫缶の陣。

後に【スチュワート八陣形】と呼ばれる八つの陣形が完成した瞬間であった。

娘大好き辺境領主と姪《めい》狂いの辺境領主代行が、魔物狩《が》りに積極的に取り入れたことで王国に広まり、騎士団の訓練にも取り入れられ、軍略に長《た》けているといわれる帝国《ていこく》にすら怖《おそ》れられるようになることを今はまだ、誰も知らない。

「お嬢様《じょうさま》――――！　エマ様――――！」

遠くからマーサの声が聞こえる。

よっぽどのことがなければ、あそこまで大きな声を出すことはない。

残念ながらここ、スチュワート家ではよっぽどのことは割と頻繁《ひんぱん》に起こる。

「うわぁ……。マーサがこっちに走って来てるけど姉様、何やったんですか？」

「エマ、正直に言えば庇《かば》ってやるから教えろ。先に知っていた方が精神的に楽だ」

猫の塊《かたまり》と化したエマへ向かって兄と弟が早口で問い質《ただ》す。

「えええ？　何もしてないって！　二人とも酷《ひど》い‼」

エマが四匹の猫の中から、抗議《こうぎ》するもゲオルグもウィリアムも聞く耳を持ってくれない。

「よく、考えろ。朝起きて今までで、怒られるようなことしなかったか？」

「姉様が大丈夫と思っていることは、世間的にアウトのことが多いのですよ？　何をやらかしたのですか？」

「だから、何もしてないって！　ね、コーメイさんずっと一緒にいたものね？」

「うにゃあ？」

「ほら、コーメイさんも多分大丈夫って言ってる！」

「いや、今のは疑問形だったぞ？」

「姉様、嘘《うそ》の通訳はいけません！」

「エマ様、エマ様は？　…………ゲオルグ様、ウィリアム様。こちらにエマ様はいらっしゃいませんか？」

はあはあとマーサが息を切らせて、猫に埋もれて見えないエマを捜《さが》す。

「姉様はあの猫の塊の中だよ、マーサ」

「ちょっウィリアム！　わざわざ教えなくても……」

裏切者……とエマが猫団子から顔を出す。

「エマ様何をしているのですか⁉　王子が、エドワード殿下がお見えになってますよ、って服が毛だらけ⁉　っっっっっっっって後ろの虫ぃぃぃぃぃぃぃぃぃぃぃ」

猫缶の陣のままのウデムシ達が視界に入ったマーサが絶叫《ぜっきょう》する。

◆　◆　◆

スチュワート家を訪《おとず》れた王子とアーサーは、騎士の護衛と共に例の応接間に案内されていた。

どうぞとレオナルド伯爵《はくしゃく》が勧《すす》めるソファーには、手製のカバー（エマシルク）。

王子とアーサーは緊張しつつ腰を下ろし、護衛の騎士はあの日の外交官同様に、立ったまま後ろに控えている。

レオナルドがどんなに勧めても硬い鎧《よろい》を着た騎士たちは頑《がん》として誰も座らなかった。

「殿下、お待たせして申し訳ございません」

「いや、急に来たのは私だ。気にしないでくれ」

表情に疲《つか》れの色が隠せない王子が首を振る。

王子は昨夜、ロバートとブライアンを捕《つか》まえて牢に入れた後も、エマが心配で眠れなかった。

眠れないまま朝早くから公務に就《つ》くが、集中できない王子を見兼《みか》ねてアーサーが被害者《ひがいしゃ》のエマに話を聞きに行こうと唆《そそのか》したのだ。

「殿下！　どうなさったのですか⁉」

バタバタとゲオルグとウィリアムが応接間へと入り、臣下の礼をするなり訊いてくる。

エマの姿はない。

「昨日の事件の話を聞きたくてな。……エマは大丈夫か？」

いや、あんな目に遭って大丈夫な筈がない……王子はエマを思い、悔し気に唇《くちびる》を噛《か》む。

ロバートの仕打ちは残虐極《ざんぎゃくきわ》まりない酷いものだった。

「エマですか？　ああ、大丈夫です。元気です。全く問題ありません。な、ウィリアム？」

「は、はい。えっと姉様は少々、着替《きが》えで遅《おく》れているだけですので、心配なさらないで下さい」

王子の沈痛《ちんつう》な面持《おもも》ちに、ゲオルグとウィリアムは居た堪《たま》れない気持ちになる。

当の本人であるエマは朝から張り切って猫とウデムシと遊びまくっていた。

そのせいで服が猫の毛まみれになっており、マーサが着替えに強制連行していったのである。

「……着替え………」

ゲオルグとウィリアムの落ち着かない様子を見て王子の顔が更に曇《くも》る。

口では大丈夫、心配ないと言ってはいるが、二人とも嘘が吐《つ》けない性分《しょうぶん》なのは分かっている。

表情が、硬いのだ。エマの体調は思わしくないのだろう。

昨日のおぞましい事件から一晩しか経《た》っていないのだから無理もない。

着替えは【王子を迎《むか》えるために着飾《きかざ》る】ではなく、病床《びょうしょう》に臥《ふ》せっていたがために、【寝衣から着替えている】ということなのだろう。

「あまり、無理をさせなくていい。体が辛《つら》いようなら寝かせてやってくれ」

「「へ？」」

ゲオルグもウィリアムも揃って不思議そうな顔をしたので、嘘を見破られるとは思ってなかったのかもしれない。

「殿下、お待たせして申し訳ございませんでした」

着替えを終えたエマが臣下の礼をしつつ、王子に謝る。

忙《いそが》しい王子を待たせては悪いと、庭から走って屋敷へ戻り、急いで着替えたので少々息が切れてしまった。

「エマ、体調はどうだ？」

王子はエマに駆《か》け寄り、歩くのも辛いだろうと優しく手を取り、ソファまでエスコートする。

いつも透《す》き通るようなエマの白い肌《はだ》が、今日は少し赤みが差しているように見えた。

昨日のショックで熱が出てしまったのかもしれない。

熱を測ろうとエマの額へ手をやる直前で、その手をレオナルドに握られ阻《はば》まれる。

「殿下。申し訳ございませんが、うちの娘はお触《さわ》り禁止でございます」

にこやかな顔に反し、握られた手はミシミシと骨が軋《きし》む音がしそうな程、力が加えられてゆく。

「まあ、お父様。そんな言い方、どこで覚えたのですか？」

エマがぷくっと頬《ほお》を膨《ふく》らませ父親を睨むも、言われた王子はそれどころではなかった。

レオナルドの【お触り禁止】の言葉に王子は固まる。

今、自分は何をした？　何をしようとした？

エマの細い手を取り、細い腰に手をやり、そして、滑《なめ》らかな額に手を…………!?

ボンっと王子の顔が真っ赤に茹《ゆ》で上がる。

「殿下!?　大丈夫ですか？　お顔が真っ赤ですわ！」

気付いたエマが慌てて王子の顔の前で手を振るが、反応はない。

「ぷはっ」

一連の流れを大人しく黙って見ていたアーサーが堪えきれずに噴《ふ》き出した。

「ふっふふっはははひっひひっひっ……エ、エマ嬢。殿下はあの騒動のせいで殆《ほとん》ど休んでないんだ！　ふふふっひっ、わっ悪いんだけど……ちょっと介抱《かいほう》してあげてもらえないかな？」

お腹《なか》を抱《かか》えて笑いながらもアーサーはちゃっかり王子をアシストするのを忘れない。

「殿下、やはり何か持病があるのでは？　少しお休みになられた方が……」

エマが王子の頬に触れて、赤く染まった顔を心配そうに見つめるが、まぁ逆効果である。

アーサーは楽しそうに横目に見ながらレオナルドに提案する。

「スチュワート伯爵。殿下は昨夜一睡《いっすい》もしておられないので、ここで少し休ませてはもらえないでしょうか？　騒《さわ》がしいのも良くありませんから、昨日の詳細《しょうさい》は別室でお願いします」

「ぐぅぅ……致し方ありません………ね………」

王子の様子に苦渋《くじゅう》の決断と言わんばかりに、レオナルドは使用人に別室の用意を命じる。

王子を介抱するエマを残し、ぞろぞろと部屋の移動を始めるが、ゲオルグだけが父親に止められる。

「お前は、この部屋に残れ。いいな？　もし、エマに何かするようなら、王子といえども容赦《ようしゃ》するなよ。責任は私が取る。分かったな？　ゲオルグ」

「………………はい」

エマ……お前……応接間に入って五分でこの騒ぎって……。

あとお父様……娘は中身アラフォーだからその辺全く心配ないと思いますが？

ゲオルグは無自覚すぎる妹と過保護過ぎる父親に心の中で突っ込んだ。

応接間にエマと傀儡《かいらい》と化したエドワード王子、ゲオルグの三人が残される。

「殿下、少し横になって眠った方がよろしいのでは？　あっ私、膝枕《ひざまくら》しますね？　ふふふっ懐《なつ》かしいですね。去年を思い出します」

アーサーが王子は寝ていないと言っていたので、エマは王子の手を引き言いなり状態の王子に膝枕をする。

「ちょっ！　だから、エマぁ――――――！　どおしてそこでお前は止《とど》めを刺《さ》しに行くんだよ⁉」

これ以上赤くなる筈のなかった王子の顔がもう凄いことになっている。

ゲオルグは頭を抱え、妹を睨む。

「？？？　なんのことですか？　お兄様？」

王子の頭を膝にのせ、さらさらの黒髪《くろかみ》を撫《な》でているエマには王子の顔は見えていないのであった。

◆　◆　◆

「殿下、起き上がって大丈夫なのですか？」

なんとか正気に戻った（生還《せいかん》した）エドワード王子がエマの膝から頭を起こした。

「あ、ああ。エマこそ大丈夫なのか？　学園で騒ぎになった虫は令嬢を震え上がらせる見た目だったと聞いている。昨夜は眠れたか？　辛くないか？」

心配そうに王子が尋ねる。

「大丈夫です殿下。ぐっすり寝ましたし、怪我もしておりませんし、私は元気ですよ」

エマはにっこりと笑って質問に答えるが王子の口から虫の話が出たことに少々焦る。

もし、うちにウデムシちゃんがいるのがバレてしまえば没収《ぼっしゅう》されてしまうかもしれないのだから。

「それよりも殿下の方が辛そうに見えます。アーサー様が寝ていないと仰《おっしゃ》っていましたが、昨夜、何かあったのですか？」

エマがなんとか虫から話題を逸《そ》らせようと尋ねる。

「っ！　あ、ああ。……昨夜、騒動の犯人を捕まえた」

王子はエマが意図的に話を逸らしたことに気付いたが、追及せずにそのまま誤魔化《ごまか》されてやる。

やはり、エマの体調は大丈夫でも辛くない訳でもないのだ……と勝手に勘違《かんちが》いしていたが残念ながら、エマが逸らしたい話はそっちではない。

「まぁ、ロバート様とブライアン様、捕まってしまったのですか？」

「！　エマ、知っていたのか？　彼《かれ》らが犯人だと」

エマはしまったと両手で口を覆《おお》うが、こちらは王子も誤魔化されてはくれない。

ロバート達からウデムシの情報が漏《も》れてしまうと、取り返される危険があると黙っていたのに水の泡《あわ》になった。

対面に座っているゲオルグもバカだろう？　と呆《あき》れた顔をしている。

「………申し訳ございません。お知らせしなくてはと……思ったのですが……」

知っていて報告しなかったのがバレたので、決まりが悪い。

「いや、優しいエマのことだ。たとえロバートでも、牢に入れるのは気の毒だと思ったのだろう」

心苦し気に謝るエマに、ふっと王子が眉《まゆ》を下げ笑う。

エマは相変わらず優しい。優し過ぎるが故《ゆえ》に愚《おろ》かなロバート達でさえ許してしまうのだ。

それが、あんなに酷い目に遭った翌日でも、俯《うつむ》いて膝の上で両手を握り震えている今でさえもエマは彼らを許しているのだ。

「……ロ、ロバート様達………今、牢にいるのですか？」

俯いたまま震える声を絞り出すようにエマが尋ねる。

「昨夜、二人が虫を探しに学園に戻って来たところを捕まえた。王城のお膝元である学園であれだけの騒動を起こしたのだ。処罰《しょばつ》が下るまでは牢に監禁《かんきん》する。それに、あまり知られていないがあの虫は、王国にとって貴重な虫なのだ」

「牢に……監禁……？　王国にとって貴重な虫……？」

不穏《ふおん》な展開にゲオルグは、だらだらと変な汗《あせ》をかきはじめた。

俯いていて分かり難《にく》いが、エマも同じように焦っている。

「む、虫を投げただけで、ろ、牢屋に入れるのですか？」

焦りに焦った震える声でエマが顔を上げて王子を見る。

「エマ、無理をするな。【虫を投げただけ】などと言わなくていい。エマの感じた恐怖《きょうふ》は相当なものだったのだろう？　何人もの令嬢が被害《ひがい》に遭うなかでも、エマが一番の被害者なのだ。私はエマが心配で、心配で……」

…………いや、むむむむむむむむ、無理してませんから!?

一番の被害者って!?　あ、あの時の私、歓喜《かんき》にうち震えていただけなんだけど!?

え？　ロバート様とブライアン様……じょ、女子に虫を投げただけで今、牢屋に入れられてるの？　え？　え？　え？　ちょっと年齢《ねんれい》の割に幼い言動が多いなとは思っていたけども……え？　二人共、前世でいうスカートめくりみたいな感覚で悪戯しただけでしょうに………？

え？　牢屋？　い、異世界って…………怖いな‼

「あ、あの……殿下？　あのウデム………うっうぇほっん……投げられた虫はそこまで貴重なものなのでしょうか？」

ゲオルグは無断で持って帰ってしまった虫に嫌な予感しかないので恐る恐る王子に質問する。

あの気持ち悪い虫、そこまで貴重なら泣き叫ぶエマを説得してでも返した方が良いのかもしれない。

「………あれは、二百年程前に王家が帝国からやっとの思いで譲り受けた虫なのだ。私も絵でしか見たことないが……」

王子はゲオルグのいつにない真剣《しんけん》な顔に、彼もエマから虫の詳細を聞いていたのだなと確信する。

湧《わ》き上がる怒りを堪え、妹を苦しめた虫について詳《くわ》しく知ろうとしているのだと勝手に曲解した。

王子はゲオルグの熱意を酌《く》んで極秘事項《じこう》という程ではないが、二百年の時が経つにつれ知らない者の方が多くなった虫について、昨夜国王から教えてもらった説明をそのまま口にする。

「あの虫は、薬になるそうだ」

「「く、薬…………ですか？」」

兄妹《きょうだい》の声が重なる。

観賞用とかじゃなくて、薬。人命にかかわるのなら…………返さないといけないかな？　いけないだろうなぁ……ウデムシちゃん達に、せっかく八陣形仕込《しこ》んだのになぁ……。

とエマは悔しそうにしているが、ウデムシを観賞用にと考える令嬢は多分一人しかいない。

「かの大魔法使いコニー・ムウの死因でもある病《やまい》の唯一《ゆいいつ》の特効薬だそうだ。最後は体中皮下出血し、古傷は開き、歯もボロボロになって狂い死んでゆく恐ろしい病だ」

「コニー・ムウ………あの、伝記の……？」

初めてスチュワート家で開いたお茶会に参加したマリーナ嬢が持っていた伝記の人物。

王国で知らない者はいない有名な魔法使いも病には勝てなかった。

「ああ。伝記には東への冒険《ぼうけん》から帰ったところまでしか書かれていないが、彼は冒険の途中で発病し、最後は王家が看取《みと》った。当時の王が震え上がる程の凄惨《せいさん》な最期《さいご》だったそうだ」

「そ、その恐ろしい病の薬があの虫？」

国民が不安にならないように、パニックにならないように、今は病のことも唯一の薬である虫が失われたことも他言しないでほしいと一言断ったあと、王子が頷く。

「うつる病ではないと思われていたが、帝国で作物の不作が続いた年に発生した流行《はや》り病と症状《しょうじょう》が一致《いっち》していることが分かった。更にその数年後の帝国でプラントハザードが起きた時にもその病が流行り、多くの死者が出たと外交記録にも残されている」

「それで、危機感を持った王家が帝国からその病の薬の原料となる虫を譲ってもらったのですね？」

これは王子が帰ったら、エマを説得しなくてはならないだろうなとゲオルグはため息を吐く。

虫の値段は怖すぎて訊く勇気は出なかった……。

「そういうことだ。いつか、その病が王国で流行った時のために、王家はその虫を唯一所有していた帝国に何とか交渉《こうしょう》して手に入れて、とある公爵家に飼育を任せていたのだが……」

「その、公爵家がロバート様のお家だったと……」

「ああ。今朝、ランス家へ訪問して確認したらその貴重な虫は一匹もいなかった……」

あってはならぬことだと王子が暗い顔をする。

「困ったことにその虫は結界の内側には生息していない」

「あの……王国の狩人がその虫を結界の外に探しに行く……ということはできないのですか？」

ゲオルグは最悪、自分で取りに行こうと覚悟《かくご》を決める。

「いや、探しに行くのはリスクが高い。その虫が南大陸にいるかも分かっていない。帝国が手に入れたのもプラントハザードの際に偶然《ぐうぜん》植物の魔物にくっついていたとかで……」

「プラントハザードって……植物系の魔物が結界内で大繁殖することでしたよね？」

ゲオルグの目が泳いでいたので、エマが王子に確認する振りをして教えてやる。

「ああ。よく勉強しているな、エマ。南大陸では殆ど起こらないから馴染《なじ》みがない魔物災害なのに」

「……あ、あー俺《おれ》も……そんな話、聞いたことあるような……気がしてきました」

「……兄様、プラントハザードは昨日の授業で習う筈だった箇所《かしょ》ですよ？」

「……なんていうかちょっと、忙しくてさ……」

ゲオルグはメルサがいないのを良いことに予習をサボっていた。

「ところで殿下、その虫はどんな薬になるのですか？　塗《ぬ》り薬ですか？　飲み薬ですか？」

エマはエマで虫の話となると、どうしても好奇心《こうきしん》を抑えきれない。

「エ、エマ？　そんなことを訊いてどうするのだ？　また、気分が悪くなるだろう」

今までにないキラキラした瞳で見つめてくるエマに、王子は狼狽《うろた》える。

昨日あんな目に遭ったというのに、その虫に興味を持つなんておかしい。

「殿下、病気の知識はなるべく知っておきたいのです。万が一の際に助けられるように」

つまり病弱なエマは同じく病に苦しむ者を放《ほう》っておけないのだな、と王子は勝手に納得《なっとく》する。

「……本当にエマは優しいな」

……いや、虫が好きなだけなんですよ？　ゲオルグは、末期へと向かう王子を不憫《ふびん》に思った。

「帝国の医術書によればあの虫を乾燥《かんそう》し、粉末状にして柑橘類《かんきつるい》の汁《しる》に溶かして服用するらしい。なんでも薬に少々臭《にお》いがあって柑橘類の酸味で誤魔化さないと飲み難《にく》いとか」

「虫の薬、どんな臭いなんだろう……。殿下？　因《ちな》みにこの病、近年で発症例はあるのですか？」

今、苦しんでいる人がいるなら、さすがに返さなくてはとエマは恐る恐る王子に質問する。

「いや、ここ何年も発症報告は出ていないと聞いた」

王子の答えに、エマはほっと胸を撫で下ろ…………。

「それは、殿下のお耳に入ってないだけですよ」

急にエマ、ゲオルグ、王子ではない声が会話に参加する。

声の主は今日もはりきってスチュワート家にやって来たヨシュアだった。

ウィリアムから王子がエマに膝枕してもらっていると聞いて応接間へと特攻《とっこう》して来たのである。

ヨシュアは早々に臣下の礼をし、エマの膝の上に王子の頭がないことに安堵《あんど》する。

「殿下、その病は今でも王国のスラムや港町で罹《かか》る者がおります。昔も今も貴重な薬は民《たみ》のためには使われていません」

ヨシュアは膝枕してもらう暇《ひま》があるなら、もっと市井《しせい》のことを学ばれてはどうですかと皮肉を言う。

「病気の人、いたのね……。衛生環境《かんきょう》の良くないスラム街はなんとなく分かるけど、港町？　渡航《とこう》で感染するのかしら？」

病に苦しむ者がいると聞いて、分かりやすくエマはしゅんっと悲しい顔になる。

「庶民《しょみん》にまでその優しさ……エマ……天使か？」

その悲し気なエマの表情（虫を返したくないので落ち込んでいるだけ）を見た王子が呟く。

「エマ様は殿下とお会いになるずっとずっと昔から、天使ですけどね……」

ヨシュアはヨシュアで低い声で牽制《けんせい》する。

「エマ様、先程お話しされていた病は商人の間でも語り継《つ》がれている病でして、実は船乗りが一番多いのです。今よりも船の性能が低く、航海が何か月も要する時代にはたくさんの船乗りが苦しんでいたと聞きました」

ヨシュアはヨシュアで、ウデムシについてしっかり下調べして出直して来ていた。

グー○ル先生と三兄弟から陰《かげ》で呼ばれるだけはある。

「…………ん？　……って…………船乗り？　…………あれ？」

船乗りが多く罹る病と聞いて、エマが何かに引っかかる。

「当時も、今も、ランス卿《きょう》へはシモンズ領の商会が幾度《いくど》となく、虫（薬）を譲ってほしいと嘆願書《たんがんしょ》を送っているそうですが、法外な値段を吹《ふ》っ掛《か》けられ頭を抱えているようです」

ロートシルト商会は常に最新の船を使うため、ヨシュアは知らなかったが、あまり利益を出せない商会は性能の悪い船での航海をするしかないのだという。

航海が長くなる程に、罹患率《りかん》は高くなるようだと港町では真《まこと》しやかに囁《ささや》かれていた。

利益の少ない商会の、使い捨て程度の船乗り達のために払《はら》うには、その虫（薬）は高価だった。

お金のない庶民は泣くしかない。

それでも皆《みな》でない金を持ち寄って工面《くめん》することもあったが、回復するまでの薬代は莫大《ばくだい》な額となり到底払い続けることはできなかった。

「そんな⁉　ランス公爵家へは王国から毎年、莫大な額の虫の飼育代を渡している筈だぞ？　病に罹った者に無償《むしょう》で薬を提供するためにと……」

そんな筈はないと王子が驚いている。

「殿下、これはロバート様だけでなくランス公爵にもお話を聞くべきでは？」

ゲオルグが王子の驚く様子にまずは確認をするべきですと忠告する。

ウデムシの数はエマが陣形を楽しむ程度には飼育されていたのだから在庫はあった。

王国で唯一ランス公爵家しか飼育していない虫の値段を意図的につり上げ、王家へは患者《かんじゃ》はゼロだと報告していたとなると、これ、横領とか詐欺《さぎ》事件になるのでは？

「あ、ああ、これは詳しく調べねばならないだろうな。王にも報告しなくては……っつ！　エマ⁉」

王子は急いで王城へ帰ろうと席を立つ……が、その王子の袖《そで》をエマがちょこんと掴《つか》んでいた。

「殿下、お忙しいと思いますが休む時は休んで下さいね？」

まだ若いのにブラックな会社の社畜《しゃちく》くらい働いている王子のことが心配になって、エマは思わず掴んでしまったのだ。ザ・老婆心《ろうばしん》である。

「っっっ‼　…………………エマは、本当に、本当に優しい……な……」

袖を掴んだまま、ね？　と言い聞かせるように首を傾げて上目遣《うわめづか》いに見つめるエマに、いくらか治まっていた王子の顔色がまた真っ赤に染まったのは言うまでもない。

「あざとい！　エマ、お前……どこで覚えてくんだ？　あの袖の掴み方に首の角度に上目遣い！」

王子が去ったあと、ゲオルグがいつものように頭を抱える。

袖を掴まれた王子は赤くなり、それを見たヨシュアは青くなる。

目の前で見ている方の身になってくれ。てか、普通に見てられない。

「姉様、また何かやったのですか？」

ゲオルグの隣に座ったウィリアムが冷たい目で姉を見る。

兄と弟の小言を無視してエマは何やらずっと考え込んでいた。

「うーん……」

さっきからずっと何か、引っかかっている。

「あの、エマ様？　お願いですから殿下に膝枕するのは、今後一切《いっさい》絶対にしないで下さいね？」

そんなエマに隣に座ったヨシュアが悲痛な表情を浮かべて懇願《こんがん》する。

「え？　ヨシュア？　何？　ごめんなさい、考え事してて……」

「エマ様、殿下に膝枕はお止《や》め下さい」

「え？」

ヨシュアがエマのすることにはっきりとダメだと言うのは、滅多《めった》にないことだったので、エマは考え事を一旦保留にしてヨシュアのお願いに耳を傾《かたむ》ける。

そうね……たしかに王子に膝枕なんて、下手をすれば不敬罪で怒られていたかもしれない……。

「分かったわ、ヨシュア。今度から殿下には膝枕しないことにする」

エマは危ないところだったと素直《すなお》に頷いた。

「……できれば、他の男にもしないでもらえると助かります」

エマの【分かったわ】が、きっと本当の意味で分かってくれていないことを察し、ヨシュアはもう一つ釘《くぎ》を刺しておく。

「ん？　……ああ、そうね。私、身分とかいちいち覚えたりするの苦手だから、殿下以外でもうっかり不敬罪なんてこと、あるかもしれないものね」

「え？　ええ。そうですよ。ええ。まさに！　学園にも王都にも王族や高位貴族がたくさんいますからね。膝枕はしないに限ります！」

「「ヨシュア…………」」

ゲオルグとウィリアムが残念な目で幼なじみを見ている。

「それで、エマ様は何を考えていたのですか？」

兄弟の残念な目は完全無視で目的を達成したヨシュアが満足そうにエマに尋ねる。

「あの病のことよ。何か引っ掛かるの」

何か聞いたことあるような……ないような……。

うーん、なんだっけ……と更に考えながら、エマはズルズル体を倒し、ヨシュアの膝へ頭をのせる。

「あっ‼　エマ‼」

「ちょっっ‼　姉様‼」

そんなエマを見て、ゲオルグとウィリアムが慌てて叫ぶ。

「ん？　膝枕してもらうのは良いでしょ？」

何せ今日は朝からウデムシと遊んだり、王子が来たりと忙しかったのだ。

王子程ではないにしろ、ちょっと疲れたわとエマが愚痴《ぐち》をこぼす。

「…………天使が……天使が……天使の頭が……ひっ膝に!!!」

ヨシュアはお祈《いの》りの時間に強制的に突入《とつにゅう》した。

「ダメに決まってるだろう！」

「ダメに決まってるじゃないですか！」

「え————…………」

兄弟に怒られ、しぶしぶと頭を起こそうとするエマをそっとヨシュアが止める。

「エマ様。だっっっ大丈夫です！　僕《ぼく》は……ほら……ご存じの通り、この前まで庶民だった身。不敬罪関係ありませんからね。膝枕するのも、されるのも僕だけは大丈夫なんです！」

膝にかかる微《かす》かな重みが失くなる瞬間に覚醒《かくせい》したヨシュアが、兄弟の蔑《さげす》む視線の中、持ち前の商人の機転で再びエマを膝枕体勢へと戻した。

「…………ヨシュア……おまえって奴《やつ》は……」

「え？　……ヨシュア……酷っ……」

それじゃあ、王子があまりにも可哀想《かわいそう》だとゲオルグとウィリアムがドン引きしている。

「……ゴホンっ……エマ様はあの病の何が引っ掛かるのですか？」

どさくさに紛《まぎ》れて肩に置いた手をそのままに、ヨシュアが話をしれっと戻す。

「作物の不作とプラントハザード、スラムの弱った民に病が流行るのはなんとなく分かる気がするけど、そこに何故船乗りが？」

海から遠いパレスで育ったエマは見たことはないが、ヨシュアから聞く話や前世の記憶では船乗りとは屈強《くっきょう》な男達のイメージで、病にかかり易《やす》いなんて結びつかな…………。

「あ‼」

エマはガバッとヨシュアの膝から頭を起こし、ゲオルグを見る。

「兄様、殿下はウデムシをどうやって薬にすると言っていました？」

「ん？　あれだろ？　粉にして、柑橘類の汁と混ぜるんだろ？」

「それです！」

「いや？　どれ？」

「その病、きっと壊血病《かいけつびょう》ですよ！」

「…………なにそれ？」

エマが嬉々《きき》として病名を言うが、ゲオルグは何も引っかからない。

「ワ◯ピース読んでたじゃん！！！」

漫画《まんが》から何も学ばないなんて勿体《もったい》ない兄である。

空っぽの頭をかき集めてほしい。

「いやいやお前、ワ◯ピースどんだけ話数あると思ってんだよ⁉」

ゲオルグが覚えてる訳ないだろ、と言い返す。

「あの姉様……？　昔のこと、しっかり覚えているの姉様だけだってこと忘れてません？　兄様が可哀想ですよ？」

ウィリアムがエマの心の声を聞いたかのような顔で兄をフォローする。

「エマ様、一体さっきから何の話をしているのですか？」

膝の重みの名残《なごり》を噛みしめていたヨシュアだが、兄弟のよく分からない会話に説明を求める。

しかしエマは、詳しい説明もせずに不敵な笑みを浮かべ、ヨシュアにお願いする。

「ヨシュア、お願いがあるの。あの病に苦しんでいる人を片《かた》っ端《ぱし》からうちの屋敷に連れて来てもらえないかな？　ちょっと試《ため》してみたい治療法《ちりょうほう》があるの」

もちろん、ヨシュアの返事は聞くまでもないのであった。

第五十二話　聖女降臨。

そこには、聖女がいた。

まだ幼い少女だ。

船乗りのジェイコブは看護する少女の影《かげ》にそっとキスをする。

ジェイコブだけではない。あの忌《い》まわしい病《やまい》に苦しんだ患者《かんじゃ》全員が、夕日に伸《の》びた少女の影にそっと感謝のキスを捧《ささ》げていた。


何度頼《たの》んでも、薬は手に入らなかった。

大きな港のほんの小さな商会に雇《やと》われた船乗り達《たち》は、長い航海が終わる頃《ころ》続々と病に倒《たお》れる。

食欲もなく、体に力が入らない、太ももに知らぬ間に痣《あざ》ができ、どんどん衰弱《すいじゃく》する。

学のない、強靭《きょうじん》な体だけが資本の船乗りが病になれば、稼《かせ》いだ金など直《す》ぐに底を突《つ》く。

あの病は感染する。

昨日まで笑顔《えがお》で言葉を交《か》わしていた者達が距離《きょり》を取り始める。

あの病は治らない。

愛《いと》しい家族から笑顔が消え絶望の日々が始まる。

大黒柱を失い、さして豊かでもなかった暮らしは一気に困窮《こんきゅう》する。

食事も満足にできない中でゆっくりと死を待つのみ。

もう、生きることを諦《あきら》めた。

希望なんてどこにもなかった。

真っ暗な暗闇《くらやみ》に、もがき、苦しみ、ただ死を待つのみ…………の、筈《はず》だった。

ある日突然《とつぜん》、そばかすの少年が指揮する男達が現れ、困窮している家族まるごと高そうな馬車に乗せられ、今まで踏《ふ》み入れることのなかった貴族街へと運ばれた。

大きな門をくぐり、案内された屋敷《やしき》には清潔なベッドが用意されていた。

そこで汚《よご》れた体は清められ、開いた古傷は手当てされ、飢《う》えた腹は満たされ、体どころか傷ついた心までも、癒《い》やされる。

噂《うわさ》だけは、知っていた。

王都に聖女がいると。

初めは商人、特に仕立屋を中心に広まっていた。

よくある噂だと港町の者は笑っていた。

だが三日あれば消える筈の噂は、三日経《た》っても消えなかった。

臣民街、貴族の中ですら広まって、そんな噂を一番にバカにするスラムの連中も聖女に心酔《しんすい》しているなんて話も聞いた。

バカな噂だ。本当に聖女なら、何故俺《なぜおれ》を助けない？

分かっている、ただの八つ当たりだ。

聖女だって暇《ひま》じゃないのだ。

こんな貧乏《びんぼう》で、病気で、学もない俺を助ける程《ほど》、聖女が暇な訳がない……そう、思っていた。

「ジェイコブさん。ごはん全部食べられるようになりましたね！　デザートも食べて下さいね。今日はオレンジですよ」

「「ですよー！」」

にっこりと笑いかける聖女が、オレンジを丸々一個勧《すす》める。

その輝《かがや》く笑顔は体も心も、あれだけ辛《つら》かった病すらも、じんわりと癒やしてしまう。

パタパタと忙《せわ》しなく聖女に従う小さな子供たちは、全員スラムの子供達だという。

聖女も着ている真っ白な白衣に身を包んで働く様子は、きちんと訓練された看護士そのものだった。

朝、昼、晩に出される食事には必ずデザートが付き、三時にはおやつまで。

スラムの子供たちがそれに手をつけることもない。

人を殴《なぐ》ってでも、騙《だま》してでも、最悪殺してでも一つのパンを奪《うば》い合うようなスラムの子供達の姿は、そこにはなかった。

聖女に指示を仰《あお》ぎ、聖女の指示に従う彼《かれ》らは【聖なる子供】にすら見えてくる。

俺は一体何を見させられているのか。

たった数日であの酷《ひど》かった病が、徐々《じょじょ》に回復してきていた。

聖女が与《あた》えてくれたのは、清潔なベッドと食事だけだというのに。

あれだけ欲《ほっ》した薬も、医師もここにはいない。

それなのに……不治の病が治るという奇跡《きせき》が起きていた。

「ジェイコブさん。傷も塞《ふさ》がってきていますよ。きっと元気になりますからね」

聖女は微笑《ほほえ》みを浮《う》かべ優《やさ》しく話しかける。

貴族なんて嫌《きら》いだった。

汚《きたな》いものを見るように、自分たちを見下す貴族が。

ジェイコブだけでなく、船乗り全員が貴族を嫌っていた。

貴族街に連れて来られた時、死を覚悟《かくご》した。狂《くる》った貴族のお遊びに選ばれたのだと。

「ジェイコブさん。また来ますね。あ、オレンジは残さず食べること！　約束ですよ？」

今、この場所で貴族が嫌いだと言う者はいないだろう。

あの美しい幼い聖女は伯爵《はくしやく》家の令嬢《れいじよう》なのだから。

聖女は見下すどころか慈《いつく》しむように優しく船乗り達に触《ふ》れる。

傷の包帯を替《か》えるのも、嫌《いや》な顔一つしない。

話す時は目を見て、手を握《にぎ》り、別れの抱擁《ほうよう》すらも厭《いと》わない。

病に罹《かか》ってから失った、人としての尊厳を聖女が思い出させてくれた。

聖女の笑顔は病をも治す。

医師も薬も使わずに、あの笑顔が病を治してしまう。

ダルく、力の入らなかった体に聖女の笑顔が力をくれる。

ああ、王国に本物の聖女が現れたのだ。

ジェイコブは、聖女に渡《わた》されたオレンジを一口ずつ大切に食べる。

新鮮《しんせん》な果実は、航海に出れば食べられなくなる。

この病はきっと治る。

しっかりと味わって、あの眩《まぶ》しくて美しい笑顔と共に心に刻もう。

◆　◆　◆

「姉様ー。学園から休息日明けから授業を再開すると連絡《れんらく》が来ましたよ」

デザートのオレンジを配り終えたエマにウィリアムが声をかける。

「うわっ………姉様、そのニタニタ顔、もう少し抑《おさ》えられませんか?」

振《ふ》り向いたエマの口角が上がりっぱなしなのを、呆《あき》れた表情のウィリアムが注意する。

「だってウィリアム……みんな、みんな、超《ちょう》カッコいい……」

広すぎて使っていなかったスチュワート家敷地《しきち》内にある別館を、壊血病《かいけつびょう》患者の治療院《ちりょういん》として開放してから数日が経った。

騒動《そうどう》で学園が休みなのをいいことに看病をかって出たエマには嬉《うれ》しい誤算が待っていた。

壊血病にならざるを得ない長い過酷《かこく》な航海を強《し》いられる船乗り達の多くは、やや現役《げんえき》の年齢《ねんれい》を超《こ》えた男が多かった。

若い船乗りはそれだけで条件の良い船の仕事に就《つ》くことができる。

わざわざ病になるような船で働かなくても仕事はあった。

つまり、長い過酷な航海に出るのは、五十代、六十代の貧しいが体の動く船乗りが大半を占《し》めていたのだ。

スラム街ではスチュワート家やハロルドの働きにより、少し前から食事事情は大幅《おおはば》に改善され、壊血病患者はいなくなった。

そもそも高位貴族の炊《た》き出しの栄養バランスがもっと考えられていれば罹らなかった病である。

結果、スチュワート家別館に運ばれた壊血病患者は、五十代、六十代の病に罹る前はしっかりと動けていた腕《うで》っぷし自慢《じまん》の男達である。

日に焼けた肌《はだ》、深く刻まれた年輪の如《ごと》く渋《しぶ》いシワ、船乗り特有のワイルド感、頼《たよ》りがいのあるナイスガイ。

そう、エマのストライク・ゾーンにがっつり、ぴったり嵌《は》まる層だった。

「これが、異世界ハーレムなのね♪」

ルンルンと大して用もないのに暇さえあればイケオジのいる別館に通う姉に、ウィリアムは何ともいえない不公平感を感じていた。

「僕《ぼく》には幼女を見るな、触《さわ》るな、話しかけるな、なんて言いながら、姉様はおじさん見放題、触り放題、話し放題……ずるい！　せこい！　羨《うらや》ましい！」

しかも、おじさんホイホイ発動で相思相愛。理《り》不尽《ふじん》な世の中に、理不尽な姉。

苦労の絶えない弟は誰《だれ》に文句を言えば良いのかも分からず肩《かた》を落とす。

「「エマ様！　お仕事終わりました――！」」

スラムの子供達が食事の片付けを終えて集まって来る。

「お疲《つか》れ様。じゃあ今日のお仕事は終わりだからお給金を用意してもらうわね。ごはんもあるから食べて帰るといいわ」

「「はーい♪」」

スラム街がスチュワート領となったので、最近では他の貴族になんの気兼《きが》ねもなく子供たちに仕事を与えられる。

もうお腹《なか》を空《す》かせた子供はスラム街にはいない。

ロートシルト商会の全面協力により、急ピッチでボロボロだったスラムの建物の補修計画が進行している。

「なんで、男の子ばっかり……」

スチュワート家に手伝いに来ている子供はみんな男の子で、ウィリアムの大好きな幼女はいなかった。

「ウィリアム様、女子にはハンナさんとこの仕立屋の手伝いとハロルドの兄貴の糸の染色の手伝いとかが人気なんだよ。なんだっけ？　将来性がある？　とか言ってたな……でも俺らは飯が出るこっちのが断然いいけどね！」

いつの時代も、どこの世界も女子は打算的で男子は短絡《たんらく》的。

ハロルドさんを元締《もとじ》めに、スチュワート家、仕立屋、ロートシルト商会から子供でもできる仕事を定期的に与え、子供たちは自分の意思で仕事を選び、働いている。

より高度な仕事ができるように読み書き計算、裁縫《さいほう》や染色、インク作り、礼儀作法《れいぎさほう》などを教える授業を、補修した建物の一つでやろうという案もある。

「バイト先、ヒュー兄ちゃんとこが一番人気だけど……なかなか条件が厳しいよね？」

「なー？　俺らも頑張《がんば》らないとな」

自分から仕事を【選ぶ】ことで責任感が芽生え、よりやりたい仕事をするために勉強をする。

スチュワート家がスラムに与えた小さな希望の光は、驚《おどろ》くほどに上手《うま》く機能し始めていた。

「皆《みんな》なんでもやれば良いのよ。得意不得意なんて全員あるんだから、いっぱいやって好きなのを見つけてやり込《こ》めば誰にも負けない強みになる筈よ！」

「「はーい、エマ様」」

そして、スラムの子供達は研鑽《けんさん》を重ね、広い広い様々な分野のプロフェッショナルとして成長してゆくことになる。

その全員がスチュワート家への絶対的な忠誠心を持って。

第五十三話　第五回田中家家族会議。

「さて、たった二週間。私がたった二週間家を離《はな》れていた間に何故《なぜ》か可愛《かわい》い娘《むすめ》が聖女になっていたのだけど、どういうことかしら？」

スチュワート家西館の書斎《しょさい》にて、女帝《じょてい》の如《ごと》く椅子《いす》に座《すわ》るメルサがお留守番していた家族に問いかける。

皇国からの長旅を終え、シモンズ領自慢《じまん》の港に到着《とうちゃく》したと同時に、待ち構えていた荷運びの男達や、掃除婦《そうじふ》、たまたま通りかかった船乗り、商人がメルサに次々と祈《いの》りを捧《ささ》げ始めた。

「あれは！　聖女エマ様の母、メルサ様だ」

「エマ様の母？　聖母メルサ様か？」

「聖女エマ様に、聖母メルサ様に、スチュワート伯爵《はくしゃく》家に祝福を！」

……はい？

シモンズ領の港だけではない。

スチュワート家に帰る前に王城へ報告に向かったときも祈られた。

「メルサ様だ。ご無事に帰還《きかん》なさったのか。聖女も喜ぶだろうな」

「なんと堂々とした佇《たたず》まい。あの方が聖女を生み育てた聖母様なのだな」

…………はい？

「どういうことなのかしら？」

家族はメルサの前に床《ゆか》で正座させられている。

「いや、メルサ。エマが天使なのは昔から分かっていたじゃないか！　ただ皆《みな》がそれに気付いてしまっただけだと……」

メルサが何をこんなに怒《おこ》っているのか分からない、とレオナルドが首を傾《かし》げている。

「あなたは少し黙《だま》って下さる？」

「…………はい」

「ウィリアム？　説明しなさい。何故、たった二週間でスチュワート家の領土にスラム街が加わっているのか。何故、大量におかしな虫が増えているのか。何故、屋敷《やしき》の別館が治療院《ちりょういん》と化しているのか。何故、エマが聖女と呼ばれているのか。パレスを出る時に皆で誓《ちか》ったわよね？　王都ではなるべく目立たないように暮らそうって」

「かっ母様、それは……どっどれも……えっと……成り行き？　……です」

母の剣幕《けんまく》にカタカタと震《ふる》えながらウィリアムが答える。

嘘《うそ》でしょ？　母様……全部把握《はあく》済みだ……。下手な言い訳しても通じないだろうなコレは……。

あれ？　てか二週間……で？　こんなにも大量にやらかしてたっけ？

思い出す限り、僕《ぼく》ら何も悪いことはしていないんだけど……。

「エマ？　どうして聖女なんて呼ばれているの？」

「ひぃっ！　も、申し訳ございません！　お母様……私も何が何だか……」

メルサの氷の視線がエマに刺《さ》さる。

母様には絶対に知られてはならない。王家主催《しゅさい》の夜会でローズ様の爆乳《ばくにゅう》を見つめていたせいだなんて。

枯《か》れ専サーが鳴りっぱなしのニタニタ顔で屈強《くっきょう》な船乗り達《たち》の看病をしたせいだなんて。

自分では上手《うま》く誤魔化《ごまか》したつもりだったが、今や王都どころか王国中に噂《うわさ》が広まってしまったなんて。

貴族社会でも、スラム街でも、仕立屋界隈《かいわい》でも、シモンズ領の港でも恐《おそ》ろしいスピードで噂は駆《か》け巡《めぐ》り、更《さら》に遠くへと拡散されてしまった。

そう、エマが性女だって。

間の悪いことに、再開した学園でも言われてしまう始末。

「女の子に悪戯《いたずら》するのは良くないけど、ロバート様とブライアン様も反省してるだろうし、牢《ろう》から出してあげても良いのでは？」

なんて言わなきゃ良かった！

スカートめくりみたいな悪戯をした二人を庇《かば》ったことで仲間だと思われたのかもしれない。

性女なんて…………絶対にお母様赦《ゆる》してくれない。

「それに、大分お金も使ったみたいだけど？　ゲオルグ？」

「ひぃっ！　あのっ夜会が多くて、インクの在庫が切れていたので補充《ほじゅう》を……。あとスラム街の道や建物とか……インフラ整備的な？　そ、それにパレスの領民となったからには戸籍《こせき》登録とか簡単な健康診断《しんだん》もして……基本教育は絶対に必要だから教師の募集《ぼしゅう》もしつつ……自活できるように仕事の斡旋《あっせん》もしてみたり……。まだあるな……。あとはウデムシの飼育環境《かんきょう》整備に、壊血病《かいけつびょう》の治療院のなんやかんや…………」

怒られるのが怖《こわ》くてゲオルグの語尾《ごび》が全部ゴニョゴニョと尻窄《しりすぼ》みになってゆく。

エマが呟《つぶや》けばヨシュアが迅速《じんそく》に対応してしまうので、あり得ないスピードで何もかもが整ってしまうのだ。

特に王子がエマに膝枕《ひざまくら》なんかされちゃうから、治療院の整備は異様に早かった。

ヨシュア……競《きそ》うとこソコじゃないだろう？

「はぁ……」

メルサのため息に、お留守番四人組がビクッと肩《かた》を震わせる。

「どうしてたった二週間でここまで騒《さわ》ぎを起こせるの？」

「「「「さ、さあ………」」」」

改めて振《ふ》り返ると自分達にも分からなかった。

普通《ふつう》に生活していただけなのに。

「おっお母様。でも別に私が騒動《そうどう》を起こした訳ではないのです！　全部、向こうからやって来たのです！」

エマが必死に訴《うった》える。

王が褒賞《ほうしょう》を無茶振りしたのも、仕立屋が困っていたのも、虫が降ってきたのも、壊血病で困っている人がいたのも全部エマのせいではないのだ。

「で、貴女《あなた》はご丁寧《ていねい》に、それ全《すべ》てに顔を突《つ》っ込《こ》んだのね？」

「⁉　…………はい、ごめんなさい」

結局、謝《あやま》る。

「エマ、これから聖女なんて呼ばれても振り向いたりしてはダメよ。教会から面倒《めんどう》ないちゃもんつけられるわよ?」

信仰心薄《しんこうしんうす》めの田中《たなか》家にとって宗教はなるべく関《かか》わりたくないもの。

まして、間違《まちが》って教会がエマを聖女と認めた場合、結婚《けっこん》できなくなってしまうではないか。

聖女は清らかな乙女《おとめ》であるべきといわれている。孫を抱く夢を壊《こわ》されてたまるか!

「お、お母様? さすがに私も性女と呼ばれて、はいと答えるほどアホじゃないですよ?」

エマが憤慨《ふんがい》する。

性女なんてただの悪口だし、自分からエロエロの変態ですよ〜なんて言う訳がない。

「め、メルサ? そろそろ家族会議の議題について話し合わないかい?」

わざわざ使用人達を下がらせて行う家族会議なのだ。

ずっと怒られるのだけで終わらせるには時間が勿体《もったい》ないとレオナルドが右手をピシッと挙げて提案する。

「……………まあ、良いでしょう」

スイッチがカチッと切り替《か》わるようにメルサの表情が和《やわ》らぐ。

和らぐといっても家族だけがなんとか判別できる程度の小さな変化ではあるが。

「お母様。例のものは手に入ったのですか?」

わくわくと期待を込めてエマが尋《たず》ねる。

「ええ。今回、お米、味噌《みそ》、醬油《しょうゆ》、鰹節《かつおぶし》を持って帰ることができました」

「「「「うおおおお———!」」」」

お留守番組四人が歓喜《かんき》の雄叫《おたけ》びを上げる。

今夜は炊《た》きたてのお米にお味噌汁《しる》が飲めそうだ。

宴《うたげ》じゃーい！　宴の準備じゃーい！　と三兄弟とレオナルドがはしゃぐ。

「しかし、このままでは継続《けいぞく》的にお米を手に入れるのは難しいでしょう」

喜ぶ家族に釘《くぎ》をさすようにメルサが皇国の問題について話し始めた。


「プラントハザード……ですか？　……南大陸では珍《めずら》しいですね？」

皇国の話を一通り聞いたゲオルグが唸《うな》る。

「あら、ゲオルグ。しっかり勉強しているわね？」

長男の予想外の言葉にメルサが笑う。

「も、もちろんですよ！　母様」

たまたま王子の話に出てきたばかりだということは伏《ふ》せておく。

エマの視線が冷たい。

「しかも、オワタですか？　僕、オワタなんて北大陸にしかいないと思っていました」

これまで読んだ資料の中に、オワタが南大陸に出現したなんて記録は見たことがなかった。

「あれはオワタでした。私がこの目で見たので間違いありません」

かつて、学園で魔物学《まものがく》上級を一番の成績で合格しているメルサが見間違うなんてことはない。

「種が飛ぶのはいつ頃《ごろ》だい？」

魔物狩《が》りを任される辺境の領主として、皇国の深刻な状況《じょうきょう》にレオナルドの顔が曇《くも》る。

根も茎《くき》も花も種もオワタは硬《かた》く、伐採《ばっさい》ができないのだ。

「今、花が咲《さ》いていたので夏には飛び始めるでしょうね。皇国の残りの土地を見てもあと一年が限界かと……」

半年に一度種を飛ばし群生地を拡げるオワタは、一年前のスライム同様に倒《たお》し方が分からない魔物に分類されている。

「え？　皇国の人、大変じゃないですか？　避難《ひなん》……移住は進んでいるんですか？」

ゲオルグが両親の深刻な顔に皇国の危機を感じ取り尋ねる。

「「にいさま…………」」

「「げおるぐ…………」」

「え？」

家族が残念そうにゲオルグを見る。

「兄様、この世界で移住は難しいのですよ？」

「あっそうだった……」

この世界、人は魔物のいない結界の中か海に囲まれた島でしか生きることができない。

移民を受け入れるだけの土地や食糧《しょくりょう》の余裕《よゆう》はどの国にもなく、共倒《ともだお》れを避《さ》けるために厳しいが国と国民を守るため、国家間の協定で大人数の移住は禁止されている。

「大金や、貴重な技術、魔石と引き換《か》えに永住権を得ることもできなくはないけれど、国民丸ごとは無理でしょうね。それに皇国は言葉の問題もあるし、長年鎖国《さこく》を貫《つらぬ》いていた国に手を差しのべるところはないと思うわ」

「我が王国でもな。短期間の食糧難だけなら助けられるが、プラントハザード……それもオワタ群生となると……」

メルサとレオナルドが八方塞《はっぽうふさ》がりだと頭を悩《なや》ませる。

どこの国も自国の魔物で手一杯《ていっぱい》で他国のハザードにまで手を出せる余裕はない。

もし、万が一にもオワタの種が皇国から紛《まぎ》れ込み王国で発芽することがあれば、皇国の次に王国が滅《ほろ》びることになる。

対岸の火事と侮《あなど》ることはできない。

皇国の未来は絶望的であった。

「………でも、助けないと！」

シン……と静かになった書斎でエマが声を絞《しぼ》り出す。

状況は最悪、時間も解決法もない。

きっと皇国の人達でさえ、諦《あきら》めているだろう。

それでも。

分かってはいるが、それでもエマは苦境を打ち破るのだと立ち上がる。

「だって、お米、食べられなくなるじゃない！」

そう、全てはお米のために。

あとがき

皆様《みなさま》、お元気でしたか？　こんにちは。猪口《ちよこ》でございます。

この度は、聖女好きの聖女好きによる聖女好きのための転生小説「田中家、転生する。３」を手に取って頂き誠《まこと》にありがとうございます。

嬉《うれ》し恥《は》ずかし、第三巻！　一ページに収める行数を一行増やして、むっちりもっちり大容量になってしまいました。

物語は二巻から続く王都学園編。

王都の暮らしにも少々慣れてきた田中家は当初の目標通り、とにかく目立たずに、問題を起こすことなく慎《つつ》ましく生活を…………していません！

ええ、仕方がありません。

騒動《そうどう》が起きたっていいじゃないか、田中家だもの。

突然《とつぜん》ですが、ここで作者から一つ注意喚起《かんき》させて頂きます。

作中にとある虫さんが出てきますが、特に虫の類が苦手な方は軽い気持ちで画像検索《けんさく》するのは避《さ》けた方が賢明《けんめい》です。

画像検索は覚悟《かくご》のもと自己責任でお願い致《いた》します。

当社（？）は一切《いっさい》の責任を負いかねますので何卒ご了承《りょうしょう》頂きたくお願い申し上げます。

と、ここまで書き連ねても好奇心《こうきしん》に負けて「見てはいけないあの虫」を検索した読者様は、そっと三巻のイラストを見て癒《い》やされて下さい。

猫《ねこ》が、激カワです。

キャラクターデザイン＆イラストを担当して下さったｋａｗｏｒｕ様、この場をお借りして心よりお礼申し上げます。

女の子は可愛《かわい》く、男の子は格好《かっこう》良く、おっさんは愛らしく、私の頭の中でふわっとしたイメージの子達《たち》が何倍も素敵《すてき》にスタイリッシュな姿にしてもらえてキャラも私も幸せ者でございます。

一巻から三巻まで漏《も》れなく隙《すき》あらば「ここ猫追加で……」との指示を下さる担当様にも御礼《おれい》申し上げます。

出番が増えて猫達もきっと喜んでいると思います。

そして何よりも、この「田中家、転生する。」を読んで下さった皆様に厚く御礼申し上げます。

相も変わらずポンコツな作者ではございますが、ポンコツな田中家と共に頑張《がんば》って参りますので、温かい目でどうか見捨てないで末永くお付き合いして頂ければと切に願っております。

これからも続けて読んで下さると嬉しいです‼　よろしくお願い致します‼

猪口

DRAGON NOVELS
ドラゴンノベルス

田中家、転生する。3

2021年8月5日　初版発行
2021年9月15日　再版発行

著　　者　猪口《ちよこ》

発 行 者　青柳昌行

発　　行　株式会社KADOKAWA
〒102-8177　東京都千代田区富士見2-13-3
電話 0570-002-301(ナビダイヤル)

編　　集　ゲーム・企画書籍編集部

装　　丁　杉本臣希

D　T　P　株式会社スタジオ205

印 刷 所　大日本印刷株式会社

製 本 所　大日本印刷株式会社

DRAGON NOVELS ロゴデザイン　久留一郎デザイン室+YAZIRI

ISBN978-4-04-074162-8　C0093